DOUX SALUT

Jeux impitoyables #3

CALLIE ROSE

D1667803

Copyright © 2021 par Callie Rose

Il s'agit d'une œuvre de fiction. Les noms, les personnages, les organisations, les lieux, les évènements et les incidents sont le fruit de l'imagination de l'auteur ou sont utilisés dans un but fictionnel. Toute ressemblance avec des personnes réelles, vivantes ou mortes, serait purement fortuite.

Tous droits réservés. Aucune partie de cette publication ne peut être reproduite, distribuée ou transmise sous quelque forme que ce soit ou par quelque moyen que ce soit, ou stockée dans une base de données ou système de récupération, sans l'autorisation préalable de l'auteur, sauf en cas de courtes citations faites dans le cadre d'une critique littéraire.

Inscrivez-vous à ma newsletter pour vous tenir au courant des dernières parutions !

https://callieroseauthor.com/francais

Chapitre 1

L'EAU s'écoule de la pomme de douche et élimine l'éclat de sueur qui couvre mon corps. Des gouttelettes s'accrochent aux roses rouges de mon bras droit puis s'écoulent de l'extrémité de mon membre amputé.

C'est très difficile de devoir se battre avec une seule main même si je m'améliore.

Certains muscles dont j'ignorais jusque-là l'existence sont tout endoloris après à mes séances d'entraînement avec Ryland. Et même si nous ne entraînons que depuis quelques jours, je peux déjà sentir mon corps qui devient plus fort et qui s'adapte.

Bien. Nous devrons tous nous adapter rapidement dans cet environnement changeant.

Je détends mon cou en me positionnant directement sous le jet d'eau et je laisse la chaleur s'infiltrer dans mon corps. Nous venons de terminer une séance d'entraînement de deux heures pendant laquelle Ryland m'a aidée à adapter les techniques de combat qu'il m'enseigne pour compenser mon membre manquant.

C'est lui qui a été choisi pour m'enseigner tout cela car, des trois hommes, il est le seul à avoir une formation en arts martiaux. Théo et Marcus sont de bons combattants parce qu'ils doivent l'être — ils ont tous appris à se défendre avec n'importe quelle arme à leur disposition — mais Ryland a été véritablement formé en Jiu Jitsu et a également appris quelques techniques autres.

Et maintenant que nous soupçonnons que Luca et la Vipère ne sont qu'une seule et même personne, les trois hommes veulent que je sache me défendre.

Cela parait difficile de croire que cela fait seulement cinq jours que nous sommes allés chez Luca. Cinq jours seulement depuis que ce rapide coup d'œil au tatouage sur son poignet m'a fait vaciller : à ce moment-là, mon esprit a rassemblé les pièces d'un puzzle élaboré et enfin distingué l'image complète.

Luca s'est joué de tout le monde. Son « jeu » était une mise en scène élaborée, une distraction conçue pour monter les familles les plus puissantes d'Halston les unes contre les autres, tout cela pour permettre à Luca de renforcer son contrôle sur la ville.

Nous n'avons toujours pas de preuve.

Tout ce que nous avons, c'est la certitude d'avoir raison, l'intuition que toute cette situation est complètement tordue.

C'est suffisant pour moi et c'est suffisant pour les hommes.

Mais si nous voulons convaincre les autres joueurs que Luca est le véritable ennemi, il nous faudra bien plus que notre parole. Nous avons besoin de putains de *preuves*.

Malheureusement, c'est plus difficile à obtenir que je ne le pensais. Luca a fait un bon boulot de distanciation avec la Vipère, en réussissant à maintenir les liens entre ces deux noms garder quasi inexistants.

Nous trouverons bien quelque chose.

Nous le devons.

J'expire et je prends la bouteille de shampoing sur la petite étagère encastrée dans le mur de la douche avant d'en verser un peu sur mes cheveux foncés. Puis, je dépose le flacon et commence à faire mousser le shampoing. De l'eau savonneuse coule sur mon visage et mon cou, et lorsque j'entends le clic de la porte s'ouvrir, je n'ouvre pas les yeux.

Je sais qui c'est.

J'entends le doux bruit des vêtements dont on se

débarrasse, et une seconde plus tard, la porte de la douche s'ouvre. Même à travers le jet d'eau et la douce odeur du shampoing, je peux percevoir l'odeur de cuir et de savon que je reconnais instantanément comme étant celle de Marcus.

Il se place derrière moi, sa poitrine frôle mon dos de toute sa largeur alors qu'il se charge de masser mes cheveux avec le shampoing. Il bande déjà à moitié, sa bite presse le bas de mon dos, et son toucher est à la fois tendre et rugueux lorsqu'il frotte le bout de ses doigts sur mon cuir chevelu.

Un bruit doux sort de ma gorge quand je m'adosse sur lui, les yeux toujours fermés. « Tu peux faire ça plus bas si tu veux. »

Il grogne, mais une fois qu'il en a fini avec mes cheveux, il descend ses mains sur mes épaules, laissant la mousse sur mes cheveux foncés. Ses mains fortes pétrissent mes muscles et me donnent déjà un frisson de plaisir.

Je ne suis pas surprise qu'il ait décidé de me rejoindre sous la douche.

Il est insatiable ces derniers temps et ne peut garder ses mains loin de moi. Et il ne s'agit pas seulement de lui. Je ressens la même chose et je décèle le même besoin intense chez Théo et Ryland. Le fait que les séances d'entraînement de Ryland et moi ne se transforment pas en baise à chaque fois témoigne du sérieux avec lequel il veut m'apprendre l'autodéfense.

On a tous peur de se perdre les uns les autres. On a déjà failli perdre Marcus et on a déjà eu bien du mal à gérer ça.

Quand je suis en présence de l'un de ces hommes, il m'est impossible de ne pas avoir envie de me lover en eux. De me glisser sur leurs genoux et de les serrer aussi fort que deux personnes puissent le faire. De me perdre dans leur étreinte et de prétendre que la connexion électrique qui déferle entre nous est assez pour empêcher le reste du monde de s'immiscer dans notre relation.

Ce *n'est pas* suffisant. Je le sais. Mais ça ne m'empêche pas de vouloir essayer.

« Comment s'est passé ta séance d'entraînement ? »

La voix profonde de Marcus traverse mes pensées et cela résonne contre mon dos.

« C'était bien. » Je baisse un peu la tête, laissant l'eau se déverser sur moi alors que la tension dans mes épaules se dénoue. « Il a dit qu'après m'avoir vu casser la gueule de Natalie, il savait que j'avais ce qu'il fallait pour combattre. Il m'aide juste à façonner ça en améliorant ma technique. »

Marcus souffle mais cela ressemble plutôt à un rire. « D'après ce que lui et Théo m'ont dit, tu ressemblais à une déesse vengeresse. J'aurais aimé être là pour le voir. »

Je me retourne pour lui faire face. Entre ses bras, j'incline ma tête en arrière pour rincer le reste du shampooing sur mes cheveux puis je cligne des yeux pour le regarder. La terre et l'air me regardent, le brun riche de son iris gauche contraste avec le brun et le bleu de son iris droit. Ses yeux sont fascinants et pas seulement à cause de leur couleur unique. C'est ce qu'il y a derrière qui m'attire à chaque fois, comme la lune attire la marée.

Je n'en saurai jamais assez sur Marcus Constantine. Même si je passe toute ma vie à ses côtés, ma curiosité à son égard ne faiblira jamais.

Je veux *tout*.

Chaque partie de ce qu'il est.

Je ne me contenterai de rien de moins.

« Si tu avais été là, je n'aurais probablement pas frappé Natalie », lui dis-je honnêtement, et mon bras s'enroule autour de lui. Je peux sentir les cicatrices de ses blessures par balle qu'il a dans le dos et je fais glisser mes doigts légèrement dessus. « Chaque fois que mon poing a volé vers son visage, j'ai pensé à toi. Je pensais à l'endroit où tu pouvais être, à la douleur que tu pouvais ressentir, à l'endroit où ton cadavre pouvait se trouver si tu étais déjà mort. J'avais mal. Mon corps tout entier était rempli de douleur et je ne pouvais plus la contenir. Je voulais la tuer pour ce qu'elle t'avait fait. » Ma mâchoire se serre et des larmes brûlent le fond de mes yeux au souvenir de ma douleur et de ma rage. « Alors je suppose qu'elle a de la chance que je lui ai juste cassé la gueule. »

Quelque chose brille dans les yeux de Marcus, quelque chose de féroce, de dangereux et de possessif. C'est le genre de chose qui me faisait peur, lorsqu'il est réapparu dans ma vie, envahissant mon espace, mes pensées et mes rêves.

Une obsession.

Une *obsession* pure et brute.

Ça m'accablait. Ça me terrifiait de savoir que j'étais le seul centre d'intérêt de Marcus. Qu'avant même qu'on se dise deux mots, il en savait plus sur moi que la plupart des « amis » que j'ai eus au fil des ans.

Maintenant, voir ce regard dans ses yeux ne me retourne plus l'estomac en me rendant nerveuse. A la place, ça envoie un éclair de chaleur en moi et cela booste le désir dans mon ventre.

« Putain, mon ange. » Ses grandes mains viennent encadrer mon visage, lissant mes cheveux mouillés en arrière tandis qu'il me regarde. « Quand tu dis des trucs comme ça... »

Il ne prend pas la peine de finir sa phrase et me montre ce qu'il veut dire en se rapprochant encore plus de moi. Sa bite se presse contre mon ventre, complètement dure maintenant et chaude contre ma peau. En réponse, ma chatte se serre et l'excitation s'étend dans mes membres tandis que j'enroule mon bras autour de son cou, réduisant la dernière petite fraction d'espace entre nous.

Je ne suis pas une personne violente par nature, mais pour cet homme, je tuerais.

La vérité de cette constatation me prend par surprise. Et je cligne des yeux, tandis que mon regard suit la forte courbe de sa mâchoire et l'arc parfait de ses lèvres pleines. Ses cheveux bruns sont mouillés, ce qui les rend plus brillants et foncés que d'habitude.

En ce moment, il ressemble à ce qu'il évoque toujours en s'adressant à moi : un ange.

Un ange noir, beau et mortel.

En me dressant sur la pointe des pieds, je presse mes lèvres contre les siennes. Marcus gémit dans ma bouche, met ses mains le long de mon corps mouillé et glissant pour s'enrouler autour de ma taille et m'attirer contre lui. Notre baiser est profond mais aussi bâclé, affamé et désespéré, comme si c'était le réceptacle de tout ce qui nous est arrivé jusque-là.

Je pense que *Je pourrais me noyer dans cet homme. Je pourrais tomber dans les profondeurs de son âme et ne jamais refaire surface. De n'en avoir jamais envie.*

Comme s'il essayait lui aussi de se noyer en moi, les lèvres de Marcus bougent plus férocement contre les miennes. Sa langue glisse contre la mienne dans une danse qui fait palpiter mon clitoris. Lorsque notre baiser s'interrompt enfin, ses lèvres voraces passent sur la courbe de ma joue et le long de ma mâchoire, recueillant les gouttes d'eau qui coulent sur ma peau.

Je me cambre en arrière, lui faisant confiance pour me tenir alors que je lui donne accès à une plus grande part de moi. Il prend tout ce que je lui offre. Il passe même ses dents le long de mon cou avant de mordre la chair de mon épaule. La douleur soudaine fait durcir mes mamelons et mon estomac se serre alors que je me frotte contre lui.

Il grogne contre ma peau, léchant l'eau tandis que ses lèvres, ses dents et sa langue explorent chaque centimètre de moi auquel il a accès. Lorsqu'il descend vers mes seins, je me penche encore plus en arrière et il passe une grande main entre mes omoplates pour me soutenir alors que sa bouche se referme sur un mamelon.

« Putain, mon ange », murmure-t-il, sa voix étouffée par ma peau et l'eau qui tombe en cascade autour de nous. « Je ne me lasse jamais de toi. Je continue d'essayer, mais ce n'est jamais assez. »

Il y a un soupçon de frustration dans sa voix et je sais que ses mots sont plus que de simples paroles. Je ressens la même frustration que lui, la même envie de défier les contraintes de nos corps physiques et de nous fondre pour n'être qu'un.

Je n'ai jamais ressenti pour quelqu'un ce que je ressens pour Marcus, Théo et Ryland.

Je ne savais pas que ce genre d'envie était possible.

Et je ne me soucie plus de savoir si c'est sain ou sage. Je me fous de savoir si c'est insensé. J'ai combattu cette chose assez longtemps et maintenant j'ai fini de me battre.

De toute façon, nous avons de plus grandes batailles qui se profilent à l'horizon.

Marcus en vient à porter son attention sur mon autre mamelon, le faisant rouler entre ses dents avant de le mordre assez fort. Et mes muscles se contractent tandis qu'un éclair de plaisir descend directement vers mon clitoris.

« Putain ! »

Quand un grand cri s'échappe de mes lèvres, il relâche mon mamelon et fait disparaître la douleur, transformant mon cri en un gémissement de besoin.

Ajustant sa prise sur moi, Marcus descend ses lèvres plus bas. Je me redresse complètement lorsqu'il se met à genoux devant moi, ses mains se posant sur mes hanches. Et quand ses doigts s'enfoncent entre mes jambes, parcourant mes plis avant d'écarter les lèvres de ma chatte, je me mords fort la lèvre inférieure. Mes genoux vacillent un peu et je tends la main pour aplatir ma paume contre le mur de la douche pour me stabiliser.

C'est dans ces moments-là que j'aimerais vraiment avoir encore deux mains, putain. Je dois m'accrocher au mur pour garder l'équilibre, mais j'ai tellement envie de passer mes doigts dans les cheveux mouillés de Marcus, d'attraper une poignée de mèches foncées et de rapprocher son visage de ma chatte.

Parce que c'est encore à plusieurs centimètres. Il ne m'a pas encore touchée avec sa langue. Au lieu de ça, il se contente de me fixer, absorbant chaque détail de la partie la plus intime de mon corps comme s'il allait tester cela plus tard. Comme s'il voulait s'en souvenir pour le reste de sa putain de vie.

La façon dont il m'écarte ne laisse rien à l'imagination et son toucher est plein d'une propriété familière qui fait battre mon cœur plus fort.

Comme si ma chatte lui appartenait et qu'il pouvait la toucher comme bon lui semble.

Comme si *tout ce que* je suis lui appartenait.

« Marcus... »

Ma voix est basse et rauque. L'eau dégouline sur le côté de mon visage alors que je le regarde fixement et je peux sentir mon excitation luisante recouvrir ma chatte, un type d'humidité complètement différent.

Pendant une seconde, ses iris bruns et bleus se lèvent vers moi, une satisfaction féroce brûlant au fond d'eux.

Il aime me voir aux aguets.

Il *adore* ça, putain.

Mais au moins, il ne me fait pas attendre longtemps.

À la seconde où son regard se baisse à nouveau, sa tête s'avance. Tout en me gardant écartée pour lui comme un putain de buffet, il fait courir sa langue tout le long de ma chatte avant de tourner autour de mon clitoris dans un mouvement lent et délibéré. Mes orteils se recroquevillent contre le sol glissant de la douche et mes doigts se crispent alors que je lutte pour garder ma prise sur le mur.

Le plaisir se répand en grosses vagues alors que Marcus continue à stimuler mon clitoris. Et quand je commence à me déplacer sans cesse, me pressant contre sa bouche, il attrape à nouveau mes hanches, et me force ainsi à rester immobile.

Les doigts d'une main s'enfoncent dans la chair de ma hanche tandis que l'autre glisse derrière moi. Quand je le sens plonger entre mes fesses, je pousse un cri de surprise.

Mais ça ne l'arrête pas. Ça ne le ralentit même pas. Avec le même toucher possessif que d'habitude, il glisse un doigt dans l'anneau serré de mon anus.

La chaleur me traverse et une nouvelle vague de sensation s'ajoute au plaisir émanant de mon clitoris.

« Marcus. Putain ! »

Je répète son nom, incapable de trouver quelque chose de plus à dire, alors qu'il glisse son doigt plus profondément, me baisant le cul en même temps qu'il attaque mon clitoris avec sa langue. Le balayage régulier de sa langue combiné à la sensation étrangère de son doigt dans mon cul fait trembler mes jambes.

Mon cœur bat plus fort et toute pensée concernant mes muscles endoloris semble avoir disparu. La seule chose dont je suis consciente, la seule chose qui existe en ce moment, c'est Marcus.

Son toucher.

Sa langue.

Son souffle chaud contre ma peau.

Lorsqu'il enroule ses lèvres autour de mon clitoris et qu'il effleure le bouton sensible encore et encore, le plaisir s'enroule en moi et se brise. Ma tête s'affaisse tandis que tout mon corps tremble, et malgré ma main sur le mur, je risque vraiment de m'effondrer.

Bien sûr, Marcus ne laisserait jamais cela se produire. L'orgasme fait encore son chemin dans mon corps lorsqu'il retire son doigt et se lève d'un bond, me soulevant et enroulant mes jambes autour de lui comme si je ne pesais presque rien. Mon bras s'enroule automatiquement autour de son cou et j'enfouis mon visage contre son épaule pour laisser passer le plaisir.

« J'aime te faire jouir, mon ange », murmure-t-il, sa voix profonde coulant dans mon oreille comme du miel. « J'aime les sons qui émanent de toi. J'aime ton goût. Je *t'aime*. »

Il ponctue le dernier mot en changeant de prise sur moi, me soulevant un peu pour s'aligner avant de me faire tomber violemment sur sa queue. Il rentre en moi d'un seul coup, en touchant le fond à l'intérieur et en frottant mon clitoris contre lui. Mes cuisses serrent sa taille alors qu'il m'aide à me relever et à redescendre, trouvant un rythme alors que je caresse sa bite à l'aide des parois de mon vagin.

Nous sommes toujours debout sous le jet d'eau, et la part de moi qui peut penser clairement s'émerveille du fait qu'il me tient toujours debout comme si de rien n'était. Il ne m'a même pas plaquée contre la paroi de la douche.

Lorsque sa main glisse sur la courbe de mes fesses pour se glisser à nouveau entre mes fesses, je ne suis pas surprise — mais l'attente me coupe le souffle. Il dessine un petit cercle autour du trou froncé, me taquinant en glissant son doigt à l'intérieur juste un peu.

J'essaie de me frotter sur lui, en serrant sa bite et

en l'incitant silencieusement à aller plus loin avec son doigt. Il se contente de glousser, continuant à me taquiner alors qu'il me baise lentement.

« Tu en veux encore, mon ange ? »

J'halète « Oui », tout en soulevant ma tête de la courbe de son épaule pour rencontrer son regard. « S'il te plaît. »

Ses yeux brûlent d'une chaleur prédatrice et je jure que je peux sentir sa bite s'épaissir en moi. « Jusqu'où ? Parce que si tu me laisses avoir ton cul, je vais le prendre. *Tout* au complet. »

Je sais ce qu'il veut dire. Il veut dire plus qu'un doigt ou même deux.

Mon estomac se serre sous l'effet d'une poussée d'adrénaline et d'excitation, et j'acquiesce en me mordant la lèvre. L'air autour de nous est chargé de vapeur et de petites gouttelettes d'eau s'accrochent aux longs cils de Marcus, les rendant encore plus épais.

Je murmure : « Prends-le. Prends tout ce que tu veux de moi. »

Ses narines se dilatent et il bouge si vite que j'en ai presque le vertige. Il me soulève de sa queue et me dépose sur le sol. Dès que mes pieds touchent le carrelage lisse, il m'embrasse fort et profondément. Puis il se retire et me fait tourner sur moi-même, plaquant à nouveau ma main sur le mur.

Je résiste à l'envie de serrer mes cuisses l'une

contre l'autre pour calmer la douleur de mon clitoris et laisse Marcus écarter mes jambes. Mes paupières tombent alors que je le sens tâter et masser ma chair, et je jette un coup d'œil par-dessus mon épaule pour voir son regard fixé sur mon cul.

Cette fois, quand son doigt trouve mon trou serré, il ne me taquine pas. Il le glisse à l'intérieur aussi profondément qu'il le peut, me baisant avec des mouvements doux.

« Putain, c'est beau », murmure-t-il, en glissant son autre main vers le bas pour masser mon clitoris.

Ses deux mains travaillent en tandem, faisant monter le plaisir en moi alors même qu'il ajoute un deuxième doigt dans mon cul. La pression est beaucoup plus forte lorsqu'il m'étire et je me mords à nouveau la lèvre en essayant de me détendre.

Je le veux. Et je sais que Marcus ne me ferait jamais, jamais de mal — pas d'une manière que je ne puisse supporter.

Je peux sentir le désir et l'excitation qui rayonnent de lui, brûlants dans ce lien entre nous, mais il est terriblement patient, travaillant mon clitoris et mon cul de manière simultanée jusqu'à ce que je puisse sentir ma propre excitation glisser le long de ma cuisse. Mon souffle s'accélère, mon corps tout entier est parcouru par un courant de plaisir.

Quand Marcus retire ses doigts de moi, la sensation soudaine de vide est comme choquante. Le sentiment d'être pleine de lui, *consumée* par lui, me manque.

Les doigts qui jouaient avec mon clitoris glissent plus bas, s'enfonçant dans ma chatte et tirent un gémissement de mes lèvres. Quand il les retire, davantage de liquide sort et je sais que ses doigts en sont imprégnés. Je regarde par-dessus mon épaule une fois de plus pour le voir caresser sa bite, répandant mon excitation sur toute sa verge.

Puis il serre son poing autour de la base et s'aligne sur mon cul, saisissant une fesse d'une poigne meurtrière et m'écartant largement.

Son sexe est gros.

Si gros, putain.

Même l'extrémité de son sexe est tellement plus grosse que ses doigts que je grogne alors que mon cul s'étire autour de lui.

« Laisse-moi entrer, mon ange. Laisse-moi t'avoir. »

Sa voix est rauque et quelque chose dans son ton fait monter la chaleur dans mes veines. Il essaie d'y aller doucement, de ne pas me blesser, mais je peux entendre dans sa voix à quel point il est proche de perdre cette mince parcelle de contrôle. L'idée qu'il prenne ce qu'il veut, ce *dont* il *a besoin*, fait monter mon propre désir, et je pousse contre lui, en respirant profondément pour garder mon corps aussi détendu que possible.

« Une bonne fille », il gémit. « Tellement bonne, putain. »

Je ne réponds pas. Je *ne peux pas* répondre. Aucun de nous ne parle pendant quelques instants alors que nous travaillons ensemble pour l'amener plus profondément dans mon corps, nos respirations bruyantes ponctuent ses petites poussées.

Lorsque je sens ses hanches se heurter à mon cul et que je réalise qu'il est complètement enfoui en moi, je m'affaisse un peu contre le mur, mon clitoris palpitant au rythme des battements de mon cœur.

« Tu es si serré. Putain. Tu me fais mourir. »

Marcus se frotte à mon cul, une main s'enfonçant dans mes hanches tandis que l'autre remonte le long de ma colonne vertébrale. Ses doigts s'enroulent autour de ma gorge, pas assez serrés pour me couper l'air, mais suffisamment pour que je sois sûre qu'il puisse sentir mon pouls battre à tout rompre.

Quand il se retire et entre à nouveau, c'est comme si je réapprenais ce que signifie être *dépassée*. Il le fait de nouveau, et je me cambre dans sa poussée, le poussant à continuer.

Ce n'est pas une baise dure. Ce n'est pas rapide. On est tous les deux trop proches du précipice pour ça. On essaie tous les deux de marcher sur la corde raide du plaisir sans tomber de l'autre côté. On essaie de faire durer ça le plus longtemps possible, même si nos mouvements deviennent plus saccadés et plus désespérés.

J'ai *besoin* de jouir à nouveau. J'en suis si proche, putain.

Mais je ne veux pas que Marcus arrête de me baiser.

« Ce ne sera pas la dernière fois », grogne-t-il, comme s'il avait lu dans mes pensées. Sa prise sur mes hanches se resserre alors qu'il pousse en moi à nouveau. « C'est à moi maintenant. À *nous*. Un jour, je regarderai Ryland ou Théo baiser ton cul parfait pendant que tu chevaucheras ma queue. Tu ferais ça, mon ange ? Tu nous laisserais te prendre tout entier ? »

Ses mots envoient une douzaine d'images obscènes voler dans mon esprit et ma chatte se serre automatiquement en imaginant ce que cela ferait d'être baisée par deux de mes hommes à la fois. D'être tenue entre eux, complètement à leur merci, remplie par eux.

Vénérée par eux.

Peut-être que Marcus s'imagine les mêmes choses que moi, car sa retenue disparait soudainement. Son rythme s'accélère et il s'enfonce dans mon cul pour trois coups durs avant de finir sur un cri strident.

Alors que sa bite pulse en moi, je jouis aussi et le plaisir fait danser des étoiles devant mes yeux. C'est différent par rapport à aucun autre orgasme que j'ai déjà eu. C'est plus profond et plus intense, et il semble remplir chaque atome de mon corps.

Il faut encore quelques instants pour que les frissons de plaisir s'apaisent, et quand ils le font enfin, Marcus se retire avec précaution. Enroulant ses bras autour de moi, il me redresse avant de me tourner vers lui. Puis ses doigts s'emmêlent dans mes cheveux mouillés et il m'embrasse profondément, comme s'il essayait de cimenter ce lien entre nous.

Je peux encore goûter le soupçon de ma propre excitation sur sa langue, musquée et sucrée. L'eau qui tombe de la pomme de douche s'est un peu refroidie, même si je ne l'avais pas remarqué jusqu'à présent.

Mais ça n'a pas d'importance. La peau de Marcus est chaude contre la mienne, son étreinte protectrice. Nichée au cœur de ses bras, je ressens tant de choses — mais par-dessus tout, je me sens *en sécurité*.

Nos lèvres se séparent et il pose son front contre le mien tandis que nous respirons le même air, redescendant lentement sur terre.

Quand il ouvre les yeux, ils sont si proches des miens que j'ai du mal à les voir. Il laisse échapper un doux soupir et m'embrasse une fois de plus avant de reculer pour me regarder correctement.

« J'ai trouvé quelque chose », dit-il doucement.

Chapitre 2

Je cligne des yeux, essayant de comprendre ce que Marcus vient de dire. Mon cerveau est encore en bouillie à cause du sexe intense et de la séance d'entraînement avant cela.

Mais alors que j'essaie de comprendre complètement le sens de ses mots, je me redresse et hausse les sourcils. « Tu as trouvé ? Un lien qui relie Luca et la Vipère ? Une preuve que ce ne sont qu'une seule et même personne ? »

Il grimace, secouant la tête. « Non. On est toujours là-dessus. Il doit y avoir quelque chose, même s'il a été foutument prudent. La Vipère a été trop active à Halston pour ne pas laisser une trace quelconque et l'un de ces fils d'Ariane doit nous mener à Luca. »

J'acquiesce, en espérant de tout cœur qu'il a

raison. C'est ce que nous avons tous supposé ces derniers jours, l'espoir auquel nous nous sommes accrochés. Il doit y avoir *quelque chose*. Les gens de Luca deviennent très bons pour garder des secrets, mais aucun mensonge ne peut être enterré si profondément qu'il ne puisse être déterré.

Mais si ce que Marcus a trouvé n'a rien à voir avec Luca, je ne suis pas sûre de ce dont il parle.

« Je n'ai pas oublié ma promesse, mon ange », murmure Marcus, en passant la main derrière moi pour couper l'eau avant de resserrer ses bras autour de moi. « Nous allons continuer à chercher quelque chose pour prouver la trahison de Luca, mais j'ai aussi tâté le terrain sur ton frère. Je veux toujours t'aider à le retrouver. »

Mon cœur tressaute dans ma poitrine, frappant de façon erratique contre mes côtes.

Mon frère.

Le petit frère dont je ne suis même pas sûre qu'il existe, celui dont je me souviens à peine en dehors de la photo délavée de nous deux quand nous étions enfants. Quand Marcus a trouvé cette photo dans le petit étui à cigarettes qui me sert de portefeuille, j'étais prête à tout pour la récupérer, pour éloigner de lui cette partie de moi.

Mais j'aurais dû savoir que c'était impossible. Quand j'ai parlé une fois à Marcus de mes recherches infructueuses pour trouver mon frère, il a promis de m'aider. Je me souviens de la certitude dans sa voix quand il a dit qu'il devait y avoir un moyen de trouver les réponses dont j'avais besoin — cela a renforcé mon espoir qui allait s'amenuisant, me donnant à nouveau la détermination pour gérer la paperasse et les conneries administratives du bureau des services de protection de l'enfance.

« Tu as trouvé quelque chose ? Sur mon frère ? »

Le dernier mot reste presque coincé dans ma gorge. C'est toujours difficile pour moi de le dire à voix haute, même à quelqu'un en qui j'ai autant confiance que Marcus. C'est comme une blessure à vif de mon âme, comme si quelqu'un avait arraché une partie de mon cœur il y a longtemps et que la blessure n'avait jamais guéri. Je *veux* croire que mon frère est toujours là. Qu'il est en sécurité et en vie. Mais me laisser aller à cet espoir me donne parfois l'impression de me préparer à avoir le cœur brisé.

« Ouais. » Les yeux de Marcus brillent quand il acquiesce. La vapeur tourbillonne toujours autour de nous et obscurcit partiellement le reste de la salle de bain. Cela donne l'impression que nous sommes les deux seules personnes au monde. « J'ai un nom. Caleb Fairchild. Ce n'est pas grand-chose, mais c'est un début. Un fil à tirer. »

J'ai l'estomac qui palpite.

Caleb.

Je répète le mot à voix haute, le goûtant sur ma

langue tandis que Marcus me regarde attentivement. Je le répète plusieurs fois, espérant à chaque fois que le son de ce nom éveillera un souvenir en moi, une connexion.

« Je... je *crois que* ça me dit quelque chose », dis-je lentement, détestant comment j'ai l'air peu sure en le disant. Je voulais une révélation, et au lieu de cela, tout ce que j'ai eu, c'est un sentiment de familiarité lent et insidieux.

Mais je vais faire avec.

Comme Marcus l'a dit, c'est déjà quelque chose. C'est un premier pas et c'est bien plus que ce que j'ai pu obtenir durant toutes mes recherches.

« Comment as-tu trouvé son nom ? » Je croise le regard de Marcus, frissonnant un peu. Maintenant que l'eau est éteinte, la vapeur commence à se dissiper, laissant l'air frais. « J'ai passé des années à essayer de trouver quelque chose sur lui — un vieux dossier, des lettres d'adoption, *n'importe quoi*. »

Marcus jette un coup d'œil à la chair de poule sur mon bras. Il recule et ouvre la porte de la douche pour me faire sortir. S'avançant derrière moi, il prend une serviette sur le support et l'enroule autour de moi. Je lève les bras pour le laisser l'attacher autour de ma poitrine. J'adore cette sensation qu'il prend totalement soin de moi.

« C'était de la chance. » Il hausse les épaules. « Et de la persévérance. En fait, j'avais mandaté un détective qui travaillait sur le sujet depuis le jour où nous sommes allés chez Victoria. Il a fait une recherche complète sur le nom de famille Fairchild et ça l'a conduit au nom de Caleb. Ce n'était pas dans un dossier ou une lettre d'adoption. Il n'a encore rien trouvé de concret. »

Mes sourcils se rapprochent. « Alors où est apparu ce nom ? »

« C'était en fait dans le dossier d'un *autre* enfant. Une référence à une altercation mineure entre les deux. Pas plus d'informations que ça et aucune garantie que ce n'est pas complètement un autre Fairchild. Mais le timing correspond, et maintenant qu'on a un prénom, on peut commencer à le traquer. »

« Merci », je murmure. C'est loin d'être suffisant pour reproduire les émotions qui se bousculent dans ma poitrine, mais c'est le mieux que je puisse faire pour le moment. « Vraiment. Merci. »

Le visage de Marcus s'adoucit. Il n'a pas encore pris de serviette pour lui et il ne semble pas du tout gêné par sa nudité tandis qu'il se tient devant moi. Il prend un côté de mon visage dans sa grande paume et son pouce glisse sur ma mâchoire. « Je ferais tellement plus que ça pour toi, mon ange. Je ferais *n'importe quoi*. Et je vais continuer à poursuivre ces recherches, je te le promets. »

Je suis son contact, laissant mes yeux se fermer pendant une seconde.

Je n'ai pas l'habitude de ça. D'être protégée et qu'on prenne soin de moi. C'est un sentiment étranger, et la partie de moi qui a été seule pendant tant d'années et qui s'attendait à passer toute ma vie ainsi a encore parfois du mal à y croire.

Mais Marcus et ses deux meilleurs amis n'ont laissé aucune place au doute.

Encore et encore, j'ai vu des preuves indéniables qui montrent à quel point ils se soucient de moi — qu'ils sont prêts à faire n'importe quoi pour assurer ma sécurité.

Je ne suis pas sûre de le mériter, mais je ne vais pas non plus me battre contre ça.

Je lève la main et la pose sur la sienne : je passe mes doigts sur l'encre des tatouages sur ses articulations. Je ne peux pas voir les formes sombres, mais je sais qu'elles sont là. Le mois, la date et l'année de la nuit où l'on m'a tiré dessus.

Peut-être que je *mérite* ces hommes. Peut-être que nous nous méritons les uns les autres.

Après toutes les emmerdes que chacun de nous a traversées dans la vie, c'est peut-être la façon dont l'univers nous montre que les choses peuvent être meilleures. Que l'espoir existe, même dans l'ombre.

Mes yeux s'ouvrent à nouveau et j'observe les traits durs de Marcus. Les mots qu'il a prononcés plus tôt glissent sur mes lèvres, encore plus vrais maintenant qu'ils ne l'étaient la première fois que je les ai prononcés.

« Je t'aime. »

Marcus réagit immédiatement. Il inspire, ses yeux brillent et sa main glisse vers l'arrière de ma tête. Me tirant vers lui, il dépose un baiser fort sur mes lèvres.

« Redis-le, mon ange », murmure-t-il, sa bouche quittant à peine la mienne.

« Je t'aime. » Un sourire courbe mes lèvres, mais je continue à l'embrasser quand même. « Je t'aime. Je t'aime. Putain, je t'aime. »

« Bon sang. » Son autre main s'enroule autour de ma taille, me plaquant contre son corps humide tandis qu'il plonge sa langue dans ma bouche. Quand on se sépare enfin pour respirer, il grogne doucement. « Je viens juste de t'avoir, mon ange, et maintenant je veux te baiser encore une fois. Je veux t'entendre crier ces mots pendant que je suis en toi. »

Je rétorque : « Je pense que ça m'irait » et un sourire se dessine à nouveau sur mes lèvres.

« Tu ferais mieux, putain. Je bande déjà juste en y pensant. »

Il ne ment pas. Je peux sentir la preuve de son excitation s'enfoncer dans mon bas-ventre. Je m'attends à moitié à ce que Marcus me hisse sur le bord de l'évier et me fasse tenir ma promesse sur le champ, mais après un nouveau baiser long et profond, il se retire avec un gémissement torturé.

« Même si je déteste arrêter ça, on devrait descendre. Théo et Ryland sont en train d'examiner ce que nous avons pu trouver sur la Vipère jusqu'à maintenant et nous devrions être là pour ça. » Puis il me fait un petit sourire, un coin de ses lèvres se retroussant. « Dis-le encore une fois. »

Je chuchote : « Je t'aime ».

Le petit sourire s'épanouit en un sourire plus large qui prend tout son visage. « Je t'aime tellement, mon ange. »

Après un dernier baiser appuyé, il se retire et me donne une tape sur les fesses lorsque je me tourne vers la porte. Il enroule une serviette autour de sa taille et ramasse ses vêtements avant de me suivre dans la chambre attenante où je loge — quand je ne dors pas dans l'une des chambres des hommes, ce qui n'est pas si fréquent ces derniers temps.

Je demande : « On se retrouve en bas dans quelques minutes ? » tout en me dirigeant vers le placard.

« Ouais. »

Il se dirige vers la porte de la chambre, jetant un dernier regard par-dessus son épaule avant de partir. Il semble aussi réticent que moi à quitter la petite bulle de bonheur que nous avons créée sous la douche, mais nous savons tous deux que la réalité ne peut pas être maintenue à distance longtemps.

Un jour, je me suis promis. *Un jour, il n'y aura pas toutes ces conneries à gérer et nous pourrons passer toute la journée nus si nous le voulons. On aura le temps de parler de choses stupides et insignifiantes, de rire de blagues et d'être tout simplement ensemble.*

Je ne crois qu'un peu à mon propre vœu.

Si ce jour arrive, il est si loin que je ne peux pas le voir à travers les nuages orageux qui roulent vers nous à l'horizon.

Une tempête arrive.

Et on sera sacrément chanceux si on s'en sort tous vivants.

LE TEMPS que je m'habille et que je descende, Marcus est déjà en bas.

Je le trouve assis sur un tabouret attablé à l'îlot de cuisine en face de Théo et de Ryland. Et ce dernier a également l'air fraîchement douché. Notre séance d'entraînement a été beaucoup plus difficile pour moi que pour Ryland, mais même si la sueur perlait sur sa peau tatouée lorsque nous avons terminé. Cela remonte un peu mon ego de savoir que je l'ai au moins fait travailler par rapport à la raclée qu'il m'a donnée.

Je demande, en m'installant sur le tabouret à côté de Marcus « Il y a du nouveau ? ».

Les yeux bleu-vert de Théo sont chaleureux lorsqu'il les lève vers moi : « Pas autant qu'on le voudrait. »

Je sais que mes joues sont encore rougies par la longue douche et le sexe torride avec Marcus et j'ai l'impression que Théo et Ryland savent exactement pourquoi ma douche a été si longue. Mais je ne vois pas de jalousie sur son visage ni sur celui de Ryland quand l'homme aux cheveux brun lève les yeux de l'ordinateur portable devant lui.

Je ne m'attendais pas à tomber amoureuse de trois hommes et je ne pense pas qu'aucun d'entre eux ne s'attendait à tomber amoureux de la même femme. Mais nous avons trouvé notre voie via cette chose qui se développe entre nous tous, et avec chaque jour qui passe, ça semble plus solide et réel.

« Théo a raison », me dit Ryland avec une grimace. « Cela a été plus difficile que prévu de suivre l'activité de la Vipère, point final. Nous n'avons toujours pas réussi à le relier à Luca d'Addario. »

« Ça ne nous facilite pas la tâche d'essayer de faire tout ça sans que Luca ne puisse se rendre compte que nous sommes après lui. » Marcus secoue la tête. « Si nous n'avions pas à nous soucier d'être discrets, nous pourrions probablement obtenir des informations utiles des gens par la force brute. Mais il n'y a aucune chance que Luca n'en entende parler si nous interrogeons un de ses contacts. Il a su qu'on avait tué cet enfoiré de Jordan seulement quelques jours après que cela se soit produit. Il a des gens partout dans la ville. »

Je demande : « Est-ce que l'on peut se permettre d'y aller lentement ? » et mon estomac se serre. « S'il a autant de gens dans sa poche, combien de temps faudra-t-il pour qu'il se rende compte que nous fouillons là où nous ne devrions pas, même si nous le faisons de façon subtile ? »

« Je ne sais pas. » Ryland frotte une main dans ses cheveux brun foncé, les muscles de son avant-bras se contracte avec le mouvement. « Si nous avions un plan précis, ce serait beaucoup plus facile. Mais pour l'instant, notre meilleure chance est de continuer à creuser aussi discrètement que possible et de prier pour que nous déterrions quelque chose de compromettant avant que Luca ne découvre ce que nous faisons. »

« Et s'il le découvre avant que ça n'arrive ? Avant que nous ayons assez d'informations pour retourner les autres joueurs contre lui ? »

Théo émet un rire sans humour. « Alors on est foutu. »

Chapitre 3

« CALEB ! »

Je crie ce nom, il s'arrache de ma gorge comme s'il était fait de verre.

Je ne sais pas où il est. Je ne peux pas le voir. Les silhouettes informes des gens se déplacent dans l'espace autour de moi, mais aucun d'entre eux ne semble me remarquer.

Bien sûr qu'ils ne voient rien.

Je suis si petite. Si insignifiante.

Si impuissante, putain.

« LaLa ! » Une petite voix crie de quelque part au loin, paniquée et en larmes. « LaLa ! »

« Caleb ! »

Ma bouche forme à nouveau le mot, mais cette fois, le son semble être aspiré de mes lèvres comme si je criais dans le vide.

Il ne peut pas m'entendre. Et s'il ne peut pas m'entendre, comment va-t-il me trouver ? Comment vais-je le trouver ?

Le petit éléphant en peluche et en lambeaux que je tiens dans mes mains, écrasé, a pris une forme presque méconnaissable alors que je le serre de plus en plus fort. Ça n'a pas d'importance, pas vraiment. C'est juste un objet. *Un vieux jouet.*

Mais c'est tout ce qu'il me reste de mon frère.

JE ME RÉVEILLE EN SURSAUT, mes membres s'agitant automatiquement comme si j'essayais de m'empêcher de tomber.

« Hé, Rose. Tout va bien. Tout va bien. Je suis là. »

La voix apaisante pénètre le brouillard dans mon esprit, coupant à travers les restes du rêve qui s'accrochent à mes souvenirs. Tandis que mes yeux s'adaptent à l'obscurité et que j'inspire profondément, je sens les bras de Théo m'entourer, m'attirant contre la chaleur de son corps.

Je réalise avec un éclair de chagrin qu'il y a de fortes chances que je l'aie réveillé avec un coude dans les côtes ou quelque chose du genre — pourtant, il m'attire plus près de lui et ne me repousse pas.

J'expire en me forçant à le faire lentement par le nez, j'aspire une autre bouffée d'air et laisse le rythme lent de l'inspiration et de l'expiration m'apaiser tandis que mon pouls revient lentement à la normale.

Théo murmure : « Un mauvais rêve ? » Son visage est enfoui dans mes cheveux et son souffle effleure mon oreille.

J'avale ma salive en essayant de trier les morceaux fragmentés dans mon esprit. « Ouais. À propos... de mon frère. Caleb, je crois que c'est son nom. Je ne sais pas si Marcus te l'a dit, mais il l'a découvert hier. »

« Ouais, il m'en a parlé. » Je peux le sentir hocher la tête. « Ryland et moi l'avons aidé dans sa recherche en creusant autour de quelque chose sur Luca. De quoi rêvais-tu ? »

Je m'enfonce davantage dans son étreinte avant de répondre, laissant la chaleur de son corps s'infiltrer dans le mien.

« Je ne sais pas, exactement. J'ai déjà fait un rêve comme ça, sauf que cette fois, je n'arrêtais pas de dire son nom. C'est vraiment vague et confus, mais je pense que c'est un morceau de souvenir de quand j'étais enfant. Je tiens un éléphant — un jouet — et je cherche Caleb. J'essaie de le trouver. » En tordant un peu le cou, je regarde le visage de Théo dans l'obscurité. « As-tu beaucoup de souvenirs de quand tu étais petit ? Genre avant tes cinq ans ? »

Ses traits sombres se déplacent alors qu'il fronce les sourcils en réfléchissant. « Oui, un peu. Je me souviens de l'anniversaire de ma mère, l'année où mon père a décidé de la surprendre avec un voyage à Kauai. Et je me souviens d'une fille pour laquelle j'avais le béguin dans ma classe de maternelle. » Il me sourit, ses yeux brillant doucement dans la faible lumière qui passe par la fenêtre. « Ne t'inquiète pas. Je ne l'aimais pas autant que je t'aime toi. »

Je roule des yeux et lui donne un coup de coude exprès cette fois, ce qui lui arrache un petit rire. Aussi ridicule que cela paraisse, je sens une petite poussée de jalousie monter en moi, même s'il est hors de question que je l'avoue à Théo. C'est fou d'être jalouse d'un enfant de maternelle, mais la raison n'a jamais vraiment eu affaire avec ce que je ressens pour ces hommes.

« Pourquoi tu demandes ça ? » ajoute Théo, en me faisant rouler sur le dos et en s'appuyant sur un coude pour pouvoir me regarder. Il garde nos corps serrés l'un contre l'autre, l'une de ses jambes s'entre-mêlant à la mienne, et je suis heureuse qu'il n'ait pas laissé trop d'espace entre nous.

« Je ne sais pas. » Je hausse les épaules, en mordant ma lèvre inférieure. « Je suppose que j'ai juste l'impression que je devrais me souvenir davantage de cette période de ma vie, tu sais ? Surtout que ça semble être une période tellement importante. Si j'ai vraiment un frère et qu'on a été séparé, ça devrait normalement être le genre de chose dont je devrais me souvenir et pour toujours. »

« Oui, je vois ce que tu veux dire. Tu ne te souviens de rien ? »

Tout en parlant, Théo pousse une mèche de cheveux de mon visage. Puis il laisse tomber sa main sur ma poitrine, posant sa paume entre mes seins tandis que le bout de ses doigts trace la ligne de ma clavicule. J'ai bien chaud dans mon débardeur et mon short, mais la chair de poule apparait tout de même sur ma peau en réponse à sa caresse.

Je soupire, faisant monter et descendre sa main. « Pas vraiment. La plupart du temps c'est dans des rêves comme celui-ci. J'en ai parlé une fois à la thérapeute que j'ai vue durant un certain temps après mon amputation, mais elle n'a pas semblé penser que c'était si surprenant. Mon enfance n'a pas été exactement ce que j'appellerais facile et elle a dit qu'il n'est pas si rare que le cerveau bloque les souvenirs désagréables ou les trucs qui sont difficiles à gérer — et la perte de mon frère entrerait certaine-ment dans cette catégorie. Alors peut-être que ce n'est pas si bizarre. Mais je déteste quand même ça. C'est comme si... »

J'arrête de parler, me raclant la gorge.

Théo m'interroge : « Comme ? » Son visage est doux et ouvert lorsqu'il me regarde, et je sais que si je ne réponds pas, il ne me poussera pas à le faire.

« J'ai l'impression de le laisser tomber », dis-je doucement, serrant la mâchoire pour lutter contre les émotions que mes mots poussent à apparaître. « Comme si j'avais oublié ces choses pour *me* protéger, mais qu'en le faisant, je ne l'avais pas protégé, lui. Si je savais où il était, si je savais ce qui lui est arrivé, je pourrais peut-être l'aider. Être une vraie sœur pour lui. Mais je ne peux pas me souvenir. »

« Allez. » Les sourcils de Théo se froncent. « Ce n'est pas juste, Rose. Tu n'as pas volontairement oublié. Ce n'est pas comme si c'était un choix que tu avais fait. Tu étais une enfant. Tout ça n'est pas ta faute, peu importe ce qui est arrivé à ton frère. »

J'inspire une nouvelle fois et relâche mon souffle, ma poitrine frissonne légèrement sous la paume de Théo. « Je sais. De manière logique, je le sais. J'aurais juste aimé pouvoir l'aider, tu sais ? Bon sang, j'aimerais *encore* pouvoir l'aider, s'il est encore en vie. » Je fais une grimace. « J'avais ce fantasme stupide de nous voir tous les deux reprendre contact. De le retrouver et de recommencer à zéro, de construire une vraie relation sœur-frère. »

Quelque chose se loge dans mon ventre et je ne peux pas dire si c'est du regret ou de la gêne. Je baisse les yeux, regardant le drap qui recouvre le bas de nos corps. « Je pense que j'ai surtout eu ce fantasme parce que je me sentais vraiment seule, putain. Je voulais avoir quelqu'un à mes côtés. Près de moi. »

Théo change de position et s'installe entre mes jambes en plaçant ses coudes de chaque côté de ma tête. En ayant ce point de vue, je peux voir à quel point son expression est sérieuse lorsqu'il me regarde.

« Ce n'est pas stupide. J'ai toujours voulu avoir un frère ou une sœur quand j'étais petit. Mon père était toujours occupé par son travail et tout ça, et ma mère ? Je sais qu'elle m'aimait, mais elle était totalement absorbée par mon père, essayant de le rendre heureux et de le soutenir pendant qu'il construisait son empire. Ils m'aimaient, mais leur amour semblait toujours... théorique. Je voulais quelqu'un qui m'aime sans attaches. Dont je pourrais voir et ressentir l'amour. »

J'acquiesce et je passe mes jambes autour de sa taille. Le poids de son corps sur le mien me fait l'effet d'une couverture de sécurité, me ramenant les deux pieds sur terre et chassant les derniers échos du cauchemar.

« Ça a pris un peu de temps, » ajoute-t-il, « mais j'ai fini par trouver ça. Avec Marcus et Ryland. C'est à ce moment-là que j'ai réalisé que ce ne sont pas les liens de sang qui définissent la famille. La famille peut être ce que tu veux qu'elle soit. Et avec eux, j'ai trouvé la mienne. »

« Je suis contente. » Je lui souris doucement, faisant glisser mes doigts le long des muscles épais de sa colonne vertébrale jusqu'à atteindre les cheveux courts à la base de son cou.

Ses paupières s'abaissent un peu tandis que je fais glisser mes ongles doucement sur son cuir chevelu, mais il cligne des yeux et se recentre sur moi. « Pour info, je l'ai trouvé avec *toi* également. Et eux aussi. »

Mes cuisses se resserrent autour de lui, serrant nos corps l'un contre l'autre alors qu'un petit frisson me parcourt.

Une famille.

C'est ce que sont ces hommes. Et j'en fais partie maintenant.

Ça ne me fera pas cesser de chercher mon frère, mais Théo a raison. La famille peut être ce qu'on veut qu'elle soit et j'ai choisi de faire celle-ci mienne. Trois hommes magnifiques mais abîmés car trahis par leur propre famille. Les trois hommes qui étaient autrefois mes ombres et qui existent maintenant dans chaque partie de ma vie.

En glissant ma main un peu plus haut, je touche l'arrière de la tête de Théo, ramenant son visage vers le mien tandis que je lève ma tête pour répondre à son baiser.

Il m'embrasse à son retour et je sens son parfum de cerise noire et de chêne épicé si familier. Et lorsque sa main glisse le long de mon corps, jusqu'au moignon de mon bras amputé et descendant le long de la courbe de ma taille, je fonds sous lui, m'abandonnant entièrement à son contact.

Le désespoir terrifiant produit par mon rêve s'estompe et est remplacé par quelque chose de plus lumineux et de bien meilleur.

Le bonheur.

L'espoir.

LORSQUE J'OUVRE LES YEUX, le soleil se faufile entre les rideaux des fenêtres, remplissant la pièce d'une lumière pâle et chaude.

Je m'étire et je bâille, en levant mes bras au-dessus de ma tête et en arquant mon dos.

L'autre côté du lit est vide. Je l'ai senti dès que je me suis réveillée. Je suis tellement en accord avec ces hommes que je suis presque sûre que je saurais si Théo était à côté de moi, même s'il ne me touchait pas — même si la vraie raison est peut-être que s'il *était* à côté de moi, il me toucherait certainement.

Comme je me suis douchée après ma séance d'entraînement hier après-midi, je n'en prends pas ce matin, me glissant hors du lit et enfilant un pantalon de yoga et un nouveau débardeur. Je suis sûre que Ryland voudra encore s'entraîner avec moi aujourd'hui, pour faire bon usage de la salle de gym qu'ils ont à la maison.

En descendant l'ourlet du débardeur, je souris légèrement à la douleur dans mon corps. Mes muscles sont encore un peu raides, surtout au niveau des épaules, et mon cul est un peu endolori après avoir baisé Marcus sous la douche.

Je ne me plains pas pour autant. De tout ça.

Toutes les douleurs de mon corps sont bonnes, en ce qui me concerne. Elles me rappellent que je suis en vie et — à leur manière — elles me rappellent à quel point les hommes avec qui je vis tiennent à moi.

Et peut-être que je développe une tendance vicieuse, mais je me surprends à attendre avec impatience mes séances d'entraînement avec Ryland. M'acharner avec une paire de gants ou sur le sac de frappe me fait me sentir moins impuissante, même si cela ne nous aide pas directement à résoudre notre problème de savoir que faire concernant Luca.

Je relève mes cheveux en une queue de cheval quelconque et j'enfile mes baskets avant de me diriger vers la porte. Je roule légèrement les épaules en commençant à descendre les escaliers du premier étage.

Mais quand je suis rendue à la moitié, je m'arrête.

Des voix s'élèvent de quelque part — du salon,

je pense — et je réalise presque immédiatement que ce ne sont pas toutes des voix que je connais. Je reconnais le timbre profond de Marcus et je capte une voix qui ressemble à celle de Théo. Mais il y en a deux autres qui ne me sont pas familières, celles d'un homme et d'une femme.

Je me demande si je dois retourner à l'étage, mais les gars ne m'ont jamais dit qu'il fallait garder ma présence ici secrète. Après un moment d'hésitation, je continue à marcher, en ralentissant un peu mes pas et en tendant l'oreille pour mieux capter la conversation.

Ce n'est que lorsque je suis au premier étage et que je me dirige vers le salon que je commence à saisir les mots qui sont prononcés. Quand j'y arrive, mon cœur bat la chamade dans ma poitrine.

« ... aurait pu attendre plus que quelques jours pour organiser une cérémonie funèbre pour moi. »

La voix de Marcus est basse et d'un ton égal, mais je peux entendre la colère enfouie sous la surface.

Oh putain. Est-ce qu'il parle à ses parents ?

Mes pas s'arrêtent à nouveau, mon pouls s'accélère de plus en plus lorsqu'une voix féminine répond.

« Nous pensions que tu étais mort. Nous voulions seulement te rendre hommage. »

« Bien sûr. Et peut-être que vous vous êtes aussi dit que puisque vous aviez perdu votre intérêt dans le jeu, vous pouviez profiter de l'occasion pour compenser vos pertes en passant des accords avec tous les gens qui sont venus "pleurer" ma mort. »

« Ce n'est pas vrai. » La voix de sa mère est cultivée et doucement mélodieuse. Elle serait jolie si je ne détestais pas chaque mot qu'elle est en train de prononcer.

« Tu n'étais pas là », ajoute une voix grave. Le père de Marcus, je suppose. « Tu n'as pas vu le visage de ta mère lorsque le jeu s'est terminé et que nous avons appris que tu avais disparu. Nous savons tous ce que cela signifie généralement. »

« Et maintenant que nous savons que tu es en vie, nous ferons tout ce que nous pouvons pour te soutenir, comme nous l'avons toujours fait », dit sa mère. « Tes fiançailles avec Victoria Tatum étaient inattendues, mais je pense que ce mariage pourrait être une bonne chose. Sa famille a pris de l'importance ces derniers temps, surtout depuis qu'elle a si bien tenu son rang dans le jeu. Tu devrais organiser la cérémonie bientôt. Ce sera une bonne opportunité pour nous. »

« Vous approuvez des fiançailles alors ? Même si je n'aime pas Victoria ? Même si je ne l'*aime* pas du tout ? »

La voix de Marcus est encore plus tranchante qu'avant. Et j'y entends autre chose que de la colère, quelque chose d'enterré plus profond.

La douleur.

Sans même y réfléchir, je me remets en marche, avançant dans le couloir à pas rapides jusqu'à atteindre le salon. Quand j'entre, cinq paires d'yeux se tournent vers moi.

Ryland est aussi dans la pièce, même si je ne l'ai pas entendu parler avant. Il est appuyé contre le mur juste à l'intérieur de la porte, les bras croisés et un regard sombre sur son visage. Au lieu de sa chemise boutonnée habituelle et de son pantalon sombre, il porte des vêtements de sport, comme moi.

Les parents de Marcus sont les seuls à être assis, ce qui en dit long sur la tournure que prend déjà cette conversation. Théo se tient sur le côté et Marcus est debout devant ses parents, assis sur le canapé, ses mains enfoncées dans ses poches et ses épaules tendues.

Sa mère était en train de répondre à sa question quand j'ai fait irruption, mais tout ce qu'elle a dit a été perdu dans le bourdonnement provoqué par le sang dans mes oreilles. Je ne me soucie pas vraiment de ce que c'était de toute façon.

Je n'en ai vraiment rien à foutre de *ce qu'*elle pense. À propos de tout ça.

« Allez vous faire foutre. »

Les mots s'échappent de mes lèvres avant que je ne puisse les arrêter, avec le même calme de plomb que la voix de Marcus avait auparavant.

Les yeux de sa mère s'élargissent jusqu'à ce que je puisse voir le blanc autour des iris. Je me souviens d'elle à la veillée funèbre, mais je ne suis pas sûre qu'elle se souvienne de moi. Ses cheveux sont un peu plus clairs que ceux de son fils, ses traits sont délicats et élégants. La perfection de son apparence contraste presque de manière comique avec son expression scandalisée.

Honnêtement, je ne peux pas dire si elle est choquée par ce que j'ai dit, ou par le fait que ce soit *moi qui l'ai* dit.

Gideon Constantine plisse les yeux en me regardant avant de se tourner vers son fils. « Mais qu'est-ce qu'elle... »

« Allez vous faire foutre », je répète, le coupant en élevant la voix. « Vous voulez que je le redise ? Allez vous faire foutre. »

Sa femme s'est suffisamment remise pour ne plus avoir l'air scandalisée. Maintenant, elle a juste l'air en colère. Elle se redresse sur le canapé, le dos si rigide qu'on dirait qu'on lui a enfoncé une perche dans le cul. « Il n'y a pas besoin de... »

« Si. C'est nécessaire. »

Ma voix tremble un peu. Je tremble un peu, mon corps est tellement plein de fureur sauvage que je ne sais pas comment la contenir. Je me sens la même que juste avant de réduire le visage de Natalie en bouillie et j'ai une pensée fugace que je suis peut-être sur le point de frapper la mère de Marcus.

Je ne le regarde pas quand je fais un pas en avant, gardant mon regard fixé sur ses parents. Je suis peut-être en train de dépasser les bornes, mais je n'arrive même pas à me soucier du fait qu'ils soient peut-être en colère contre moi.

Il y a des choses que j'ai voulu dire à ces deux connards depuis le jour où j'ai assisté à la veillée funèbre de Marcus, le chagrin me rongeant le cœur.

Et je n'aurai peut-être jamais d'autre chance, alors je vais la saisir.

« Je n'ai jamais eu de famille. » Ma voix est dure et tendue, et mes doigts se recroquevillent en un poing. « Je n'ai jamais connu mes parents. J'ai eu des parents adoptifs de merde toutes ces années, mais même le pire parent que j'ai eu était mille fois mieux que l'un de vous. Parce qu'aucun d'entre eux n'a jamais vendu ma vie pour avancer dans le monde. Aucun d'entre eux ne m'a *utilisée* comme un putain de pion pour arriver à ses fins. »

Le visage de Gideon s'assombrit, ses sourcils s'abaissent. Il ressemble beaucoup à son fils et c'est étrange de voir des traits qui me sont si chers sur un visage que je déteste tant. « Excusez-moi, mais qui êtes-vous ? »

« Je suis la raison pour laquelle votre fils est toujours en vie. » Je fais un autre pas en avant en

inclinant ma tête pour les regarder tous les deux. «
Et c'est grâce à moi qu'il *restera* en vie. Vous pouvez
appeler ce à quoi vous l'avez inscrit un 'jeu' autant
que vous le voulez. Essayez de l'embellir en le faisant
passer pour un truc sportif ou autre. Mais ça ne
change pas ce que c'est vraiment. Un foutu piège.
Une *sentence*. Tuer ou être tué. »

« Nous ne l'aurions pas inscrit si nous ne
croyions pas en lui. Si nous ne pensions pas qu'il
pouvait gagner. »

La mère de Marcus — Norah, je crois que c'est
son nom — a la décence d'avoir l'air un peu gênée
en jetant un coup d'œil de moi à Marcus, mais je ne
laisse pas cela affaiblir le feu qui brûle dans ma
poitrine.

Rien qu'en l'entendant parler avant que je
n'entre dans la pièce, cela m'a donné une assez
bonne idée de la façon dont cette femme opère. Elle
a l'air et paraît *douce*, mais ce n'est qu'une putain de
comédie. Elle n'est rien d'autre que des bords tran-
chants et un pragmatisme dur, évaluant la vie de son
fils contre son propre gain potentiel.

Et je la déteste pour ça. Je la déteste encore plus
que son père.

Parce qu'elle aurait dû protéger son putain de
fils.

« Il *va* gagner », je riposte, mes lèvres se recour-
bant en une forme qui ressemble beaucoup à un

grognement. « Pas grâce à vous, putain. Il va s'en sortir — encore une fois, pas grâce à vous. C'est une meilleure personne qu'aucun de vous deux ne pourrez jamais espérer l'être et ce n'est absolument pas grâce à vous, putain. »

« Ca suffit. » Le visage de Gideon est rouge, ses joues sont tachetées de couleur. « Je ne sais pas qui vous pensez être, mais... »

« Elle a raison. »

La voix de Marcus est calme, mais elle coupe celle de son père comme un fouet. Gideon et Norah se retournent pour le regarder, et je finis par le faire aussi.

Sa mâchoire est serrée, son visage un peu pâle et soigneusement dépourvu d'expression. Je ne sais pas ce qui se passe dans sa tête ou dans son cœur, mais je peux encore entendre la douleur dans sa voix.

« Elle a raison », répète-t-il. « Sur toute la ligne. » Il secoue la tête, en soufflant un peu. « J'ai essayé pendant si longtemps d'être le fils que vous vouliez que je sois. Je pense que je l'ai fait pour Alexis, pour honorer sa mémoire d'une manière un peu tordue. Comme si en *vous* rendant fiers, je pouvais en quelque sorte *la* rendre fière. Mais elle n'est plus là. Et si elle était là maintenant ? Si elle pouvait me voir maintenant ? Elle aurait honte, putain. Pas à cause des choses que j'ai faites — mais parce que je les ai faites pour vous faire plaisir. »

Le silence s'installe alors que les mots de Marcus s'éteignent. Ses parents ont tous deux l'air légèrement stupéfaits. Après un autre long moment, Gideon ouvre la bouche pour parler, mais Marcus le coupe à nouveau.

« Je ne veux pas entendre ce que tu as à dire. Peu importe ce que c'est, je m'en fiche. » Son regard se tourne vers Ryland puis Théo, et ses épaules se redressent. « Je vais finir ce truc. *Nous allons* le finir. Il n'y a pas d'autre moyen maintenant que nous sommes dans cette situation. » Il baisse les yeux vers ses parents. « Mais quand je l'aurai fait, et quand nous aurons gagné, ne vous attendez pas à ce que vous obteniez quelque pouvoir que ce soit. N'espérez rien *du tout*. »

« Marcus... » Sa mère adoucit sa voix, visiblement sur le point de jouer au « bon flic » avec son père jouant celui du « mauvais flic ».

Mais elle n'en aura jamais l'occasion.

« Sortez. »

Il y a une telle finalité dans la voix de Marcus qu'elle semble aspirer tout l'oxygène de la pièce. Le mot tombe comme une enclume et je sais qu'il ne parle pas seulement de cette maison.

Il parle de sa vie.

Il s'en suit un autre moment de silence prolongé pendant que ses parents digèrent ses mots, essayant clairement de trouver quoi répondre.

Quand je regarde Marcus à nouveau, son visage est figé en un masque. Il pourrait aussi bien être fait de pierre.

Son père bafouille pendant une seconde, comme s'il était sur le point de parler. Mais en fin de compte, il attrape Norah par le coude et la tire sen se tenant à ses côtés. Elle me lance un regard perçant, et pour la première fois, je vois derrière le masque de civilité cultivée qu'elle porte le prédateur qui se cache en dessous.

Puis Gideon et elle sortent en trombe de la pièce.

Aucun des hommes ne bouge pour leur montrer la sortie. En fait, nous restons tous parfaitement immobiles jusqu'à ce que nous entendions la porte d'entrée se fermer derrière eux.

Une fois que le bruit a résonné dans la maison, mes épaules se détendent, la tension dont je n'avais même pas conscience s'évacue de mon corps. Mes doigts se détendent eux aussi et mes articulations sont raides à force d'avoir été serrées si fort. Je peux sentir de petites pointes de douleur le long de ma paume, là où mes ongles ont profondément creusé la peau.

Je me tourne pour faire face à Marcus, croisant enfin son regard pour la première fois depuis que j'ai fait irruption dans la pièce.

Il y a quelque chose sur son visage qui me brise le cœur et je réalise avec une douleur horrible dans ma poitrine qu'il vient de perdre ce qui lui restait de sa famille.

Il m'a toujours moi, Théo et Ryland. Mais cette connexion à son passé, à son enfance, à sa *sœur*, a disparu.

Putain. Peut-être que je n'aurais pas dû venir ici. Peut-être que je n'aurais pas dû dire quoi que ce soit.

Avant que cette pensée ne puisse s'enraciner trop profondément, Marcus s'avance vers moi. Il touche ma nuque et tire mon visage vers le sien, posant son front contre le mien, comme il l'a fait hier.

« Mon ange », murmure-t-il doucement. « Merci de m'aimer. »

Quand il se recule, je veux le saisir et l'attirer de nouveau vers moi. Je veux le serrer contre moi et ne plus le lâcher. Mais je peux voir dans ses yeux qu'il a besoin de temps, besoin d'être seul et c'est la moindre des choses de le lui donner.

« Toujours », je chuchote, en soutenant son regard pendant un battement de cœur.

Un sourire se dessine au coin de ses lèvres et même s'il ne se forme pas complètement, c'est déjà ça. Puis il contourne le canapé et quitte la pièce, ses pas se dirigent vers le couloir et les escaliers.

Théo souffle un coup. « Putain de merde. » Puis il sourit. « Rappelle-moi de ne jamais te contrarier, Rose. »

Je vois bien qu'il essaie de détendre l'atmosphère

et je l'apprécie. Mais mon cœur souffre toujours pour Marcus et l'adrénaline et la colère fouettent toujours mes veines si vite que j'ai l'impression que ma peau bourdonne.

Ryland se décolle du mur et frotte une main sur la peau tatouée de son avant-bras en faisant un pas vers moi.

« Hé. Tu veux commencer notre session d'entraînement plus tôt aujourd'hui ? »

Ma main se serre à nouveau en un poing et je hoche violemment la tête, mon esprit se remplissant déjà d'images des visages de Norah et de Gideon.

« Putain, oui. »

Chapitre 4

THÉO DÉPOSE un baiser rapide sur mes lèvres puis Ryland et moi quittons la pièce.

Je suis Ryland de près et nous nous dirigeons vers l'arrière de la maison, là où Théo a aménagé une grande pièce en salle de sport. Il y a quelques poids et des machines que nous avons jusque-là ignorés, en nous concentrant plutôt sur le sac de frappe qui se trouve dans un coin et dans la zone vide au milieu de la pièce. Cela nous offre assez d'espace pour travailler la technique de combat et pratiquer le jeu de jambes, les blocages et les attaques.

Mon avenir de combattante de MMA se présente plutôt mal, mais ce n'est pas le but de tout cela. L'objectif est d'avoir moins de chance de mourir si je me retrouve dans une position où je suis menacée physiquement.

Nous entrons dans la pièce et Ryland jette un coup d'œil par-dessus son épaule. « Je sais que tu veux juste frapper sur quelque chose aujourd'hui, alors on va commencer par ça. Ensuite je vais t'apprendre quelques techniques pour désarmer ton adversaire. »

Je hoche la tête, tout en étirant les doigts avant de reformer un poing. Il n'a pas tort. Je ne pense pas pouvoir me concentrer sur autre chose tant que je n'aurai pas évacué de mon système un peu de cette rage.

Ses yeux noisette brillent lorsqu'il me regarde et je ne peux pas vraiment dire quelle est l'émotion qui se cache derrière.

Et avant que je ne parvienne à la déchiffrer, il se retourne et traverse la pièce pour se rendre vers le mur du fond où est installée une chaîne stéréo. Il met de la musique qui va parfaitement avec mon humeur — forte, dure et en colère. Puis il prend un peu de bandage à main qui se trouve dans un petit meuble le long du même mur et revient vers moi.

Quand il s'approche, je lève la main et il se met au travail pour envelopper mes articulations.

Tout en enroulant le long morceau de tissu entre mes doigts, il lève les yeux vers moi. « Je suis content que tu te sois exprimée quand on était là-bas. Ils avaient besoin de l'entendre. *Marcus avait besoin* de l'entendre. »

Je fais une grimace. « J'espère que ce n'était pas une mauvaise chose. Marcus avait l'air plutôt mal après leur départ. »

« Ouais. » Ryland hausse les épaules, ramenant son attention vers sa tâche alors qu'il enroule le tissu autour de ma main et le long de mon poignet. « Il le sera pendant un moment. Mais il va s'en sortir. »

Il enroule mes doigts en un poing, testant son travail, puis capte mon regard. « C'est bon ? »

Je hoche la tête en tournant un peu mon poignet. « Ouais. »

Il prend deux gants de contact dans le casier et les enfile avant de se placer au milieu de la pièce. « Ne fais pas attention à la technique pour l'instant. Laisse-toi juste aller. »

Puis il frappe les pads l'un contre l'autre et les tient à hauteur de son visage.

Je n'ai pas besoin qu'il me le dise deux fois. Je fais exactement ce qu'il m'a dit, laissant la rage sortir de moi tandis que mon poing s'envole encore et encore. Il se déplace un peu dans la pièce, et je le traque comme un putain de prédateur. Je garde les genoux pliés pour donner de la puissance à mes jambes comme il me l'a appris. Le son aigu de mon poing frappant les pads emplit la pièce, le tout s'effectue au son lourd de la musique.

Je ne me rends même pas compte du temps qui passe. Mon monde se réduit aux cercles noirs au milieu des gants rouges, à la sensation du souffle qui entre et sort de mes poumons, à la brûlure satisfaisante de mes muscles.

J'imagine Gideon Constantine.

J'imagine sa femme.

J'imagine Natalie.

Et je ne me retiens pas un seul instant.

Je finis par faire une pause après avoir donné tous ces coups. Ryland se met hors de portée et laisse tomber ses mains le long de son corps. « Tu te sens mieux ? »

La sueur coule le long de ma tempe et je peux aussi la sentir couler le long de ma colonne vertébrale. Je respire plus fort que je ne le pensais, mon cœur bat la chamade dans ma poitrine. J'essuie mon front avec le dos de mon bras et j'aspire une grande bouffée d'air. Quand j'expire, je me rends compte que je me sens un peu plus légère.

Il sourit : « Bien. ». C'est quelque chose qu'il ne fait pas aussi souvent que Théo, et cela transforme son visage tout entier, en atténuant les lignes tendues de ses traits. « Je t'ai dit de ne pas t'inquiéter de la technique, mais tu as quand même bien géré ta position. Ces coups étaient solides. C'est bien. Ça veut dire que tu absorbes tout ça assez bien pour commencer à le faire inconsciemment. » Il enlève un gant et secoue sa main. « Ça, combiné à tes capacités naturelles de combat, va certainement te donner un avantage lors d'une confrontation. »

Je lui lance un sourire en coin. « Par "capacités naturelles de combat," tu veux dire "rage incontrôlable," non ? »

Il glousse et s'approche pour remettre les gants dans le casier. « Ouais, tout ce qui peut aider à mener à bien les choses. »

Je le suis et il se retourne pour m'aider avec mon bandage : il le déroule de mon poignet et de ma main, avant de le mettre de côté. Puis il sort un pistolet de la ceinture de son pantalon.

« Ok, il est temps de travailler sur le désarmement de l'adversaire. » Il retire le chargeur et nettoie la chambre, puis me fait signe de retourner au milieu de la pièce. « Ce truc n'est pas facile, et comporte des risques, alors utilise-le seulement si tu n'as pas d'autres options, d'accord ? »

J'acquiesce et mon estomac se tord un peu lorsqu'il lève son arme. Je viens juste de le voir se débarrasser de toutes les balles, mais c'est toujours un peu terrifiant de regarder le canon d'une arme en face.

En procédant par petites étapes, il me montre comment étendre ma main et dévier l'arme, puis tordre le canon pour casser la prise. Il doit faire plusieurs ajustements vu que je ne peux le faire qu'à une seule main. Mais il est patient avec moi et s'arrête lorsque quelque chose ne fonctionne pas pour me montrer une nouvelle technique.

Dès qu'on a trouvé la meilleure façon de désarmer quelqu'un d'une seule main, il me fait répéter le geste encore et encore.

Je lève les yeux vers lui alors qu'il se remet en position, levant son arme et la pointant vers moi : « Je peux te demander quelque chose ? ».

« Bien sûr. »

Mon estomac se serre. « Ce truc là-bas avec les parents de Marcus. Tu m'as dit que tu étais content que je me sois exprimée. Qu'ils avaient besoin de l'entendre. Mais je ne comprends pas pourquoi ils *ne* l'ont *pas* entendu avant. Après la merde qu'ils vous ont fait subir, la merde pour laquelle ils vous ont inscrits, pourquoi êtes-vous encore en contact avec vos parents ? »

Ryland soupire, baissant un peu son arme. « Je ne sais pas. Eh bien, avec Théo, je pense qu'il reste parce qu'il s'inquiète pour sa mère. Son père étant parti, son oncle qui la manipule et l'intimide, en essayant de s'immiscer dans tous les aspects de leur entreprise. Théo fait ce qu'il peut pour l'aider à résister à ça. »

J'acquiesce en me rappelant ce à quoi Théo a dû faire face avec son oncle une fois auparavant. Je me souviens aussi qu'il m'a dit ne pas vouloir faire partie de l'entreprise familiale. Et je me demande si la seule raison pour laquelle il n'a pas complètement coupé les ponts, c'est juste par peur de ce qui arriverait à sa mère s'il le faisait. S'il n'était pas là pour veiller sur elle, que pourrait faire son oncle ?

Je pose la question en attrapant le regard de Ryland « Et pour toi et Marcus ? ».

Sa mâchoire se serre. « Ça semble probablement stupide pour quelqu'un comme toi. Mais dans cette vie ? Dans ce monde ? On apprend aux enfants dès leur plus jeune âge qu'ils sont liés à leurs parents, qu'ils doivent respecter la lignée familiale à laquelle ils appartiennent. Que des sacrifices doivent être faits pour protéger le nom de la famille et pour faire grandir son pouvoir et sa visibilité. »

Je fronce les sourcils. « Mais c'est vraiment tordu. Ça donne l'impression qu'ils font tout ça pour toi, pour la prochaine génération. Mais si c'est pour *toi*, alors tu devrais pouvoir choisir ce que tu veux faire, pas être forcé à faire des choses. »

Je baisse les yeux sur l'arme et je réalise que nous nous sommes laissé distraire de notre entraînement. Rapide comme l'éclair, ma main s'élance, attrape l'arme et la pousse sur le côté, tordant le canon pour briser sa prise en même temps que je fais un pas en avant et que fais semblant de lui donner un coup de tête.

La tête de Ryland recule d'un coup et il lâche l'arme. Il sourit lorsque je la lui rends, semblant plus content qu'en colère que j'ai profité de sa distraction.

« *C'est tordu* », dit-il en revenant à notre conversation. « Je ne sais pas pour Marcus, mais je me suis toujours dit que mes parents agissaient ainsi parce qu'ils m'aimaient. Qu'ils voulaient que j'aie plus que ce qu'ils possèdent eux-mêmes et *mieux* que ce qu'ils ont. »

Il lève l'arme pour la pointer de nouveau vers moi. Mais je peux voir dans ses yeux qu'il est toujours distrait. Il y a quelque chose qui plane dans la profondeur noisette de ses yeux, quelque chose qui ressemble beaucoup à ce que j'ai vu dans les yeux de Marcus un peu plus tôt.

De la douleur.

J'ai mal au cœur et ma poitrine se serre. Ces hommes ont tous été trahis par leur famille et je ne suis pas sûre qu'il y ait une blessure plus profonde que ça.

« Ma mère est en train de mourir », dit Ryland tout doucement.

Je cligne des yeux vers lui, oubliant complètement l'arme toujours pointée sur moi. « Vraiment ? »

Il acquiesce et un muscle de sa mâchoire saute. « Ouais. Un cancer. Elle s'est battue mais rien n'a vraiment fonctionné — cela a peut-être ralenti l'évolution et lui a donné quelques mois supplémentaires, mais c'est tout. » Ses lèvres se pressent ensemble. « Mon père... il ne veut même pas en parler. Il peut à peine être dans la même pièce que ma mère et il déteste tout signe de faiblesse. Elle porte des perruques pour cacher sa perte de cheveux et une tonne de maquillage pour ne pas paraître pâle ou épuisée. »

Il se tait pendant un moment et je laisse le silence planer dans l'air.

Je ne sais pas quel genre de relation il a eu avec sa mère et je suppose que c'est sacrément compliqué. J'ai eu l'impression que ses *deux* parents l'ont inscrit au jeu de Luca. Quand même, ça doit faire mal de la voir mourir.

« Je pensais que c'était de l'amour », dit-il enfin. « Ou du moins, le seul type d'amour que mon père était capable d'exprimer. Comme si ça lui faisait trop mal de penser à la perdre, il a choisi de ne pas accepter le fait de la voir s'éteindre. Il a toujours été un fils de pute froid et distant envers moi, mais je me suis dit qu'il m'aimait malgré tout. »

Je suggère doucement : « Peut-être que oui ». Je déteste défendre son père de quelque manière que ce soit, mais je déteste aussi la douleur que j'entends dans la voix de Ryland.

Le regard de Ryland s'aiguise, comme s'il s'arrachait à de vieux souvenirs qui surgissent dans sa mémoire. « Non. Il ne m'aimait pas. » Il me regarde, ses yeux noisette brûlent. « Parce que si tu aimes quelqu'un, tu ne les tiens pas à distance. Tu ne les repousses pas. J'ai essayé ça pendant si longtemps avec toi et ça n'a fait que nous blesser tous les deux. Si tu étais malade, si tu étais mourante, je *serais là* avec toi, peu importe si ça me brise le cœur. Je le voudrais, parce que chaque putain de seconde est précieuse. »

Je maintiens son regard et quelque chose se développe dans ma poitrine, emplissant chaque centimètre d'espace jusqu'à ce que je puisse à peine respirer. Je pense que nous avons tous les deux oublié l'entraînement. L'arme repose mollement dans sa main et nous nous fixons l'un l'autre.

Je me souviens de tous ces jours où Ryland se retenait, raide et froid comme un bloc de glace. Je me souviens de la première fois qu'il m'a embrassée —même à ce moment-là, il essayait de se tenir à distance.

Si les circonstances de la vie ne l'avaient pas forcé à voir les choses différemment, Ryland aurait-il fini comme son père ? Un homme qui ne sait pas comment exprimer son amour autrement que par la froideur et le contrôle ?

L'homme qui se tient devant moi maintenant est

si différent de ça. C'est difficile d'imaginer maintenant qu'il ait pu être si fermé.

Je tends la main et j'attrape le poignet de Ryland. Mais au lieu d'attraper l'arme, je déplace juste son bras en faisant un pas vers lui.

« Tu n'es pas du tout comme ton père », je dis. « Je n'ai même pas besoin de le connaître pour savoir ça. »

Je pose ma main sur son torse et je me penche pour déposer un baiser sur ses lèvres. Il m'embrasse en retour, ses bras tatoués m'entourent et il m'attire plus près, en coinçant ma main entre nous. Ses lèvres se déplacent contre les miennes, chaudes et comme affamées.

Il y a toujours de la musique qui passe. Je ne sais pas combien de temps nous nous sommes entraînés, mais en ce qui me concerne, je crois que c'est assez pour aujourd'hui. Il y a d'autres choses que je veux faire avec Ryland et cela n'implique pas de le frapper.

Il doit ressentir la même chose, car il me soulève et m'allonge sur le sol en un seul mouvement rapide. Il met le pistolet de côté et se tient au-dessus de moi, son grand corps se postant au-dessus du mien. Mes jambes s'ouvrent et l'accueillent dans le berceau de mon corps alors qu'il m'embrasse à nouveau, avec sa langue qui caresse la mienne.

Quand il s'éloigne pour me regarder, la belle couleur noisette de ses yeux est remplie de chaleur.

« Je t'aime », murmure-t-il.

Un sourire se dessine sur mes lèvres. « Je sais. »

C'est encore assez nouveau d'entendre l'un de ces hommes me dire ces mots, mais je sais que je ne me lasserai jamais de les entendre. Ryland n'est pas le seul qui aurait pu passer sa vie renfermé et froid si les circonstances ne l'avaient pas forcé à changer.

Quand Ryland m'embrasse à nouveau, c'est plus fort et plus profond, ses lèvres bougent contre les miennes tandis qu'il se soutient d'une main. Son autre main se promène sur mon corps, serrant mon sein sans trop de délicatesse avant de glisser vers le bas et d'agripper l'ourlet de mon débardeur.

Quand il le fait passer au-dessus de ma tête, j'arque le dos. Lorsque l'air frais frappe mes mamelons, ces derniers se hérissent et je suis soudainement heureuse d'avoir porté un débardeur avec un petit soutien-gorge intégré. C'est une couche de moins à enlever pour Ryland.

Il est content lui aussi, si j'en crois le grognement sourd dans sa gorge.

Il descend le long de mon cou et de ma poitrine, faisant tournoyer sa langue sur un mamelon pendant que ses doigts jouent avec l'autre. Puis il descend et mordille la peau de mon ventre tandis que ses mains s'accrochent à la ceinture de mon pantalon de sport.

Il le fait glisser en même temps que mes sous-vêtements et presse un baiser à l'intérieur de ma cuisse dès qu'il a accès à ma peau nue. Il abandonne mon pantalon quelque part autour de mes chevilles, laissant aussi mes chaussures, alors qu'il saisit mes cuisses dans ses grandes mains et les ouvre.

Je gémis alors qu'il fait glisser sa langue le long de la ligne de ma chatte, déplaçant mes hanches et me frottant contre son visage. J'attends juste d'en avoir plus. « Putain, Ryland. »

Il lève les yeux vers moi et je profite de son attention pour attraper une poignée de ses cheveux presque noirs et l'entraîner vers moi. Sa bouche sur ma chatte est incroyable, mais j'ai besoin d'autre chose en ce moment.

Je râle en tirant une nouvelle fois sur ses cheveux : « Ne t'avise pas de me faire jouir sans ta bite à l'intérieur de moi ».

Il rit et je sens ses vibrations contre mon clitoris avant qu'il ne m'apporte ce que je veux, rampant le long de mon corps pour me survoler à nouveau. Je l'aide à retirer son haut, tirant impatiemment sur l'ourlet alors qu'il le fait glisser sur sa tête. Puis ma main glisse le long des plans ciselés de son torse, le bout de mes doigts effleurent la surface de ses abdominaux avant de descendre plus bas. J'effleure la ligne de son sexe à travers son pantalon de sport et il frissonne légèrement.

D'une main, il baisse son pantalon sur ses fesses et ses hanches, libérant ainsi sa bite. Elle est lourde et dure, son extrémité frôle mon ventre et laisse échapper une goutte de liquide pré-éjaculatoire sur ma peau.

« C'est ça que tu veux ça, Ayla ? Tu me veux ? »

La rudesse de sa voix fait se contracter ma chatte. Putain, il *sait que* je le veux. Mais il veut m'entendre le dire.

Et je veux le lui dire.

« Oui », je respire. « Baise-moi, Ryland. Fort. S'il te plaît. »

Ses pupilles se dilatent, le noir de ses yeux s'étend et mange la couleur de ses iris. Il s'agrippe, faisant glisser sa queue le long de mon ventre et à travers mes boucles soigneusement taillées avant de faire le tour de mon clitoris avec la tête de sa queue.

Je me tortille sous lui, bougeant mes hanches en rythme avec ses propres mouvements, me faisant jouir sur sa queue. « Mon Dieu. Encore. »

Il grogne, faisant glisser sa verge un peu plus bas jusqu'à aligner sa la large tête avec l'entrée de mon vagin. Il déplace un peu ses hanches vers l'avant, juste assez pour que je le sente, en glissant à l'intérieur à peine plus de deux centimètres.

Il me taquine, me fait sentir la *promesse de ce qui va* arriver, ce qui fait jaillir de ma gorge un faible gémissement. Mes hanches bougent à nouveau et roulent vers les siennes alors que j'essaie de l'amener plus profondément en moi pour satisfaire mon désir. Mon fichu pantalon est toujours coincé autour de mes chevilles, ce qui m'empêche d'enrouler mes jambes autour de lui, alors tout ce que je peux faire, c'est d'attendre qu'il décide de me donner ce dont j'ai besoin.

Ce dont nous avons *tous les deux* besoin.

En jetant un coup d'œil vers le bas, je regarde ses abdominaux se contracter à chaque petite poussée, je regarde sa queue pulser lorsqu'il s'insère à moitié en moi. C'est obscène et magnifique, complètement exaspérant et tellement sexy.

Et puis, sans prévenir, il se retire un peu et s'enfonce à l'intérieur. Il prend toute la place en moi d'un seul coup.

Ma tête bascule en arrière avec un cri de plaisir alors que les sensations se précipitent dans mon corps, allumant mes terminaisons nerveuses comme si l'on versait de l'essence sur un feu. Le rythme de la musique lourd et furieux diffusée par les haut-parleurs donne le parfait tempo quand Ryland commence à me baiser violemment, se retirant et s'enfonçant à nouveau.

Je m'agrippe à son épaule et m'accroche à lui alors que nos corps balancent sur le sol. Lorsque mes paupières commencent à se fermer, Ryland attrape une poignée de mes cheveux près du cuir chevelu, ce qui oblige ma tête à se relever un peu.

« Non. Ne ferme pas les yeux. Regarde-moi, Ayla. Seulement moi. »

Mes paupières s'ouvrent d'un coup et je fixe son regard. Son visage se tient tout proche du mien. Ses traits sont tendus par le désir et l'effort tandis qu'il s'enfonce en moi.

Il me baise comme si c'était la première fois. Et comme s'il craignait que ce soit la dernière fois. Et même s'il accélère maintenant le tempo et que le son de nos corps qui s'entrechoquent s'élève au-dessus de la musique, il ne lâche pas ce lien entre nous. Une de ses mains reste enroulée autour de mes cheveux et il ne détourne pas le regard alors qu'il me pénètre encore et encore.

Je ne sais pas s'il le fait exprès, ou s'il en est même conscient, mais la façon dont il me baise maintenant est complètement à l'opposé de la façon dont il m'a embrassée ce matin-là à la planque — un jour qui semble être situé un million d'années auparavant.

Ce baiser était léger comme une plume, et même si je pouvais sentir à quel point il le voulait, à quel point il avait besoin de cette connexion entre nous, il s'éloignait toujours.

Mais ça ?

C'est lui qui se *déverse en* moi, qui me donne tout

ce qu'il a. Il me laisse ressentir toute la force de son désir et me fait confiance pour le retenir.

Qu'il ne me brisera pas.

Le plaisir bourdonne juste sous ma peau, remplissant mon corps de la tête aux pieds, l'écrasant dans son intensité. Et quand il se brise dans un élan, et que l'orgasme m'atteint, je ne ferme pas les yeux et ne me détourne pas du regard affamé de Ryland.

Je le laisse tout voir et je lui renvoie tout ça.

« Putain. Oh, putain. Ayla ! »

Il grogne mon nom et s'enfonce en moi une dernière fois avant de frotter ses hanches contre les miennes en cercles durs, sa bite palpitant en moi. Je peux sentir le flot chaud de son sperme et je resserre les parois de mon vagin autour de lui comme si je demandais de tout recevoir jusqu'à la dernière goutte.

Quand nos corps s'immobilisent enfin, Ryland pose son front sur mon épaule et respire fort. Je penche mon cou pour me blottir contre lui, aspirant une grande bouffée de son parfum épicé de bois de santal. L'odeur musquée de la sueur s'y mêle aussi et je sais qu'il a probablement pu goûter le sel de ma sueur lorsqu'il est descendu le long de mon corps tout à l'heure.

Sans lever la tête. Ryland descend une main entre nous et trouve mon clitoris du bout de ses doigts. Il palpite encore sous l'effet des répliques de mon orgasme et la sensation de ses doigts larges qui le parcourent fait que chaque pulsation ressemble à un mini-orgasme.

Je gémis et me déplace sous lui. Ryland rit.

« Tu m'as dit que tu voulais jouir avec ma bite en toi. Alors tant que je suis toujours en toi, j'ai l'intention de te faire jouir autant de fois que je peux. »

Mon rire reste coincé dans ma gorge, se transformant en un autre gémissement de plaisir alors que le bout de ses doigts bouge de plus en plus vite. Mon excitation glissante recouvre ses doigts et il ne lâche pas prise avant de m'avoir donné un autre orgasme.

J'halète « Oh mon Dieu » et il commence enfin à ralentir ses mouvements. J'ai l'impression que toute la partie inférieure de mon corps palpite sous l'effet des répliques, gonflée et rougie par l'excitation. « Bon sang. »

Il retire sa main, lève la tête et me regarde avec des paupières tombantes tandis qu'il porte ses doigts à ma bouche, me les offrant. J'enroule mes lèvres autour d'eux sans hésiter, faisant tournoyer ma langue sur les coussinets épais de ses doigts. Ses yeux s'assombrissent et il roule à nouveau ses hanches contre les miennes. Je peux voir que sa bite a un peu ramolli, mais il ne semble pas avoir envie d'arrêter de me baiser.

Alors qu'il retire lentement ses doigts de ma

bouche, une forte détonation retentit à l'avant de la maison.

On se fige tous les deux.

Par-dessus le son de la musique, j'entends quelqu'un qui crie, le son est dur et tendu.

Putain. Qu'est-ce qui se passe, bordel ?

Chapitre 5

RYLAND GLISSE RAPIDEMENT hors de moi, se relevant avant de se baisser pour m'aider à me relever.

Il remonte son pantalon en traversant jusqu'à la stéréo et éteint la musique. Je m'empresse de me rhabiller aussi, me nettoyant un peu avec un tissu que Ryland me lance avant de remonter mon pantalon et de passer mon débardeur par-dessus ma tête.

Le pistolet a été abandonné sur le sol à côté de nous pendant que Ryland me baisait, et il attrape le chargeur et le remet en place, en désactivant la sécurité avant de se diriger vers la porte. Je le suis de près, et il ne me dit pas de rester derrière, même si je remarque qu'il garde son corps incliné devant le mien de façon protectrice.

Quelqu'un continue à crier à l'avant de la

maison, et comme tout à l'heure avec les parents de Marcus, je n'arrive pas à reconnaitre la voix.

Nous nous déplaçons rapidement et silencieusement dans le hall, et lorsque nous émergeons dans le couloir, Ryland tenant son arme à deux mains, je cligne des yeux sous le choc.

C'est Dominique.

Il se tient juste à l'intérieur de la porte, Théo et Marcus sont à quelques mètres de lui, leurs postures montrent la fureur et la tension. Dominique a à peu près la même apparence. Son visage est rouge, ses cheveux noirs sont un peu en désordre. Son regard se porte sur Ryland et l'arme qu'il tient dans ses main, et il tressaille légèrement. Puis sa mâchoire se serre et il gonfle son torse.

« Tu ne peux pas me tirer dessus, putain. Tu as perdu ta chance de le faire il y a des semaines », crache-t-il.

« Je peux et je le ferai si je le dois », répond Ryland, la voix basse et dure. « Putain, qu'est-ce que tu fais ici, Dominique ? »

« C'est ce que nous avons essayé de découvrir », dit Théo, l'air énervé. « Il a juste fait irruption ici et a commencé à crier à propos de conneries. Je n'ai aucune idée de ce qui l'a mis dans cet état. »

« Comme si tu ne le savais pas, putain. » Dominique fixe Théo, son torse se soulevant et s'abaissant rapidement. Je ne l'ai jamais vu aussi agité, même quand Ryland avait le canon d'une arme pressées sous son menton. « Vous m'en voulez depuis que Carson et moi *l'avons* kidnappée. »

Il me jette un regard et j'ai envie de lui tordre le cou. Il fait comme si la haine des gars envers lui était une réaction excessive, comme si mettre le feu à mon immeuble et me droguer pour pouvoir m'enlever, ne représentait rien.

« Je sais que vous avez envoyé cette merde à Luca, » continue Dominique, la voix tendue alors qu'il tourne à nouveau son attention vers les gars. « Qui d'autre, ça pourrait être putain ? Vous essayez de me saboter et c'est des conneries ! »

« Envoyé *quoi* à Luca ? » Marcus demande. J'ai la nette impression que si Dominique ne dit pas rapidement quelque chose de sensé, Marcus va l'envoyer au tapis juste pour le fait qu'il l'emmerde.

« Les papiers d'adoption. » Les lèvres de Dominique se pressent en une ligne dure. « Quelqu'un les a envoyés à Luca et maintenant les gens prétendent que je ne devrais pas être autorisé à participer au jeu parce que je ne suis pas un héritier de sang de mes parents. Que je devrais être disqualifié. »

« Des papiers d'adoption ? » Marcus fronce les sourcils. « Je ne savais pas que tu étais adopté. »

« Moi non plus », grogne Dominique. « J'ai dû entendre cette merde de Luca d'Addario. Parce que quelqu'un a déterré des trucs qui ne le concerne pas et a essayé de l'utiliser contre moi. » Ses mains se serrent en poings. « C'est vraiment un coup bas, bande d'enfoirés. »

« C'est la première fois que j'en entends parler », lance Théo en croisant les bras. « Mais même si nous *avions* envoyé ces documents à Luca, en quoi est-ce plus un coup plus bas que de kidnapper Ayla ? Quelqu'un qui ne faisait même pas partie du jeu ? Essayer de l'utiliser comme appât, menacer sa vie ? Je me fiche de l'échelle sur laquelle tu mesures ça, le kidnapping est pire que ce qui t'est arrivé. »

La mâchoire de Dominique se serre. Son regard se tourne à nouveau vers moi et cette fois, je vois une pointe de culpabilité dans ses yeux.

« C'était l'idée de Carson. Il a dit que vous deveniez tous les trois trop puissants, que tant que vous travailliez ensemble, personne ne pourrait vous arrêter — à moins que nous ne vous éliminions tous les trois d'un coup. »

« L'idée de Carson, hein ? » Marcus penche la tête comme un prédateur, le regard fixé sur l'homme en face de lui. « C'est pratique que ce soit *son* idée vu qu'il est mort maintenant. Ça ne te tire pas d'affaire pour autant, Dom. Tu étais quand même d'accord avec ça. Tu étais son complice. »

Les narines de Dominique se dilatent. Son regard sauvage plane toujours dans ses yeux, le faisant ressembler à un animal piégé. « Ouais. Bien.

Je le suis. Comme nous le sommes *tous*. J'essaie juste de m'en sortir, de survivre, putain. Tu crois que je suis fier de la merde que j'ai faite ? Tu le crois ? »

Il croise le regard de Marcus pendant qu'il parle et j'ai un souvenir soudain très net de la photo que Carson m'a mise sous le nez quand Dom et lui m'ont ligotée.

Devin Brooks.

Les ombres masquaient partiellement ses cheveux noirs et son visage, mais il était difficile de ne pas remarquer le trou de balle comme la mare de sang qui entourait son corps.

Je doute que Marcus *soit* fier de ça. Mais je sais qu'il n'aurait pas fait différemment les choses non plus. Tuer ou être tué. C'est ce que Luca et son putain de jeu tordu ont forcé les joueurs à faire.

« Tu devrais être heureux », dis-je soudainement, brisant le silence qui s'est installé dans la pièce. « Si ce que tu dis est vrai et que tu es éjecté du jeu parce que tu n'es pas un véritable héritier ou un truc du genre, tu devrais être content. Ouais, peut-être que tu n'auras pas une chance de remporter le prix, mais au moins tu vas *vivre*. »

Dominique se tourne pour me regarder. Je vois de la sauvagerie dans ses yeux et autre chose d'encore pire.

Le désespoir.

Ça me retourne un peu l'estomac et je me force

à ne ressentir aucune pitié pour ce connard. Il m'a enlevée et ça, je ne pourrai jamais l'oublier.

« Tu penses que c'est comme ça que ça marche ? » Il rit sans humour. « Tu crois que c'est si facile ? Que je ne sauterais pas sur l'occasion de sortir de cette merde — de m'en laver les mains et de m'en aller ? Si je suis disqualifié, je suis mort. Tes putains de petits amis seraient probablement les premiers à vouloir me tuer. »

Ryland émet un son grave avec sa gorge qui ressemble fort à un accord, mais Dominique n'en fait pas mention. Son regard brûle toujours en me défiant, son expression est dure.

« Maintenant que le jeu a commencé, la seule façon de survivre est de le *gagner* », dit-il tranquillement. « Il n'y a pas d'autre putain d'option. »

Le silence retombe pendant un long moment. Ryland a toujours son arme de sortie, pointant vers la tête de Dominique, mais sa posture s'est légèrement détendue. Personne d'autre n'est armé, pas même Dom, et je doute que ce connard va essayer de tenter quoi que ce soit. Il pense toujours que le jeu de Luca est réel, et donc il respecte toujours les règles qui ont été établies au début. Et ça veut dire qu'il ne peut tuer aucun d'entre nous avant le début de la prochaine mêlée générale qui dure soixante-douze heures.

Eh bien, je suppose que techniquement, il pourrait me tuer. Mais même si je n'en pense pas moins concernant cet enculé, je suis sûre qu'il est assez intelligent pour réaliser que mes petits amis ne le laisseraient pas s'en tirer s'il essayait.

Petits amis.

Est-ce ce qu'ils sont ?

Dominique a lancé ce mot comme une insulte, mais aucun des hommes n'a sourcillé en l'entendant. Lui et Carson ont manifestement compris que j'étais importante pour les trois hommes, puisqu'ils ont pris la décision de m'utiliser comme appât pour attirer le trio.

Mais le terme *petits amis* semble trop commun, trop petit pour ce que ces hommes sont pour moi.

Ce sont mes ombres apparues à la lumière.

Mes protecteurs.

Mes amants.

Mes obsessions.

« Désolé que tu aies dû découvrir que tu as été adopté comme ça », dit finalement Théo, qui n'a pas l'air désolé du tout. « Mais nous n'avons rien à voir avec ça. Je n'en avais même pas entendu parler jusqu'à maintenant, donc ce n'est pas nous non plus qui avons demandé à Luca de te virer du jeu. Tu peux nous croire ou non, mais je pense qu'il est temps pour toi de foutre le camp de chez moi. Et la prochaine fois que tu débarques sans prévenir comme ça, attends-toi à être accueilli avec une putain de balle entre les deux yeux. »

Dominique regarde les trois hommes avec colère, le torse gonflé et la mâchoire serrée. Puis il semble lentement se dégonfler un peu. La bravade et la colère s'estompent, et il ouvre la porte d'entrée avant de disparaître.

Théo s'avance et verrouille la porte derrière lui et Ryland range son arme dans la ceinture de son pantalon. Il n'a jamais pris la peine de remettre son chandail et ses tatouages encrés et colorés se déplacent au gré de ses mouvements.

« Putain de merde », murmure-t-il.

« Quel connard. » Le visage de Théo est toujours aussi sombre. Je le vois rarement vraiment énervé comme ça et j'ai l'impression que c'est beaucoup lié au rôle que Dom a joué dans mon enlèvement. Je pense que mes hommes lui en voudront toujours pour ça et ça ne me dérange pas du tout.

« Aurions-nous dû lui dire que ça n'avait pas d'importance ? » Je demande en regardant d'un homme à l'autre. « Que tout ça n'est qu'un mensonge de toute façon ? »

« Non. » La voix de Marcus est dure. « Même si on lui disait, il pourrait ne pas nous croire. Il est évident qu'il pense déjà qu'on se fout de sa gueule et il penserait probablement que c'est un mensonge que nous avons inventé pour le monter contre Luca.

Ou pire, il pourrait dire à Luca ce que nous soupçonnons. Peu importe que Dom le croie ou non, Luca saurait que nous sommes sur la bonne piste. »

« Ouais. » Théo acquiesce d'un hochement de tête. « Tant qu'on n'a pas de preuves, on ne peut rien dire à personne. Ça ne ferait que nous exploser à la figure. »

Personne d'autre ne répond, mais je sais que nous pensons tous la même chose alors que nous sortons en silence de la maison.

Nous devons trouver cette putain de preuve.

Et nous devons le faire rapidement.

Chapitre 6

Nous passons les jours suivants à travailler, faisant tout ce que nous pouvons pour trouver des informations sur la Vipère et Luca.

Si ça ne dépendait que de moi, on serait dans la merde. Comme l'a montré la recherche de mon frère, ma capacité à soutirer des informations à des personnes réticentes est très réduite. Heureusement, les hommes ont beaucoup plus de ressources que moi et ont aussi des contacts qui peuvent effectuer beaucoup de recherches pour eux.

Ils font attention à qui ils recrutent et à ce qu'ils leur disent exactement que nous recherchons, dissimulant ainsi la véritable nature de notre recherche.

J'ai demandé à Théo si la rupture entre Marcus et ses parents signifiait qu'il serait sans argent ni ressources par rapport à sa famille, mais il m'a assuré que les Constantine étaient avant tout pragmatiques. Tant que Marcus est encore dans le jeu — ou du moins, tant qu'ils pensent qu'il l'est — ils continueront à le soutenir, probablement dans l'espoir que s'il gagne, il leur pardonnera toutes les conneries qu'ils ont faites dans le passé.

De plus, Marcus a de l'argent placé dans un compte que ses parents ne peuvent pas toucher, et au-delà de ça, il s'est fait des contacts dans les cercles clandestins d'Halston — des relations qui ne sont pas seulement basées sur l'argent, mais sur l'échange d'informations et de faveurs.

Je peux dire qu'il est encore un peu perturbé d'avoir enfin rompu avec sa famille, mais je ne le pousse pas à en parler. Au lieu de cela, je reste près des trois hommes, leur faisant savoir par ma présence que je suis là et que nous sommes une équipe.

Une image commence lentement à émerger de la montée en puissance de la Vipère à Halston. Elle montre qu'il a toujours avancé de façon adroite et lente, en ne faisant jamais deux pas quand il pouvait en faire un seul, ne dépassant jamais les limites et ne s'emparant jamais de trop de choses à la fois.

C'est pourquoi il a pu voler sous les radars si longtemps. Certaines personnes pouvaient le considérer comme un problème, mais elles n'avaient pas une vue d'ensemble — elles ne réalisaient pas qu'il n'empiétait pas seulement sur leur territoire, mais aussi sur celui de leurs ennemis et alliés.

Mais peu importe ce que nous apprenons sur la Vipère, le nom de Luca reste fermement en dehors du tableau.

Un après-midi, je marmonne : « C'est insensé », en m'asseyant sur le canapé et en me frottant les yeux. La peau autour de mon moignon se hérisse alors qu'énervée, je laisse échapper un son.

Je n'ai toujours pas pris la peine de me faire faire une nouvelle prothèse — il y a eu trop de choses qui ont pris le dessus — et je trouve que ça ne me manque pas. De toute façon, c'était surtout pour l'esthétique, et aucun de mes hommes ne semble se soucier du fait qu'il me manque une partie de mon membre. Je ne ressens jamais le besoin de le cacher ou de le dissimuler en leur présence.

Ils ne grimacent pas et ne le fétichisent pas non plus. C'est juste une partie de moi, une partie qu'ils aiment et acceptent autant que n'importe quelle autre partie de moi.

Théo me jette un coup d'œil : « Qu'est-ce qui est insensé ? »

Je secoue la tête. « Quand j'ai compris que Luca et la Vipère étaient la même personne, ça m'a semblé si évident. Si *clair*. Je n'imaginais pas qu'il serait si difficile de trouver des preuves réelles pour confirmer mon intuition. » Mes lèvres se retroussent et je fronce les sourcils. « Et si je me trompais ? C'est possible. Tout ça est basé sur un putain de tatouage que j'ai vu. C'est insensé. Peut-être que Luca aime juste les serpents. »

Théo pose son ordinateur portable sur la petite table à côté de la chaise sur laquelle il est assis. C'est la même table sur laquelle j'ai rampé sur les genoux de Ryland la nuit où nous avons appris que Marcus était encore en vie. Il se lève et s'approche de moi, mettant deux doigts sous mon menton pour me faire relever la tête.

Ses lèvres effleurent mon front, son souffle est chaud sur ma peau. « Tu n'as pas tort, Rose. Je le sais. Ce n'est pas parce qu'on ne l'a pas encore trouvé que les preuves ne sont pas là. Ça veut juste dire que Luca est *bon*. Il est intelligent et rusé. Nous devons donc être prudents. »

Je me penche un instant pour répondre à son contact sur ma peau, et quand il se relève, sa chaleur me manque immédiatement. « S'il a gardé toute action secrète, où sommes-nous censés trouver des preuves solides ? Il n'a probablement jamais laissé aucune de ces preuves quitter sa maison. »

« Peut-être pas. Mais nous pourrions avoir tout de même une chance d'y accéder. » La voix de Marcus attire mon attention et je lève les yeux pour le voir entrer à grands pas dans le salon, glissant son téléphone dans sa poche.

« Qu'est-ce que tu veux dire ? »

« Luca organise une autre fête », dit-il, son regard passant de moi à Théo et à Ryland. « Ce week-end. »

Mes sourcils s'élèvent. « Une autre ? C'est courant pour lui d'organiser deux fêtes consécutives comme ça ? »

Marcus n'hésite pas à répondre : « Non. » Et les deux autres hommes hochent la tête, en le soutenant.

« Je me demande ce qu'il cherche », se demande Théo.

« Peut-être que c'est plus difficile pour la Vipère de garder ses affaires sous le radar. » Ryland pousse ses manches roulées plus haut sur ses avant-bras. Nous nous sommes entraînés ensemble ce matin, mais il s'est déjà douché et a enfilé une chemise coûteuse et un pantalon sombre. « Il pourrait espérer qu'une fête va garder les gens distraits. Il y aura beaucoup de manœuvres et de négociations, tout le monde sera concentré sur les autres plutôt que sur lui. »

« Nous pouvons cependant *utiliser* ça. » Les yeux de Marcus brillent, le bleu de son iris droit est aussi brillant qu'un ciel sans nuage. « Il sera concentré sur ses invités et nous aurons une chance de rentrer dans sa maison à nouveau. Lors de la dernière fête, j'ai traîné Ayla hors de la salle de bal et dans le couloir, et tout le monde s'en foutait. Nous devrons être plus prudents que ça cette fois, mais si nous pouvons avoir accès au bureau de Luca ou quelque chose comme ça, nous pourrons découvrir quel genre de merde il garde sur son ordinateur. Ce qu'il ne veut pas voir divulgué. »

Je fronce le nez. « Est-ce que l'un d'entre vous sait comment pirater un ordinateur ? »

Marcus me sourit, ayant l'air presque enfantin. « Putain, non. Mais nous avons un hacker expérimenté sous contrat. »

« Le même qui nous a aidés à regarder les enregistrements des caméras de sécurité autour des entrepôts », ajoute Théo en captant mon regard. « Il est bon. »

« OK. » Je me mords la lèvre car je ne suis toujours pas sûre d'aimer ce plan. Je sais qu'on a atteint nos limites et qu'il n'y a plus d'options plus sûres, mais ça semble très risqué. « Alors est-ce qu'on l'emmène avec nous ? »

Ryland secoue sa tête. « Non. Les fêtes de Luca sont trop exclusives. Nous t'avons amenée parce que Luca te connaissait déjà — il a probablement entendu parler de toi après la fin du jeu. Mais amener quelqu'un d'autre serait suspect. Nous devrons voir si Zee peut le faire à distance ou nous expliquer comment l'un de nous peut le faire. »

Super.

J'aime de moins en moins ce plan à mesure que les gars en parlent, mais je n'arrive pas à trouver une meilleure alternative. Tout ce qu'on fait par ailleurs me donne l'impression de tourner en rond en espérant contre toute attente que nous trouverons quelque chose d'assez définitif pour monter les autres concurrents contre Luca avant la fin.

Mais ça ?

Cela signifie qu'il faudra aller dans le repaire de la Vipère.

Littéralement.

Chapitre 7

Debout devant le miroir en pied, je lisse le tissu de ma robe.

Je pensais que la robe que j'avais portée à la première fête de Luca était extravagante, mais celle-ci la fait ressembler à un sac de poubelle mouillé.

Le tissu est bleu clair et ressemble à du beurre sous mes doigts. Le décolleté en cœur laisse apparaître un léger décolleté et la robe épouse ma taille avant de s'évaser en une jupe ample qui effleure le sol. Mais la partie la plus étonnante de cette robe est la broderie perlée. De délicats cristaux sont cousus en de magnifiques motifs sur le corsage et sur une partie de la jupe, les motifs s'éclaircissant et s'estompant lorsque le tissu ondulant atteint mes genoux.

J'étais d'avis de choisir quelque chose de simple et discret. Quelque chose qui n'attirerait pas l'attention — peut-être une simple robe de cocktail noire. Mais les gars m'ont tous convaincue que parmi la foule qui sera présente ce soir, la meilleure façon de se fondre dans la masse est d'essayer de se démarquer. Ma robe attire l'attention, c'est sûr. Mais je ne serai pas la seule à être tirée à quatre épingles ce soir. Si j'avais choisi quelque chose de trop simple, j'aurais attiré l'attention pour de mauvaises raisons.

De plus, nous avons besoin des plis supplémentaires de ma robe pour cacher le pistolet qui sera attaché à ma cuisse et la petite clé USB que j'utiliserai pour extraire les informations de l'ordinateur de Luca — en supposant que nous puissions entrer dans son bureau.

Dieu merci, je n'aurai pas à faire le piratage moi-même. J'ai un autre petit appareil que je vais brancher dans l'ordinateur qui permettra à Zee d'essayer de le pirater à distance.

Chacun des hommes s'est opposé fermement à ce que ce soit moi qui me glisse dans le bureau, mais c'était le seul moyen de me rallier à ce plan. C'est tellement dangereux et je ne pouvais pas rester les bras croisés et laisser les gars affronter ce danger.

Théo viendra avec moi. On donnera un spectacle similaire à celui que Marcus et moi avons donné la dernière fois en quittant la salle de bal ensemble et en laissant les invités avides de ragots penser que nous nous éclipsons pour baiser quelque part. Marcus et Ryland, pendant ce temps, garderont un œil sur la salle de bal et interviendront si nécessaire — en particulier auprès de Victoria et de Dom, qui sont nos principales préoccupations en ce moment.

Je murmure pour moi-même en passant à nouveau mes doigts sur le tissu coûteux : « C'est tellement stupide ».

« Ça n'a pas l'air stupide pour moi. »

Au son de la voix, je sursaute et me retourne pour voir Théo debout dans l'embrasure de la porte. Il entre à grands pas dans la pièce et vient se placer derrière moi alors que je me retourne pour faire face au miroir. Son regard croise le mien tandis que ses bras s'enroulent autour de moi avec un sentiment de possessivité plein de tendresse.

« Tu es vraiment magnifique, Rose. » Ses doigts passent sur ma cage thoracique, et même à travers le tissu de la robe, je peux sentir la chaleur de sa peau. Il hausse un sourcil. « Tu es armée ? »

« Ouais. » Je hoche la tête. « Prête pour y aller. »

Il me fait tourner sur moi-même et je croise directement son regard plutôt que de le capter à travers le miroir. Ses mains s'approchent pour encadrer mon visage et son toucher est d'une douceur déchirante lorsqu'il relève mon menton.

« Ça va aller, Rose », murmure-t-il doucement. « Tout va s'arranger. »

Sa promesse est ridiculement impossible à tenir. Il y a au moins une douzaine de façons pour laquelle nous savons que cette soirée pourrait mal tourner et probablement une centaine d'autres que nous ne pouvons même pas anticiper. Mais la confiance dans sa voix calme les abeilles qui semblent bourdonner dans ma poitrine et me permet de me détendre un peu.

Il grimace et ses lèvres s'écartent d'un côté. « Eh, peut-être que tu as raison, après tout. *C'est* stupide. C'est stupide que le destin t'ait fait entrer dans nos vies et que cette salope ne nous laisse même pas en *profiter*. C'est stupide que je sois presque heureux que les choses se soient passées comme elles le devaient, même si c'était terrible — parce que si une seule chose s'était passée différemment, nous ne serions peut-être pas là aujourd'hui. » Ses pouces passent sur la ligne de ma lèvre inférieure, ce qui me fait frissonner. « C'est ce que je veux, Rose. *Ceci*. Toi, moi. Ryland. Marcus. Nous tous ensemble, pour toujours. »

Ses yeux bleu-vert brillent de sincérité et je ravale la boule qui s'était glisées dans ma gorge. « C'est ce que je veux moi aussi. Plus que tout. »

« Je te le donnerai », promet-il. « Ou au moins, je mourrai en essayant. »

Il baisse la tête pour m'embrasser et je m'étire pour joindre ses lèvres aux miennes, désespérée de sentir le lien tangible entre nous. Je n'aime pas du tout sa promesse, mais je ne peux pas vraiment lui reprocher de l'avoir faite.

Parce que je ressens la même chose.

J'ai réalisé il y a un moment que je tuerais pour Marcus — pour *n'importe lequel* de ces hommes — s'il le fallait.

Mais c'est en fait plus que ça.

Je mourrais pour eux aussi.

« Espérons que nous n'en arriverons pas là », ajoute Théo avec son fameux sourire lorsque notre baiser se termine enfin. La fossette sur sa joue clignote et j'imagine presque qu'il a entendu mes propres pensées.

Alors je marmonne « Amen, putain ».

C'est un sentiment étrange, d'être si prête à mourir pour les hommes que j'aime et en même temps, si désespérée de *vivre* pour eux aussi.

Je veux le futur que Théo a promis.

Je veux une éternité.

Et je me battrai pour l'obtenir, même si la route du bonheur est jonchée de cadavres.

Il m'embrasse à nouveau, et exerce une pression prolongée avec ses lèvres avant de se retirer et de prendre ma main.

« Viens. » Il sourit en me conduisant vers la porte. « Plus vite on y sera, plus vite on pourra rentrer à la maison. Et j'ai quelques idées sur la façon dont nous pourrons célébrer une mission réussie. »

Je ne peux pas m'empêcher de sourire. « Est-ce que, par hasard, l'une de ces idées impliquerait de refaire ce qui s'est passé après la dernière fête de Luca ? »

Il me jette un coup d'œil en sortant de ma chambre, la chaleur brillant dans ses yeux. « Pour commencer. »

Les deux autres hommes nous attendent en bas. Comme la dernière fois, ils sont tous vêtus de costumes sur mesure parfaitement adaptés à leur grande taille et à leur large silhouette. J'aimerais avoir plus de temps pour apprécier à quel point ils sont beaux, mais alors que nous entrons dans le garage et nous nous dirigeons vers la voiture de Théo, les papillons dans mon estomac commencent à battre de plus en plus fort et me distraient.

Ça va aller. On peut le faire, putain.

Le trajet jusqu'à la maison de Luca est tendu et silencieux. Son domicile se trouve à l'extérieur de la ville, à plus de trente minutes, mais le trajet semble ne pas prendre beaucoup de temps — probablement parce que je redoute tellement notre arrivée.

Lorsque Théo s'engage dans l'allée circulaire qui fait face à l'immense manoir de Luca, je scrute la propriété, cherchant les caméras de sécurité et les gardes. Je ne me souviens pas d'une présence excessive de gardes la dernière fois que nous sommes venus pour la fête et je n'en vois pas non plus cette fois-ci. Mais cela ne veut pas dire que cet endroit n'est pas protégé.

La seule chose qui me donne de l'espoir est la pensée que Luca est *si* puissant, si bien placé en tant que dirigeant de facto d'Halston, qu'il ne ressent pas le besoin d'une énorme force de sécurité à sa fête.

Parce qu'essayer de le voler serait du suicide et tout le monde qui se trouve ici le sait.

Les gars et moi le savons aussi.

Nous sommes juste assez stupides pour essayer quand même.

Nous laissons la voiture de Théo à un valet, puis nous montons les marches de la maison. Nous sommes accueillis à la porte par un membre du personnel de Luca et nous sommes introduits dans la même salle de bal que la dernière fois.

Lorsque nous entrons dans le grand espace, plusieurs têtes se tournent pour nous regarder. Un certain nombre d'invités sont déjà là, buvant des cocktails coûteux et discutant.

Je murmure : « Je remarque que les Purcell ne sont pas là », en balayant l'espace du regard. « Je suppose qu'ils n'ont pas eu d'invitation après que leur tentative d'échanger leur fille contre Carson ait été rejetée par Luca. »

« Ouais. » Théo grogne. « Des connards. »

Je ne connais pas du tout la sœur de Carson, et à en juger par le reste de sa famille, je ne suis pas sûre que je l'aimerais tant que ça. Mais je suis quand même contente qu'elle ait réussi à éviter de se faire embarquer dans ce putain de jeu. Tout ça c'est une putain de mauvaise nouvelle et je crois ce que Dominique a dit — une fois que tu es impliqué, la seule façon d'en sortir est la victoire ou la mort.

En parlant de Dominique...

Mon regard scrute à nouveau la foule et je le trouve de l'autre côté de la salle de bal. Il se tient debout, le corps raide, serrant un verre dans une main et regardant les gens autour de lui se rapprocher et échanger. Personne ne lui parle et je me demande si la révélation de sa lignée n'a pas fait de lui un paria. Je n'ai rien entendu de son élimination de la compétition, mais peut-être que les autres joueurs l'ont déjà éliminé.

Je détourne les yeux avant qu'il ne remarque que je le regarde et j'aperçois les parents de Marcus en train de parler à un autre couple âgé. Luca est au milieu de l'immense salle de bal avec plusieurs flagorneurs enthousiastes rassemblés autour de lui. Je vois aussi les parents de Ryland, et maintenant que je sais quoi chercher, je peux déceler des signes de la maladie de sa mère. Elle le cache bien, marchant gracieusement à côté de son mari alors qu'ils traversent la pièce.

« Victoria est là », murmure Théo. « À deux heures. »

Je jette un coup d'œil dans la direction qu'il a indiquée, et dès que mon regard se pose sur la femme aux cheveux auburn, je suis sacrément contente que les hommes aient insisté pour que je porte cette robe ce soir.

Celle qu'elle porte est presque aussi sensationnelle que celle avec une énorme traîne qu'elle portait la dernière fois. Et je suis heureuse que la mienne soit au moins aussi belle que la sienne. C'est mesquin et stupide, et je n'ai aucune raison d'être jalouse d'elle en quoi que ce soit — j'ai le cœur de Marcus, après tout, et elle ne l'aura jamais — mais un petit éclair de fierté se lève quand même en moi.

Je ne viens peut-être pas de ce monde, mais je peux bien me défendre ici quand il le faut.

Les hommes et moi nous frayons un chemin dans la foule, prenant des verres sur le plateau d'un serveur qui passe. Nous devons attendre au moins une heure avant d'agir. Si Théo et moi nous nous esquivons trop vite, ça aura l'air suspect.

Il est pratiquement impossible de rester naturel pendant une heure alors que ton cœur est en train de te monter à la gorge, mais je parviens tant bien que mal à écarter la panique qui tente de s'emparer de mon cerveau. Cela m'aide que les trois hommes restent près de moi, qu'au moins l'un d'entre eux me touche à peu près tout le temps. Ça me rassure, me rappelle pourquoi nous faisons cela et que je ne suis pas seule.

Finalement, Marcus se rapproche de moi et prend ma main, la serrant doucement. Il la porte à ses lèvres et embrasse mes doigts, et quand la terre et l'air de son regard rencontrent le mien, je peux voir tant d'amour briller dans ses yeux que mon cœur cafouille.

« Bonne chance, mon ange », murmure-t-il. « Sois prudente. »

Ryland pose sa main sur le bas de mon dos, déposant un baiser sur ma tempe. Puis lui et Marcus se séparent et s'enfoncent dans la salle de bal bondée. Marcus se dirige vers Victoria, qui lui adresse un sourire suffisant quand elle le voit arriver. Ma main se serre en un poing, mais je me détourne. Il gère la situation. Et on s'occupera des fiançailles à la con qu'elle lui a imposées après avoir éliminé Luca.

Ou nous mourrons tous et nous n'aurons jamais à y faire face.

Forçant cette sombre pensée hors de mon esprit, je fais un pas vers Théo, laissant un sourire se dessiner sur mon visage.

C'est la seule partie de notre plan que j'aime vraiment.

Je ne me suis jamais vraiment considérée comme

une personne qui marque son territoire, mais j'aime l'idée d'embrasser Théo dans une pièce pleine de monde. De revendiquer publiquement mon droit sur lui. Ça ne marche pas bien pour la couverture qu'on essaie de faire passer ce soir, mais si c'était le cas, j'embrasserais Marcus et Ryland aussi.

Laissez le monde entier savoir.

Laissez les gens parler.

Ces hommes sont *à moi*.

« Salut ma belle ». Il me sourit, enroulant un bras autour de mon dos et me tirant plus près. Puis ses lèvres trouvent les miennes.

Malgré tout, malgré le danger que nous courons et la mission risquée que nous sommes sur le point de tenter, il est presque effroyablement facile de me perdre dans le baiser de Théo. Le bourdonnement des voix autour de nous semble s'estomper un peu, jusqu'à ce que je sois seulement consciente de son corps moulé contre le mien, de sa paume sur mon dos et de son odeur de bois de cerisier dans mes narines.

Quand on se sépare, il fait un bruit au fond de sa gorge, puis chuchote, « Que Luca aille se faire foutre. Fils de pute et casseur de coup. »

Je ris presque aux éclats. Le but de notre baiser était de convaincre quiconque nous regardant que nous sommes sur le point de nous éclipser et de nous arracher mutuellement nos vêtements.

Et je dois admettre que je suis déçue que nous ne puissions pas précisément le faire.

Je murmure en retour : « J'ai pensé à d'autres façons de faire la fête », m'attardant un moment de plus dans le cercle de l'étreinte de Théo. « J'en ai trouvé de bonnes. Nous avons juste besoin de surmonter ça d'abord. »

Il gémit doucement, mordillant ma lèvre inférieure avant de me relâcher. Puis il prend ma main et me mène à travers la salle de bal, d'un pas assuré et déterminé.

Je garde mon regard fixé sur son dos. J'ai envie de jeter un coup d'œil autour de moi pour voir si quelqu'un nous a remarqués, mais je sais que cela ne ferait que me donner un air coupable.

Théo pousse une porte à l'autre bout de la pièce et m'entraîne derrière lui. Une fois que la porte se referme derrière nous, son expression change et il jette un rapide coup d'œil autour de lui.

« Ça semble dégagé. Allons-y. »

Nous nous précipitons dans le couloir, nous frayant un chemin à travers la grande maison vers la pièce où l'on nous a amenés lorsque les hommes ont été convoqués par Luca pour qu'il puisse les engueuler d'avoir tué Jordan.

L'endroit est gigantesque, et chaque fois que nous tournons quelque part, je me crispe à l'idée de rencontrer une milice de gardes armés.

Mais il n'y en a pas.

Nous savons qu'il y a des caméras de sécurité placées autour du manoir, mais nous avons décidé de ne pas nous en préoccuper. Il aurait été possible de brancher Zee sur le système de circuit fermé et lui faire couper les flux, mais cela aurait pris du temps, ce que nous n'avons pas. On espère que les caméras de sécurité ne sont pas surveillées en direct, donc on sera parti avant que quelqu'un ne les regarde. Si on est assez malin et qu'on couvre nos traces, il y a une chance que personne ne vérifie jamais les enregistrements et que Luca ne sache jamais qu'on s'est introduit dans son bureau.

Mon dieu, c'est beaucoup trop de « on espère » putain.

Nous marchons vite et j'essaie de chasser de mon esprit toutes les façons dont cela pourrait dégénérer. Il est trop tard pour se sauver maintenant et Luca a peut-être déjà des soupçons, de toute façon. Il y a une raison pour laquelle il a décidé d'organiser cette fête ce soir et ce n'était certainement pas juste par générosité.

Il voulait rassembler tout le monde pour une raison. Peut-être pour sonder les gens ? Pour essayer de monter les concurrents les uns contre les autres ?

« Là. »

La voix calme de Théo recentre mon attention et j'accélère le pas alors que nous approchons de la lourde porte du bureau de Luca. Il n'y a pas de gardes postés à l'extérieur, mais la porte est verrouillée.

Je m'en détourne, scrutant le couloir tandis que Théo s'accroupit, sortant deux petits morceaux de métal de la poche de sa veste.

Je murmure : « Je suis surprise qu'il n'ait pas un scanner d'empreintes digitales ou une serrure à commande vocale ou quelque chose comme ça ».

Du coin de l'œil, je vois Théo hausser les épaules. « Les risques d'être vieux jeu. »

Il ne faut probablement que quelques minutes à Théo pour crocheter la serrure, mais j'ai l'impression que ça prend une putain d'heure alors que mon cœur fait de son mieux pour remonter dans ma gorge. Le dos de ma langue a un goût cuivré et je suis tellement anxieuse que je pourrais vomir.

Puis il émet un faible son de victoire et se lève, remettant les crochets dans sa poche.

« Tu savais qu'il y avait une raison pour que tu me gardes dans le coin, n'est-ce pas ? » Il fait un clin d'œil, puis ouvre la porte pour moi, me suivant de près lorsque je rentre à l'intérieur.

L'intérieur du bureau est exactement comme dans mon souvenir, plein de bois sombre et décoré avec des accents de bon goût. Un ordinateur portable est posé sur le bureau, brillant et gris foncé.

J'expire un souffle tremblant et je m'avance vers lui, sortant déjà la clé USB et le connecteur des poches cachées de ma robe. J'ouvre le couvercle et branche les deux, en essayant de ne pas paniquer devant l'écran du mot de passe qui s'affiche alors que l'ordinateur se réveille.

Zee a promis que ce ne serait pas un problème. Qu'il pouvait passer la sécurité de l'ordinateur et transférer les fichiers sur la clé USB.

J'espère que cala vaut l'argent que les gars lui donnent.

Théo tape un message rapide sur son téléphone, indiquant au hacker que nous sommes prêts. Puis il ouvre la porte d'un centimètre pour faire le guet pendant que j'attends... ce qui est censé se passer ensuite.

Pendant un long moment, je suis terrifiée à l'idée que quoi qu'il arrive, ça ne marchera pas.

Rien ne change à l'écran, juste le message d'accueil pour intégrer son mot de passe et le petit curseur qui clignote sans cesse.

Puis, finalement, l'écran tremble. Le message d'accueil de mot de passe disparaît et le bureau apparaît avec plusieurs dossiers disposés en rangées bien ordonnées en haut de l'écran. Après quelques instants, la lumière sur la clé USB clignote.

Théo jette un coup d'œil à son téléphone. « Il est en train de transférer des fichiers. Il a dit qu'il faisait juste une saisie de tout ce sur quoi il pouvait mettre la main. Certains sont cryptés, mais on pourra les trier plus tard quand on ne sera plus dans la foutue maison de Luca. »

Je murmure avec ferveur « j'aime ce plan », en fixant l'écran de l'ordinateur si fort que je suis surprise de ne pas y faire un trou.

Il n'y a même pas de barre de progression pour m'indiquer à quel point le transfert est proche d'être terminé et mon cœur claque inégalement contre mes côtes tandis que mon regard se promène entre l'écran et la clé USB.

Puis le téléphone de Théo vibre à nouveau. Il jette un coup d'œil vers le bas, puis pose ses yeux vers moi en hochant une fois la tête. « C'est fait. Prends-le et foutons le camp d'ici. »

J'arrache la clé USB du port avec des doigts tremblants, puis je retire aussi le connecteur.

Je les pousse tous les deux dans la cachette de ma robe et je rejoins Théo près de la porte. Il jette un coup d'œil dehors une fois de plus et me fait signe d'avancer.

Il me faut tout ce que j'ai pour ne pas sprinter dans le couloir alors que nous retournons à la salle de bal. On a eu ce qu'on voulait, mais je ne pourrai pas me détendre tant qu'on ne sera pas sorti de cette putain de maison et que l'on sera en sécurité chez Théo.

Nous nous glissons par la même porte que celle par laquelle nous sommes partis et mon regard balaie immédiatement la foule, à la recherche de Ryland et Marcus. Marcus est toujours en train de parler à Victoria et Ryland l'a rejoint. Ils lèvent tous les deux les yeux lorsque nous entrons, et bien que leurs visages soient soigneusement neutres, je peux presque sentir le soulagement qui émane d'eux.

Théo pose une main sur le bas de mon dos et nous commençons à nous frayer un chemin à travers les groupes de personnes vers les deux autres hommes. Mais lorsque nous sommes à mi-chemin, un mouvement du coin de l'œil attire mon attention.

Un homme en costume noir entre par une porte située au fond de la pièce.

Il pourrait être juste un autre invité, un autre fêtard. Mais d'une façon ou d'une autre, je sais que cela n'est pas le cas. Peut-être que c'est dans la manière déterminée dont il marche en s'avançant vers Luca, ou peut-être que c'est l'expression stoïque sur son visage quand il se penche pour parler à l'homme plus âgé.

Mon cœur s'arrête.

Putain.

Chapitre 8

Mes pas ralentissent et je sens Théo tendu à côté de moi. Il a aussi remarqué l'homme qui parle à Luca.

« Qu'est-ce qu'on fait ? » dis-je en murmurant et en frissonnant nerveusement.

« Rejoins Marcus et Ry. Luca est vicieux, mais il fait attention à la violence qu'il exerce sur son propre terrain. C'est en partie pour ça qu'il a réussi à amasser autant de pouvoir sans se faire arrêter. »

La voix de Théo est mille fois plus calme que ce que je ressens, mais ses doigts s'enfoncent dans mon dos et il me pousse à avancer. Ryland et Marcus se détachent de Victoria pour nous rejoindre, mais alors que nous les retrouvons, une voix retentit au-dessus de la foule.

« Mesdames et messieurs, merci d'être ici ce soir.
»

Je lève les yeux pour voir Luca debout sur la petite estrade à l'extrémité de la pièce, un micro à la main. Il se tient à l'endroit même où il a félicité Victoria et Marcus pour leurs fiançailles la dernière fois et mon estomac se retourne tandis que la terreur se déploie en moi.

Qu'est-ce qu'il est sur le point de dire ?

« Je suis reconnaissant que vous ayez été si nombreux à venir », poursuit Luca, sa voix douce et profonde. « Comme beaucoup d'entre vous le savent, j'envisage de prendre ma retraite depuis un certain temps déjà, et j'avoue que ces réunions m'aident à voir qui se porte bien dans notre belle ville. Qui pourrait être digne d'aller encore *mieux*. » Il prend une pause, semblant réfléchir à ses prochains mots. « Malheureusement, il y a trois personnes qui, bien qu'elles faisaient partie des joueurs ne sont plus dans la course. »

Mon souffle s'arrête quand il regarde vers moi et les hommes.

Putain, non.

Il l'a découvert. Je ne sais pas *comment* il l'a découvert, mais il sait que nous le savons.

Et maintenant il va déchaîner l'enfer.

« Marcus Constantine, Théo Harrington et Ryland Bennett, » dit Luca, la voix grave. « J'avais de si grands espoirs pour vous trois. Mais je crains qu'aucun de vous ne porte la marque d'un vrai leader. On ne peut pas vous faire confiance et la confiance est le fondement de toute relation. *Mors tua, vita mea.* »

Je ne sais pas ce que signifient ces derniers mots qu'il prononce solennellement. Puis il se tourne vers le reste de la foule qui est devenue mortellement silencieuse. « Ceux d'entre vous qui sont encore considérés comme faisant partie du jeu — et je crois que vous savez de qui il s'agit — recevrez ma véritable gratitude si vous êtes capables de prouver votre loyauté. »

Du coin de l'œil, je vois Victoria se raidir, lançant un regard furtif dans la pièce. Michaël Saviano réagit lui aussi aux paroles de Luca. Je ne peux pas bien voir son visage d'où je suis, mais son langage corporel suffit.

On dirait qu'il est prêt pour un putain de combat.

Luca, en revanche, semble tout à fait détendu et à l'aise alors qu'il observe une fois de plus la foule. Puis, d'un signe de tête silencieux, il replace le microphone dans son support et descend de la petite plate-forme.

Un faible bourdonnement de conversation grandit lentement autour de nous, mais quelque chose dans tout cela semble... étrange. Forcé.

Comme si personne ne voulait vraiment parler, mais qu'ils craignaient de laisser le silence s'installer trop longtemps.

Je chuchote avec la gorge serrée : « Qu'est-ce qui vient de se passer ? »

Je ne sais pas si je dois me réjouir ou être terrifiée que Luca n'ait pas demandé à ses gardes de nous emmener ou de nous tuer sur place.

« Ce qui s'est passé, c'est qu'on s'est fait avoir. » Théo jure sous son souffle, parlant à voix basse. Lui et les deux autres hommes se rapprochent de moi, leurs regards scrutant la foule autour de nous.

Rien n'a changé. Des gens bien habillés sirotent toujours du champagne hors de prix en se rassemblant en petits groupes.

Mais d'une certaine manière, tout est différent.

Avant que je puisse demander ce que Théo voulait dire, Ryland élabore : « Cette chose qu'il a dite ? Mors tua, vita mea ? C'est un code. Un signal. Il vient juste de mettre un putain de contrat sur nous et a dit à tout le monde dans le jeu qu'ils gagneront s'ils sont ceux qui l'exécutent. »

Mon estomac se retourne. L'arme attachée à ma cuisse semble brûler ma peau et je souhaite désespérément qu'elle soit dans ma main.

« Pourquoi ne nous ont-ils pas encore poursuivis, alors ? »

Pendant que je parle, je vérifie où est Victoria,

m'attendant à moitié à ce qu'elle charge vers nous en dégainant son arme.

Mais ce n'est pas le cas. Elle se fraye un chemin lentement dans la foule, ses mouvements sont gracieux et réfléchis comme le seraient ceux d'un prédateur. Elle jette un coup d'œil vers nous, ses yeux se fixe brièvement dans les miens avant qu'elle ne s'éloigne.

« Aucun d'entre eux ne fera quoi que ce soit sur le territoire de Luca. Pas dans sa maison. C'est sacro-saint. C'est pourquoi *il n'a* rien fait non plus. » Marcus glisse sa main dans la mienne, me tirant près de lui alors qu'il se tourne vers la porte par laquelle nous sommes entrés.

Les deux autres sont juste à côté de nous, gardant toujours un nœud serré et protecteur autour de moi. Personne ne crie, ne hurle ou ne fait de geste menaçant envers nous alors que nous traversons la pièce, mais la foule se divise pour nous laisser passer d'une manière étrange qui fait battre mon cœur dans ma poitrine et le fait paniquer.

C'est comme si nous n'existions pas.

Comme si nous étions déjà des fantômes.

Luttant contre mon envie de me mettre à courir, je scrute la pièce pendant que nous marchons. Les parents de Ryland se tiennent sur le côté, et lorsque nous passons devant eux, le père de Ryland se détourne.

Le mouvement est subtil, mais le message ne l'est pas.

Ryland est tout seul.

Nous le sommes tous.

Les parents de ces hommes les ont tous inscrits à un jeu mortel en insistant sur le fait que le risque en valait la peine pour le bien de leurs familles — mais au bout du compte, ils ne sont pas prêts à se risquer pour protéger leur propre sang.

Des putains de trous du cul égoïstes.

La colère brûle en moi, chaude et purifiante. Ça m'aide à me concentrer, à repousser la panique. On s'en sortira d'une manière ou d'une autre. Nous survivrons, si ce n'est que pour revenir plus tard et leur botter le cul.

Nous ne sommes plus qu'à quelques mètres de la porte et mon estomac est si serré et lourd que j'ai l'impression d'avoir avalé une brique.

Je demande en jetant un coup d'œil à Marcus : « Pourquoi est-ce qu'on part ? » Son visage est figé dans un masque tendu. « Tu as dit que nous sommes en sécurité tant que nous sommes ici, non ? Alors pourquoi partir ? »

« Parce que plus on reste, plus on laisse le temps aux autres de se préparer. D'appeler des renforts et de prévoir de gérer pour nous une embuscade. Si nous partons maintenant, nous serons sur un pied d'égalité dans le combat. »

Sa voix est tranchante et dure, elle ne contient aucune émotion. C'est le rappel brutal que ces hommes jouent à ce jeu depuis longtemps. Cette situation n'est pas nouvelle pour lui, ni pour aucun d'entre eux.

Pire, peut-être. Mais pas nouvelle.

« Nous avons la clé USB. Et si on essayait d'éliminer Luca maintenant ? Si on pouvait retourner les gens contre lui... »

« Ça ne marchera pas. » Ryland pousse la porte. Nous traversons le couloir et nous dirigeons rapidement vers la porte d'entrée. Le personnel de maison nous regarde, mais personne ne tente de nous arrêter. S'il n'y avait pas d'adrénaline qui me traverse et de sueur qui coule sur ma paume, je pourrais presque croire que nous partons dans des circonstances normales.

« On ne sait pas encore ce qu'il y a sur la clé USB », murmure Théo à voix basse. « Ce n'est peut-être pas la preuve dont on a besoin. Et on ne sait même pas si Luca est au courant qu'on l'a. Je suppose que non, sinon il aurait plutôt essayé de nous la prendre. Mais si nous faisons un scandale, il va certainement le découvrir. »

« La priorité pour l'instant est de sortir d'ici. *Te* faire sortir d'ici. » La prise de Marcus sur ma main se resserre, et pour la première fois depuis l'annonce de Luca, j'entends un soupçon d'émotion dans sa voix.

La peur.

Pas pour lui. Pour moi.

Cela accentue la peur dans ma poitrine, avec cet horrible sentiment que les hommes que j'aime sont sur le point de mourir devant moi.

J'accélère le pas et nos pas résonnent sur le sol poli lorsque nous atteignons la porte d'entrée. Nous sortons dans la nuit calme et fraîche, et je sens la chair de poule se former sur ma peau.

« Là. » Ryland jette la tête vers un côté de la propriété où les voitures sont alignées en rangs ordonnés.

Nous n'attendons pas que le voiturier nous amène celle de Théo. A la place, il prend ses clés sur le stand des voituriers et nous nous dirigeons vers le véhicule, pour finalement nous mettre à courir en nous approchant de sa voiture.

Marcus me pousse pratiquement sur le siège passager arrière avant de prendre le siège avant à côté de Théo. Ryland monte à l'arrière avec moi, fermant sa porte alors que Théo démarre en trombe.

Ryland et Marcus ont soudainement des armes à la main et je ne sais pas s'ils étaient armés sous leur veste de costume ou si les armes étaient cachées dans la voiture. Mais cela n'a pas vraiment d'importance.

Alors que Théo tourne dans la rue qui s'éloigne de la maison de Luca, je cherche dans les épaisseurs de ma jupe, luttant contre la force centrifuge tandis qu'il fait tourner la voiture à une vitesse dangereuse.

Ma main se referme sur le métal chaud de la poignée de l'arme et je la sors de son petit étui. Au moment même où je le fais, des phares brillent derrière nous, éclairant l'intérieur de la voiture.

« Putain ! »

Le juron de Théo est à peine sorti de sa bouche que quelqu'un nous heurte par derrière, faisant avancer la voiture d'un bond. Je n'ai pas de ceinture de sécurité et la force de l'impact me fait presque glisser du siège. Je m'efforce de me redresser tandis que Marcus tire par la fenêtre sur la voiture derrière nous.

Je peux entendre le tintement métallique des balles qui frappent le châssis de l'autre voiture et les phares diminuent un peu d'intensité tandis qu'elle recule. Une seconde plus tard, de nouveaux coups de feu retentissent, provenant cette fois du véhicule qui nous poursuit.

« Putain, c'est qui ? » Ryland crie, saisissant brutalement ma nuque et me forçant à baisser la tête.

« Je ne sais pas. » Théo jure à nouveau, tournant le volant brusquement et faisant zigzaguer la voiture violemment. « Peut-être Michaël. L'enculé. »

La voiture est secouée alors que la voiture de l'inconnu qui nous poursuit, quel qu'il soit, nous percute de nouveau et cette fois, les balles brisent la vitre arrière. Marcus se retourne sur son siège, tirant à travers l'espace maintenant ouvert. Le verre craque, et bien que je ne sache pas s'il a cassé le pare-brise, j'espère qu'il a au moins limité leur visibilité. Les routes sont sombres, pas très bien éclairées dans une ville comme celle-là, et si nous pouvons les aveugler, nous pouvons peut-être les faire sortir de la route.

Mais avant même que je ne puisse espérer cela, un autre moteur vrombit derrière nous et son rugissement rejoint celui du premier véhicule.

Des coups de feu retentissent et je ressens une sensation de chute familière et écœurante tandis qu'un côté de la voiture s'incline vers le bas.

Quelqu'un vient de tirer sur notre pneu.

Chapitre 9

« Enculé ! »

Théo donne un coup de volant, essayant de retrouver la stabilité alors que nous faisons une embardée violente.

Des flash-backs de quelque chose de déjà-vu m'aveuglent presque tandis que je force ma tête à se lever, ignorant la pression de la main de Ryland sur mon cou.

Je sais qu'il essaie de me protéger, mais je dois voir. Je dois *aider*.

Une autre voiture a rejoint celle qui nous suit.

Elles prennent les deux côtés de la route à deux voies sur laquelle nous nous trouvons, nous écrasant alors que Théo pousse le moteur.

Notre voiture tremble, car elle est secouée à chaque fois que le pneu déchiqueté tourne, et je sais que ce n'est qu'une question de temps avant que Théo ne perde le contrôle, surtout à cette vitesse.

Je ne sais pas où nous sommes. Ce n'est pas une partie de la vie d'Halston que je reconnais et je pense que Théo a conduit pour s'éloigner de la ville au lieu de s'en rapprocher dans notre tentative de fuite. La route sur laquelle nous sommes est étroite et droite. Elle est traversée par d'autres petites routes.

En gardant la tête basse, je me retourne sur mon siège et je me mets à tirer par la fenêtre arrière vers la voiture qui est derrière nous et légèrement sur le côté. Je pense que c'est Gabriel, l'autre joueur qui possède des liens avec la mafia. Je me demande si les deux hommes ont conclu une sorte de marché pour essayer de nous éliminer tous les deux en collaborant ensemble.

Mes tirs atteignent le rétroviseur du côté passager, le laissant pendre par un câble. Des éclats lumineux brillent dans l'obscurité tandis que nos poursuivants tirent à nouveau, reculant un peu pour mieux viser nos pneus.

« Merde, merde, merde ! »

Théo jure furieusement alors que le côté gauche de la voiture penche cette fois. Nous avons perdu nos deux pneus arrière et je peux *sentir la* résistance. Malgré le rugissement du moteur, notre vitesse ralentit.

Avec un cri sauvage, j'appuie deux fois de plus sur la gâchette, puis je me baisse lorsque les voitures derrière nous ripostent.

« Cherche une rue latérale », Marcus crie à Théo en tirant une autre cartouche. « Nous devons sortir de cette route avant qu'ils ne nous enferment. »

Avant que Théo ne puisse répondre, une balle traverse la vitre arrière brisée et lui touche le bras. Il laisse échapper un grognement de douleur et la voiture dérape sur le côté tandis qu'il perd son emprise sur le volant pendant une seconde.

« Théo ? » Je crie par-dessus le chaos qui m'entoure.

« Je vais bien, je vais bien. Putain ! »

Juste devant nous, une autre rue croise celle où nous sommes. Elle apparaît trop tard pour que Théo puisse la prendre, mais alors que nous la dépassons, le moteur d'une autre voiture vrombit.

Une berline foncée sort de l'obscurité et percute les deux voitures qui nous suivent. Le métal grince tandis que les deux voitures se heurtent, pressées l'une contre l'autre par la force de l'assaut de la troisième voiture.

Elles dérapent sur le côté, et l'une d'elles quitte complètement la route et manque de faire un tonneau en heurtant le petit fossé qui longe l'accotement. L'autre se retrouve coincée entre la route et le bas-côté, et la voiture argentée s'arrête au milieu de la route, son capot plié et déformé.

Un silence soudain s'installe alors que le rugissement des moteurs s'estompe et que le *pop, pop, pop* des coups de feu s'éteint. Théo arrête la voiture d'un coup sec, jetant un coup d'œil par-dessus son épaule à l'épave derrière nous.

« C'est quoi ce bordel ? »

Je pose la question : « Qui était-ce, est-ce qu'ils en avaient après nous ? » d'une voix semblant fluette et tendue.

Il ouvre sa porte : « Je ne sais pas. Mais on a besoin de leur voiture. Le capot est abîmé, mais il y a quatre pneus qui fonctionnent. »

J'ouvre aussi ma porte et me précipite dehors avec les hommes. Théo ouvre le coffre et Marcus en sort un sac d'ordinateur portable, sans même prendre la peine de le refermer. Le tissu coûteux de ma robe traîne sur l'asphalte sale, mais je n'y prête pas attention alors que nous courons tous vers le lieu de l'accident.

Des gémissements s'élèvent de la voiture qui a été directement percutée par la voiture argentée, et une seconde plus tard, le canon d'une arme sort de la vitre brisée. Plusieurs coups de feu retentissent et une balle siffle près de ma tête.

« Putain ! Baissez-vous ! »

Marcus ne suit pas son propre conseil, fonçant

devant nous avec son bras tendu, tirant plusieurs fois sur le véhicule et obligeant celui qui se trouve à l'intérieur à se mettre à l'abri.

La voiture argentée est au milieu de la route où elle s'est arrêtée après avoir percuté les deux autres. Théo avait raison. Le capot est abîmé, mais j'espère qu'elle peut encore rouler.

Avec Marcus et Ryland qui nous couvrent, nous l'atteignons rapidement. Théo ouvre la porte d'un coup sec et grogne.

« Dominique Roth. Fils de pute. »

L'homme aux cheveux foncés est affalé sur le volant et du sang coule sur le côté de son visage. Je ne sais pas s'il est vivant et honnêtement, je m'en fiche maintenant. Tout ce qui m'importe, c'est de me tirer d'ici. D'autres coups de feu volent vers nous, me confirmant que les occupants des deux autres voitures ont survécu à l'accident.

D'autres vont venir. Victoria et Adrien sont toujours là-dehors, et aucun d'entre eux ne restera sans rien faire. On les a peut-être perdu dans la poursuite, mais ils feront tout ce qu'ils peuvent pour nous retrouver.

Théo semble être du même avis que moi, car il ne vérifie même pas son pouls. Il fait juste pousser le corps affaissé de Dominique sur le siège passager, puis s'assoit au volant.

Ryland ouvre la porte arrière du passager et

m'aide à entrer avant que Marcus et lui ne se glissent à l'intérieur. Marcus baisse la vitre et tire à nouveau sur les véhicules accidentés pendant que Théo fait demi-tour avec la voiture volée et se dirige vers la rue latérale d'où elle est sortie.

Le moteur gémit pitoyablement lorsqu'il appuie sur l'accélérateur, mais même si des volutes de fumée s'échappent de sous le capot désintégré, la voiture ne s'arrête pas. Il laisse les phares éteints, tourne dans une autre rue, puis une autre, jusqu'à ce que je n'aie aucune idée de la direction dans laquelle on roule. J'ai confiance toutefois qu'il le sait où l'on va, et le laisse gérer le sujet des directions à trouver alors que je me tourne pour regarder par la fenêtre arrière.

Les éclats de verre qui jonchaient le siège arrière de Théo m'ont fait de petites entailles sur la peau, mais je ne sens pas la douleur. La vitre arrière de la voiture est intacte et je jette un coup d'œil sur la rue faiblement éclairée derrière nous.

« Il n'y a personne. » Je laisse échapper un souffle tremblant. « Nous les avons semés. »

Même si les deux autres voitures sont encore en état de rouler, ce qui est une possibilité, elles ne sont pas derrière nous maintenant. Avec un peu de chance, nous aurons assez d'avance pour qu'ils ne puissent pas nous suivre.

« Tu as toujours la clé USB ? » Marcus

demande, ses yeux brillant dans l'obscurité alors qu'il me regarde.

Relâchant ma prise serrée sur l'arme dans ma main, je la pose sur le siège et fouille dans les plis de ma robe, refermant mes doigts autour du petit lecteur métallique. « Oui. »

« Bien. » Il acquiesce brusquement. « Maintenant, il ne nous reste plus qu'à espérer que ce qu'il y a sur cette chose a valu la peine qu'on se mette dans ce pétrin. Théo ?

« Oui. J'y vais maintenant. »

La réponse de Théo arrive si rapidement que c'est comme si les deux hommes avaient eu une conversation entière sans même prononcer de mots. Je ne sais pas ce que le message de Marcus voulait dire, mais visiblement son ami le sait.

Ils travaillent bien ensemble, tous les trois. C'est probablement la seule raison pour laquelle ils sont encore en vie.

« On va dans une planque. » Marcus secoue la tête en remarquant mes sourcils levés. « Pas la même que celle où on t'a emmenée avant. Un endroit différent. Ça devrait être sécurisé, au moins pour le moment. Nous ne l'avons jamais utilisée auparavant, donc elle devrait être difficile à traquer. »

« On va être à court de putains de planques », commente sinistrement Ryland. « C'est la dernière où je me sentirais en confiance. La maison sur Whit-more est probablement déjà connue. »

Marcus acquiesce, faisant glisser le chargeur de son arme et le remplaçant avec une claque aiguë. « C'est vrai. »

Mon regard dérive vers le siège du passager avant où Dominique est maladroitement étalé, la tête appuyée contre la vitre. Du sang recouvre son visage, tachant le col blanc de sa chemise.

« L'a-t-il fait exprès ? » Je demande, mes sourcils se fronçant. « Pour nous aider ? »

« Je ne sais pas. » Théo lui jette un coup d'œil. « Pour ce qu'on en sait, ce connard essayait de *nous* frapper et a juste raté. S'il est mort, on s'occupera du corps. S'il est vivant, il pourra peut-être nous dire ce qu'il faisait. »

Je me penche en avant et passe la main autour du dossier du siège passager avant. Quand je presse mes doigts sur le cou de Dominique, ils glissent sur sa peau parsemée de sang. Mais je sens un batte-ment de mouvement dans son cou.

« Il n'est pas mort, je ne pense pas. »

« Super. » Théo n'a pourtant pas l'air très enthousiaste.

Je retire rapidement ma main, essuyant mes doigts sur le cuir cher du siège. Un frisson me parcourt l'échine et ce n'est pas seulement à cause du sang.

Je ne suis pas sûre d'aimer l'idée que Dominique nous aide. Je n'aime pas l'idée de lui devoir quelque chose.

Il nous faut presque une heure pour atteindre la planque et je pense que c'est en partie parce que Théo prend une route qui nous éloigne des routes principales. Quand nous nous arrêtons enfin sur une longue voie, je laisse échapper une respiration tremblante.

Théo se gare dans le petit garage sur le côté de la maison, et quand il coupe le moteur, Ryland pousse sa porte. J'ouvre la mienne, saisissant à nouveau mon arme avant de me glisser dehors avec Marcus juste derrière moi. Lui et Ryland tirent Dom de l'avant de la voiture et portent son corps étalé entre eux tandis que Théo ouvre la porte de la maison.

L'intérieur me rappelle beaucoup l'autre planque où ils m'ont emmenée. Spacieux et vide, l'air vicié et trop calme. Le salon contient quelques meubles qui semblent avoir été fournis avec la maison — un grand canapé et une table basse abîmée se trouvent au milieu de l'espace meublé avec un fauteuil rembourré sur le côté. Une vieille bibliothèque massive est posée contre un mur, sans aucun livre.

Marcus et Ryland transportent le corps de Dom dans le couloir vers l'une des chambres à l'arrière de la maison. Le matelas est nu, mais ils n'ont pas l'air de craindre de mettre du sang dessus lorsqu'ils l'allongent sur le lit.

Ils reculent tandis que Théo et moi avançons, et nous nous rassemblons tous les quatre près du lit bancal, fixant l'homme qui s'y trouve.

« Eh bien. » Théo laisse échapper un souffle qui est presque un rire. « C'est complètement foutu. »

Chapitre 10

FOUTU, c'est vrai.

On est censé être de retour chez Théo en ce moment.

On est censé célébrer tout ça.

On est censé avoir avancé pour faire tomber Luca.

Au lieu de cela, nous sommes en fuite, pris pour cible par tous les autres joueurs de ce jeu merdique et on regarde quasi mort d'un homme qui m'a précédemment kidnappé.

« Bon sang », je marmonne en secouant la tête.

Puis une pensée soudaine me vient et je me raidis. Victoria a mentionné auparavant le fait qu'elle utilisait un traceur GPS pour me retrouver. Quelque chose que Carson a glissé dans mes vêtements ou mes chaussures.

Je ne sais pas comment quelqu'un aurait pu mettre un traceur sur moi ou mes hommes entre le moment où nous sommes arrivés chez Luca et maintenant. Personne n'a prévu que la nuit se terminerait comme ça, pas même la Vipère elle-même. Donc ça semble peu probable.

Mais quand même...

« Traceurs », je dis en regardant Ryland qui se tient à côté de moi. « Nous devrions vérifier s'il n'a pas de traceur GPS ou de mouchard. Et sur nous aussi, juste pour être sûrs. »

« Ouais. » Il acquiesce, se penchant sur le lit et fouillant Dominique. Il déchire sa chemise, vérifiant qu'il n'a rien de scotché sur le torse, puis il vérifie ses deux jambes et enlève ses chaussures noires brillantes. Il les donne à Théo. « Il devrait y avoir un couteau dans la cuisine. »

« Je m'en occupe. »

Théo prend les chaussures et disparaît, et j'enlève mes chaussures d'un coup de pied, sortant la clé USB et le connecteur des poches cachées de ma robe avant de passer mes mains sur le tissu.

Ma recherche ne donne rien et celle de Ryland non plus. Nous devrions être corrects, mais je n'arrive toujours pas à me débarrasser de l'inquiétude lancinante que quelqu'un parvienne à nous traquer de toute façon.

« Rien », annonce Théo quand il revient un

moment plus tard. Il laisse tomber les chaussures de Dom sur le sol à côté du lit. Les semelles ont été arrachées, les rendant pratiquement inutilisables.

« Devrions-nous le tuer ? » La voix de Ryland est dure, et bien que ce soit formulé comme une question, ça ressemble plus à une déclaration. Comme s'il avait déjà pris sa décision.

Je serre les dents, mon estomac se serre. « Non. »

Les trois hommes me regardent. Marcus n'a pas vraiment l'air surpris, mais les sourcils de Théo se lèvent un peu.

Mes lèvres sont sèches et je sors ma langue pour les humecter avant de reprendre la parole. « Il nous a sauvé la vie. Je ne sais pas pourquoi il l'a fait, ni même s'il le voulait. Mais nous devrions au moins savoir s'il l'a fait avant de le tuer. Je n'aime pas l'idée de le tuer alors qu'il a une dette. Je ne veux pas que ça pèse sur moi, que ce soit à jamais irréparable. »

Les yeux noisette de Ryland sont durs quand il croise mon regard. « Il t'a kidnappée. A essayé de te tuer. Je dirais que ça vous met à *égalité*. »

« Je sais. » J'avale, repoussant la nausée qui me retourne l'estomac. Je déteste tout ça, putain. « Mais je pense toujours que nous devrions attendre. »

Les lèvres de Ryland se pressent l'une contre l'autre. Je peux pratiquement voir les impulsions contradictoires qui font rage en lui — l'envie de me donner ce que je veux se confronte à l'envie de descendre toute personne qui me menace.

Je pose ma main sur son bras en le regardant dans les yeux. « Si on en arrive là, si on découvre qu'il a essayé de nous frapper à la place d'eux, je le tuerai moi-même. »

Il soupire et son corps se détend légèrement à mon contact. Puis il se penche et dépose un baiser sur mes lèvres. « Tu es une bien meilleure personne que moi, Ayla. »

Je murmure quand il s'éloigne. « « Pas meilleure, pas du tout. »

Plus bête, peut-être.

Mais malgré la situation dans laquelle Luca nous a mise, malgré la rengaine constante qui consiste à « tuer ou être tué », je ne peux pas me résoudre à tuer un homme de sang-froid. Je n'ai même pas pu appuyer sur la gâchette pour tuer l'homme qui m'a violée quand j'étais enfant, même si je ne suis pas vraiment désolée que Jordan soit mort.

Ryland m'embrasse à nouveau, et je me penche vers lui lorsque nous nous séparons, chassant la sensation de ses lèvres contre les miennes.

« Très bien. » Marcus jette un regard de Théo à Ryland, et quand ils rencontrent tous les deux son regard, il acquiesce. « Il vivra. Pour le moment. »

Il sort à grands pas de la pièce et revient un instant plus tard avec un rouleau de ruban adhésif. Il l'utilise pour ligoter ensemble les mains et les pieds de Dominique. Puis il écarte de son visage les cheveux foncés tachés de sang de l'homme. « Une entaille sur son front et une putain de méchante bosse. Cela a probablement fendu la peau quand il s'est cogné la tête. Tu as trouvé d'autres blessures, Ryland ? »

« Non. »

Laissant l'homme ligoté sur le lit, Marcus recule et pose une main sur le bas de mon dos, me guidant hors de la chambre. « Viens, mon ange. Je pense qu'il y a une bouteille de whisky quelque part dans cette maison. »

Il m'entraîne dans le salon et je m'enfonce dans le canapé, reconnaissante de donner un peu de répit à mes jambes qui tremblent. J'ai tenu debout par la seule force de ma volonté et même cela commence à s'estomper. Remontant un peu le tissu de ma robe, je passe la main sous la jupe et défais l'étui qui se trouvait sur ma cuisse, le posant avec l'arme sur la table basse en face de moi.

Marcus part à la recherche du whisky, et quand Théo s'assied à côté de moi, je me tourne vers lui. « Comment va ton bras ? »

Il grimace. « Ça fait mal, mais ça ne va pas me tuer. Nous avons une trousse de premiers soins quelque part par ici. » Il remue les sourcils vers moi. « Tu veux me soigner ? »

Je pince les lèvres pour ne pas sourire. C'est la seule personne que je connais qui pourrait faire cette blague en ce moment et me faire rire.

« Ouais, je pourrais jouer à l'infirmière. Où est la trousse ? »

« Je l'ai. » Marcus entre à nouveau dans la pièce, une bouteille de liquide ambré dans une main et une petite boîte dans l'autre.

Il pose la boîte sur la table basse usée et débouche l'alcool, en boit un grand coup avant de me le passer. Je prends une gorgée aussi, laissant le whisky brûler ma gorge. Ce n'est pas de la tequila, mais je ne suis pas en position de faire la difficile.

Après l'alcool qui m'a réchauffé l'estomac, je suis en mesure d'aider Théo à enlever sa veste, puis à desserrer sa cravate et à déboutonner sa chemise. Son bras est taché de rouge, mais le saignement de sa blessure semble déjà s'estomper.

Quelques centimètres plus bas se trouve la cicatrice persistante de la *dernière fois* qu'une balle a touché son bras, lorsque lui et les autres m'ont sauvée de la maison où Carson et Dominique me retenaient.

« Tu essaies d'obtenir une carte de fidélité ou quoi ? » Je plaisante en passant le bout de mes doigts sur son ancienne cicatrice. Ma blague tombe à plat. Rien de tout ça n'est drôle, mais Théo me sourit quand même.

Je commence à nettoyer la zone où la balle l'a frôlé, tandis que Ryland et Marcus s'installent à côté de nous. Ryland est perché sur le bras du canapé et Marcus de l'autre côté de Théo.

« Nous sommes peut-être encore mieux maintenant qu'au début de la nuit », dit lentement Marcus en saisissant la bouteille et en prenant une autre gorgée. « *Si* nous sommes capables de trouver des preuves qui relient Luca à la Vipère sur ce disque dur. Ce qu'il a fait ce soir était déjà risqué, et je suis sûr que les gens se demandent ce qui se passe. Tant que tout le monde pense que le jeu est réglo, personne ne se posera de questions. Mais si on peut jeter le doute là-dessus, ça rendra ses actions à la fête plutôt suspectes. »

« Ça donnera l'impression que c'était ce que *c'était* », ajoute Ryland. « Une tentative pour nous discréditer et nous faire taire en utilisant d'autres personnes pour faire son sale boulot ».

Je lève les yeux de mon travail sur le bras de Théo. « Nous devons donc commencer à essayer de trier et de décrypter tout de suite tout ce que nous avons pu obtenir. » Mes sourcils se froncent. « Est-ce que Zee est prêt à gérer le déverrouillage des fichiers ? »

« Ça devrait être le cas. » Marcus passe la bouteille à Théo. « Je vais lui transférer les fichiers et le laisser se mettre au travail pour essayer de les décrypter, et je lui demanderai de nous envoyer tout ce qu'il a dès qu'il aura des infos. »

« Est-ce que tu peux lui faire confiance pour ça ? »

Marcus hausse les épaules. « Autant qu'on puisse faire confiance à quelqu'un. Donc, pas du tout. Mais Zee est déjà sur la liste des ennemis de Luca, donc il n'a aucune raison de l'aider, et aucune raison de penser que Luca ne le tuerait pas d'abord s'il essayait. Ça, combiné avec ce qu'on le paie, fait de lui un pari aussi sûr qu'un autre. »

Je demande : « Combien de temps penses-tu que ça va lui prendre ? »

« Ça dépend du degré de cryptage des fichiers. S'il y arrive. Je pense que ce ne sera pas rapide. »

« On doit lui demander de vérifier les vidéos de sécurité le long de notre route », ajoute Ryland. « La voiture de Dom est facile à repérer. Qu'il remplace toutes les vidéos qui nous ont filmés pour que personne ne puisse remonter vers nous par ce biais-là. »

Je grimace en appuyant un morceau de gaze sur l'entaille du bras de Théo avant de le fixer avec du ruban adhésif. Je n'avais jamais imaginé combien il serait difficile de disparaître avant d'être vraiment confronté à la situation.

C'est l'ironie du sort que mon petit frère a réussi à disparaître sans laisser de trace, alors que nous cherchons juste à prolonger le temps que quelqu'un prendra pour nous trouver.

Parce qu'ils nous trouveront.

Gabriel. Michaël. Victoria. Même Adrien.

Ils sont tous intelligents, avisés et dangereux. Luca a fait de nous le 1er lot dans ce putain de jeu et chacun d'entre eux est déterminé à gagner.

Alors que je fixe le dernier morceau de ruban adhésif sur le bras de Théo, j'entends un faible gémissement s'élever de la chambre. Je jette un coup d'œil dans le hall, puis je me lève. « Je vais aller m'occuper de Dominique. »

« Je viens avec toi. »

Ryland fait un mouvement pour me suivre, mais je lui fais signe de s'abstenir. « C'est bon. Je peux m'occuper de lui. Fais ce que tu as à faire. »

Dans cette tentative désespérée de nous garder tous en vie, je sais qu'il reste beaucoup à faire. Le moins que je puisse faire est de m'occuper de l'homme qui est attaché sur le lit pendant que les autres s'occupent de la sécurité et entrent en contact avec Zee.

Alors avant que Ryland ne puisse dire quoique ce soit d'autre, je sors la clé USB de la poche de ma robe et la donne à Marcus.

Puis je prends la trousse de premiers soins et je me dirige vers le couloir.

Chapitre 11

EN ENTRANT DANS LA CHAMBRE, je vois Dominique qui essaie de s'asseoir.

« Ne fais pas ça. »

Je traverse la pièce pour le rejoindre et le pousse pour qu'il s'allonge. A ma grande surprise, il fait ce que je lui dis de faire. Il doit être encore sacrément sonné.

La bosse sur sa tête semble s'être encore aggravée. Elle a grossi et a pris une vilaine couleur violette, ce qui me rappelle les souvenirs désagréables de ma propre blessure à la tête. Cela fait écho à ma commotion quand Marcus s'est fait tirer dessus par Carson et m'est tombé dessus.

Quand je pense au rôle de Dominique dans tout ça, ma mâchoire se serre. Peu importe la façon dont Ryland parle de moi et dit que je suis une bonne personne, je ne suis pas une putain de sainte. Il y a une part de moi qui veut retourner dans le salon, prendre son arme et revenir pour planter une balle entre les yeux à Dom.

L'homme en face de moi qui laisse échapper un gémissement sourd est assez pitoyable. Il cligne lentement des yeux en regardant la pièce, puis en les baissant pour étudier ses membres.

« Qu'est ce qui s'est passé avec ma chemise ? »

Je regarde sa chemise déboutonnée, tachée de sang. « Nous devions nous assurer que tu n'étais pas sur écoute. Que tu n'avais pas de traceur sur toi. »

Il me jette un coup d'œil, un regard confus sur le visage et je m'étouffe de rire.

« N'aie pas l'air si choqué. Tu en as mis un sur moi quand tu m'as kidnappée, alors ce n'est pas si difficile d'imaginer que tu aies pu en avoir un sur toi. »

Il cligne à nouveau des yeux et ses paupières traînent de haut en bas. Ses pupilles sont énormes, dépassant la couleur plus claire de ses iris, et d'expérience, je sais comme il doit se sentir à bout.

« Je suis vraiment désolé », murmure-t-il, presque à lui-même.

La tension dans mes épaules ne se relâche pas et ma voix est dure quand je parle. « Oui, tu l'as déjà dit. Mais je n'en ai vraiment rien à foutre. Ton "désolé" n'est pas une denrée rare. Cette partie est facile. Les gens qui se rachètent pour ce qu'ils ont fait ? Font mieux ? C'est ça qui est rare, putain. »

Convaincue qu'il n'est pas en mesure de se débattre contre ses liens et encore moins de les briser, je m'assieds sur le bord du lit et pose la trousse de premiers soins. Je prends des lingettes désinfectantes et commence à nettoyer la peau autour de son œuf de poule, ignorant la façon dont il grimace à mon contact.

Je lui demande : « Te souviens-tu de ce qui s'est passé ? »

Il me regarde à travers des yeux à peine fendus. Je pense qu'il a du mal à les garder ouverts et je me demande combien de temps il tiendra avant de s'évanouir à nouveau. « Ce soir ? Ouais ? Je m'en souviens. »

« Bien. Alors dis-moi ce que tu faisais, putain. »

« Quoi ? » Ses sourcils se rapprochent un peu.

« Qu'est-ce que tu faisais ? Pourquoi as-tu percuté la voiture de Michaël ? C'était un accident ? »

Il secoue légèrement la tête, grimaçant au mouvement. « Non. »

Je retire ma main, laissant tomber la lingette tachée de sang sur le matelas. « Alors quel est ton putain de plan ? C'est quoi ton jeu ? Tu n'as pas compris le putain d'indice que Luca a laissé tomber ? »

Dominique gémit. Le son qu'il émet émane à la fois de quelqu'un qui a mal et qui est épuisé, mais quand il lève à nouveau les yeux vers moi, ses yeux sont un peu plus réveillés qu'avant. « Ouais, j'ai compris. C'est pourquoi j'ai fait ce que j'ai fait. »

« Tu as essayé d'éliminer Michaël et Gabriel pour t'en prendre à nous ? »

« Non. » Il grimace en relevant un peu la tête. « J'essayais de vous aider. »

« Pourquoi ? » Ma voix est dure comme de l'acier.

Dominique laisse retomber sa tête sur le matelas, fixant le plafond. « Je n'aime pas la façon dont il a changé le jeu. Ce n'est pas juste, putain. Il tient toutes les ficelles et le reste d'entre nous ne fait que danser. » Sa lèvre supérieure se courbe. « La raison pour laquelle quelqu'un lui a envoyé mes papiers d'adoption, c'était pour me faire virer du jeu. Me mettre une cible dans le dos. Si Luca change les règles, il n'y a rien que je puisse faire. Et il va le faire. Je le sais très bien. Alors je me suis dit que si je suis mort de toute façon, je devrais au moins faire équipe avec les autres hommes condamnés à mort. » Il me jette un regard en coin. « Et la femme. Désolé. »

Je trouve ça un peu risible que *ce soit* pour *cette* partie de l'histoire qu'il s'excuse. Il vient juste de dire qu'il ne s'attendait pas à ce que l'un d'entre nous survive à ça.

Pourtant, l'égoïsme de ses motivations me pousse à le croire. S'il avait essayé de me convaincre qu'il nous avait aidé par charité, je lui aurais dit d'aller s'asseoir sur sa propre queue. Mais s'il pensait qu'il allait devenir une cible de toute façon, c'est logique de sa part d'avoir pris de le parti de penser que plus on est nombreux, plus on est en sécurité.

Il a déjà montré qu'il n'avait rien d'un leadeur et qu'il manquait sévèrement de colonne vertébrale.

« Tu sais que tu viens de te donner toi-même un carton rouge, n'est-ce pas ? » J'insiste en prenant une autre lingette et en recommençant à nettoyer sa blessure. « Tu ne sais pas que Luca allait t'expulser du jeu. Mais une fois qu'il aura découvert que tu nous as aidés ? Alors tu es pratiquement mort, tout comme nous. Alors pourquoi prends-tu ce risque ? »

Les yeux de Dominique s'ouvrent d'un coup sec et son regard trouve le mien avec une intensité surprenante. « Parce que j'arrête d'être leur putain de pion. Celui de Luca. De mes parents. C'est fini, putain. »

Il y a quelque chose dans sa voix qui me rappelle le jour où il a fait irruption dans la maison de Théo. Une douleur à fleur de peau. Une sauvagerie.

« Ils ont fini par l'admettre », dit-il en regardant à nouveau le plafond, la mâchoire serrée. « Quand les papiers d'adoption ont été envoyés, ils ne pouvaient pas faire grand-chose pour le nier. Je les ai forcés à tout me dire, absolument tout. »

Il se passe la langue sur les lèvres, passant ainsi sur les petites traces de sang séché qui collent à sa peau.

« Ils ont eu un premier enfant. Leur propre enfant, leur chair et leur sang. Il est mort quand il avait trois ans. Et au lieu de le *pleurer comme* une putain de famille normale, ils ont décidé de le remplacer. Par moi. Ils m'ont adopté, m'ont donné son nom, m'ont donné sa chambre et ses vêtements et ses putains de jouets. Ils ont volé ma vie et m'ont donné la sienne à la place. »

Ma main se fige, planant au-dessus de son front. Il me faut quelques secondes pour comprendre ce qu'il dit et quand j'y parviens, mes sourcils s'abaissent.

Bon sang. C'est vraiment n'importe quoi.

« Pourquoi ? »

Je ne veux pas me sentir désolée pour Dominique. J'ai fait en sorte de m'en abstenir, même en nettoyant l'entaille sur son front. Mais putain, je n'avais pas réalisé que les gens pouvaient être aussi fous.

« Pourquoi, à ton avis ? » Dominique demande d'un air maussade sans me regarder. « Pour la même raison que n'importe qui dans ce monde fait n'importe quoi. Le pouvoir. Ma mère — *Liliane* — ne pouvait pas avoir d'autres enfants. Et ils avaient besoin d'un héritier. Ils avaient déjà l'enfant parfait, alors ils ont trouvé un moyen de garder cette illusion. »

Je secoue la tête, mets en boule la lingette pleine de sang et la laisse tomber à côté de la première. Je n'ai jamais rencontré ses parents, mais j'ai le sentiment que si c'était le cas, ils auraient l'air parfaitement normaux. Pas du tout comme ces deux psychopathes.

Car c'est ce qu'ils sont. Clairement.

« Ils m'ont *acheté* », murmure Dom sombrement. « Ils ont fait de moi leur putain de propriété et ils m'ont utilisé comme un pion. » Ses lèvres se pressent ensemble. « Tant de trucs ont finalement pris du sens quand j'ai appris la vérité. Mon père me frappait si je disais ou faisais quelque chose qui n'était pas "correct." Tout ce qui ne correspondait pas exactement à ce qu'ils m'apprenaient. Ils m'apprenaient comment remplir les chaussures de leur enfant mort. Ils me *formaient*, putain. »

Il avale, sa pomme d'Adam se balançant de haut en bas.

« J'avais cet animal en peluche appelé LaLa quand j'étais petit. C'est mon tout premier souvenir. Ma mère me l'a enlevé et l'a brûlé. Je n'ai jamais compris pourquoi. Mais maintenant je comprends. Parce que c'était *le mien*. Pas celui de son fils. C'était ce qui venait de mon ancienne vie et elle ne pouvait pas me laisser l'avoir. »

Il émet un bruit de dégoût au fond de sa gorge et ses paupières s'affaissent à nouveau. Il semble épuisé par sa tirade, mais j'ai l'impression qu'il vient juste d'injecter de l'adrénaline directement dans mon cœur. On dirait qu'il s'est arrêté de battre ou peut-être qu'il bat trop vite. Le sang bat si fort dans mes oreilles que ça me donne le vertige.

LaLa.

Oh, putain.

Putain de merde. *Non.*

J'ai rêvé de ce nom. J'ai rêvé d'un petit garçon qui m'appelait par ce nom, sa voix effrayée et désespérée.

Il n'y a pas moyen que ce garçon soit Dominique. Ce n'est pas possible. Je ne *veux pas que* ce soit le cas.

Mais comment diable aurait-il pu trouver ce nom étrange autrement ? La seule personne à qui j'en ai parlé, c'est Théo, la nuit où je me suis réveillée en sursaut après ces visions terrifiantes.

Ma peau est froide et tendue. Engourdie et piquante à la fois. Je reconnais vaguement que c'est ce que l'on ressent quand on est en état de choc, mais je n'arrive même pas à traiter cette pensée correctement.

Je sais juste que je dois sortir d'ici. Je ne peux pas

rester dans cette pièce avec l'homme aux cheveux foncés tachés de sang. L'homme dont je méprise le visage, qui m'a kidnappée et retenue en otage. L'homme que j'ai sérieusement envisagé de tuer il n'y a pas si longtemps.

En m'éloignant du matelas, je me lève et essaie de tenir sur mes jambes tremblantes, abandonnant la trousse de premiers soins en me retournant et en me dirigeant vers la porte.

Je pense que Dominique me dit quelque chose, mais je ne l'entends pas. Ma main s'agrippe fermement au cadre de la porte, mes doigts s'enfoncent dans le bois pour me maintenir debout, et lorsque je passe dans le hall, je ferme la porte derrière moi.

Bloquant la vérité que je ne veux pas voir.

Chapitre 12

ALORS QUE LA porte se referme doucement derrière moi, quelque chose semble se briser dans ma poitrine.

Une vague d'émotions m'envahit et remplace l'engourdissement dû au choc. Les larmes me brûlent les yeux, et j'ai du mal à respirer alors que je trébuche à l'aveuglette dans le couloir, passant ma main sur le plâtre lisse du mur.

J'ai passé des années à essayer de retrouver mon frère, à le chercher désespérément, à dépenser de l'argent que je n'avais pas pour utiliser les services de détectives de pacotille. Faisant tout ce qui était en mon pouvoir pour essayer de le retrouver.

Et *c'est ce* qu'il s'est avéré être ?

L'homme qui m'a kidnappé ? Le type qui a

pointé une putain d'arme sur moi, qui nous a traqués, les hommes et moi, et qui a tiré sur nous après l'accident de voiture ?

Marcus est en vie, mais c'est seulement dû à un pur hasard. Grâce aux machinations et à l'action rapide de Victoria. Dom aurait pu être responsable de sa mort.

Un sanglot haletant s'échappe de mes lèvres, une bouffée de fureur m'envahit.

Si Marcus était mort, *j'aurais* tué Dominique, qu'il soit mon frère ou non.

J'ai l'impression que toutes ces choses qui rebondissent dans ma poitrine sont sur le point de briser mes côtes. C'est trop, putain. J'ai besoin d'air. J'ai besoin...

Je me heurte à un large torse nu et des mains chaudes se posent sur mes bras.

« Hé, Rose ? Tu vas bien ? »

Les yeux bleu-vert inquiets de Théo me fixent et je cligne des yeux comme si je ne l'avais jamais vu de ma vie. La ligne entre ses sourcils se creuse et il baisse un peu la tête.

« Que s'est-il passé ? Est-ce que tu vas bien ? »

« Ouais. »

Le mot sort automatiquement. Je *ne vais pas* bien, mais je ne veux pas en parler. Je ne veux pas dire la vérité à voix haute. Je veux l'enterrer dans le jardin avec une pelle et la laisser mourir à petit feu.

L'expression du visage de Théo me dit que ce seul mot rauque ne l'a pas du tout convaincu. Il ouvre la bouche pour dire quelque chose d'autre, mais je me dégage de sa prise et je trébuche vers la porte ouverte au bout du couloir.

C'est une petite salle de bain, aussi exiguë et dépouillée que le reste de la maison.

J'y entre et je pousse la porte derrière moi, mais une main lourde l'empêche de se refermer. Théo entre après moi, son visage est un masque d'inquiétude.

« Qu'est-ce qu'il y a, Rose ? On dirait que tu as vu un fantôme. »

Ce dernier mot touche une blessure à vif en moi. C'est exactement ce que je ressens. Comme si j'avais vu un fantôme. Un écho d'un passé qui n'existe plus.

Appuyant ma main sur le bord de l'évier, je baisse la tête, inspirant profondément en essayant de me maîtriser. Je sens la chaleur de la peau de Théo avant même que nos corps ne se touchent. Il vient se placer derrière moi, posant ses mains sur mes épaules et me réconfortant silencieusement pendant que j'inspire et que j'expire.

Quand je suis un peu plus calme, il change de prise, fait glisser ses mains vers le bas et les enroule autour de mon torse, pressant mon dos contre sa poitrine.

Il croise mon regard dans le miroir strié et brouillé et l'inquiétude assombrit encore ses traits.

« S'il te plaît, dis-moi ce qui ne va pas. »

C'est une simple supplication, sincère et silencieuse. Je n'ai toujours pas envie de dire quoi que ce soit, mais le sérieux de sa voix m'interpelle. Je me souviens de la nuit où il est venu me chercher à l'étage après avoir croisé Jordan à Saraven. Il était si doux et si gentil, si précautionneux avec moi.

Cet homme ne me fera jamais de mal.

La certitude qui m'envahit à cette pensée apaise un peu mon cœur qui s'emballe. Dans ce monde de menteurs et de manipulateurs, de cruauté vicieuse et insensée, la véritable confiance est la chose la plus précieuse qui soit.

Et Théo a gagné ma confiance encore et encore.

Je soutiens son regard dans le miroir pendant une seconde, rassemblant les mots sur ma langue. Puis je me retourne dans ses bras, me trouvant face à lui alors que le tissu de ma robe se balance autour de mes jambes.

« Dominique... » Je passe ma langue sur mes lèvres, en essayant de chasser l'amertume qui recouvre le mot. « Il nous a dit qu'il avait été adopté. Ce jour-là quand il est venu à la maison. Il l'a découvert, parce que quelqu'un a envoyé les papiers à Luca. »

« Ouais. » Théo acquiesce, me regardant avec curiosité. « Je me souviens. »

« Je ne sais pas s'il savait ou s'il l'a découvert plus tard, mais c'était plus qu'une simple adoption. Il a toujours pensé qu'il était le fils naturel de ses parents, parce que c'est ce qu'ils lui ont dit. »

Théo hoche à nouveau la tête, ses lèvres s'écartant d'un côté. « Ils ne peuvent pas être les premières personnes à mentir à leurs enfants à ce sujet. C'est merdique, mais... »

« Ils ont eu un fils avant lui, » dis-je, en le coupant. Je dois le dire avant que ma gorge ne se referme complètement. « Ils avaient un fils et il est mort. Ils ont adopté Dominique et lui ont donné le nom de leur enfant mort. Ils l'ont élevé pour qu'il prenne la place de leur propre enfant mort. Ils ont essayé d'effacer son ancienne vie, de l'effacer. » Mon ton monte, mes mots sont de plus en plus tendus. « Il avait un animal en peluche, quelque chose de son enfance, et il... il a dit qu'il s'appelait LaLa. »

Théo me regarde en clignant des yeux. Puis ses yeux s'élargissent soudainement et ses traits marquent le choc. « Putain de merde. »

Je hoche la tête, le mouvement est saccadé.

Sa bouche s'ouvre et se ferme une fois, puis il émet un petit bruit de moquerie. « Non. Pas question, putain. Tu ne penses pas... ? »

« Je ne sais pas. »

Même en prononçant ces mots, je peux sentir le mensonge qu'ils expriment. J'ai essayé de le nier depuis que Dominique a prononcé ce nom, mais la vérité est que je *le* sais. C'est mon frère. Il faudrait un test ADN pour le confirmer et je pourrais m'accrocher à l'espoir que tout ceci n'est qu'une folle coïncidence jusqu'à ce que je voie une preuve tangible.

Mais ça ne change rien à la certitude qui pèse sur ma poitrine.

C'est mon frère.

« Bon sang. » Théo souffle un coup, sa prise sur moi se resserrant un peu. « Fils de pute. *Ce* mec ? »

Je ris presque. Théo est vraiment la seule personne qui peut me faire rire quand tout me donne envie de pleurer.

« Ouais, c'était à peu près ma réaction », dis-je en essayant de sourire.

« Putain. » Ses lèvres se retroussent et il a l'air un peu dégoûté.

Je sais ce qu'il ressent.

Puis il penche sa tête, ses yeux se rétrécissent. Le bout de ses doigts parcourt ma colonne vertébrale pendant qu'il réfléchit un long moment. Quand il me regarde à nouveau, il soupire.

« Honnêtement, ça fait un peu sens. Ce que ses parents ont fait, je veux dire. Non pas que ça rende la chose plus acceptable. Mais tu as vu nos parents. Ceux de Ry et Marcus, en tout cas. Il nous a fallu plus de temps qu'il n'aurait fallu pour le reconnaître, mais nos parents se sont servis de nous tous. Ils nous ont traité comme des pièces sur un échiquier. Les parents de Dominique ont juste poussé ça à une autre extrême. Ils l'ont élevé comme un outil, ce qui explique peut-être pourquoi c'est un tel... crétin. »

Cette fois, j'émets un rire. C'est la description la plus appropriée de Dominique que j'ai jamais entendue.

Théo sourit, l'air satisfait d'avoir réussi à me tirer des profondeurs du choc émotionnel que je viens de subir. Puis son visage devient sérieux.

« C'est de la folie, Rose. Et je ne peux même pas imaginer le genre de merde que tu ressens en ce moment. Mais souviens-toi juste que Dominique a été élevé par des connards. Il est le produit de son éducation. S'il avait eu une vie différente, s'il *t'avait* encore eu, il aurait pu être une personne différente. Une meilleure personne. Bon sang, la seule raison pour laquelle Ry, Marcus et moi ne sommes pas complètement foutus, c'est parce qu'on s'est trouvé tous les trois. On pouvait s'appuyer les uns sur les autres. »

Il lève la main pour passer une mèche de cheveux derrière mon oreille. J'ai encore les restes du chignon simple que j'avais fait un peu plus tôt, mais on dirait désormais qu'un rat vient de passer à travers.

« Ils te l'ont enlevé et ce n'est pas ta faute. Ce qu'il est devenu n'est pas ta faute non plus. » Il grimace. « Et peut-être, d'une certaine façon, ce n'est pas entièrement sa faute non plus. »

Mon cœur se serre et je cligne des yeux alors que de nouvelles larmes me brûlent les yeux. « Essaies-tu de m'aider à voir le bon côté de Dominique ? »

Théo a l'air un peu horrifié par cette suggestion, puis il plisse le nez et rit légèrement. « Ouais, peut-être que c'est ce que je suis en train de te dire. Mais surtout, j'essaie juste de faire en sorte que tu n'aies pas mal. » Sa paume se pose sur ma joue et son expression est empreinte de tendresse. « J'aimerais pouvoir faire ça pour toi, Rose. »

Il ne peut pas. Personne ne le peut.

Mais ce que Théo fait pour moi est mieux que ça. C'est mieux que de faire disparaître la douleur.

Il me fait croire à l'espoir et à l'amour *malgré la* douleur. Il m'aide à trouver le bonheur au milieu de la douleur et cette salve brillante d'émotion fait trembler mes genoux.

J'attrape sa main avec la mienne, la plaquant contre ma joue tandis que la mienne, plus petite, se moule sur la sienne. « Je t'aime, Théo. »

Ses yeux s'écarquillent, la surprise passe sur son visage. Je m'attends à ce qu'il me sourit, montrant ses dents et ses fossettes dans son magnifique sourire habituel. Mais au lieu de cela, son visage prend un air plus intense que jamais.

Il semble impressionné.

Presque *révérencieux*.

« Je t'aime aussi, Rose. » dit-il en essayant d'avaler sa salive. « Ce n'est pas comme ça que j'imaginais te le dire. Je voulais... je ne sais pas, rendre ce moment parfait. » Son autre bras me tire plus près et je peux sentir le bruit sourd des battements de son cœur contre ma poitrine. « Mais ça me semble plutôt parfait, putain. »

« Ouais ? » Je chuchote, lâchant sa main pour enrouler mon bras autour de son cou, me hissant sur la pointe des pieds pour me presser plus complètement contre lui. Mon cœur bat fort aussi, au même rythme que le sien. « Dans la salle de bain d'une planque ? En étant en fuite à cause du plus dangereux criminel d'Halston ? Avec mon connard de frère au bout du couloir ? »

Maintenant Théo sourit et c'est la chose la plus pure, la plus joyeuse que j'ai jamais vue. « Je suis avec toi, n'est-ce pas ? Cela rend tout parfait pour moi. Peu importe où nous sommes. »

Putain de merde.

Je ne sais pas comment il fait pour toujours savoir ce qu'il faut dire, mais ses mots semblent ouvrir quelque chose dans ma poitrine, inondant mon corps de chaleur. Je me hisse plus haut sur mes orteils, réduisant le dernier centimètre d'espace entre nous et je presse mes lèvres sur les siennes.

En retour, Théo m'embrasse et le contact de nos lèvres prolonge en quelque sorte les mots que nous venons de prononcer. Je peux sentir son amour dans la façon dont ses deux bras glissent autour de moi, me serrent comme l'objet le plus précieux de l'univers. Je peux le sentir dans la façon dont sa langue glisse contre la mienne et je peux l'entendre dans le petit gémissement qui passe de sa bouche à la mienne.

Il m'aime.

Et je l'aime.

C'est presque comique qu'on ait choisi ce moment pour se le dire, étant donné que je le sais depuis tellement plus longtemps que ça. Peut-être que je le sais depuis la première fois où je l'ai embrassé dans la ruelle.

C'est un peu comme si nous avions échangé des parties de nos âmes ce jour-là et que nous nous étions accrochés à ce qui incarne l'autre depuis.

Le baiser de Théo devient de plus en plus intense et je l'imite coup pour coup. Je mordille sa lèvre inférieure, me pressant plus fort contre lui jusqu'à ce qu'il me donne ce que je veux et me prenne dans ses bras. En me posant sur le bord de l'évier, il remonte la jupe de ma robe, la fait remonter sur mes cuisses, dégageant l'espace pour qu'il puisse passer entre mes jambes.

J'enlève mes chaussures du bout des pieds et elles s'entrechoquent sur le sol tandis que j'enroule mes jambes autour de lui, enfonçant mes talons dans ses fesses fermes pour le tirer plus près.

« Putain, Rose », grogne-t-il et je peux entendre le conflit dans sa voix.

Ce n'est probablement pas le moment ou l'endroit pour faire ça. Mais comme il l'a dit, c'est peut-être parfait.

Nous sommes tous les deux encore en vie, et honnêtement, je ne sais pas combien de temps cela va encore pouvoir être vrai. Et tant que nous serons en vie, je montrerai à cet homme à quel point je l'aime.

Je me détache de son baiser, resserrant mes jambes autour de lui jusqu'à ce que la bosse dure de sa bite se presse contre moi. Je me frotte un peu contre lui, ce qui fait tomber ses paupières, et mes doigts glissent dans les cheveux sur sa nuque.

« S'il te plaît, Théo. J'ai besoin de toi. Nous pouvons être rapide. Je serai silencieuse. S'il te plaît. »

Il gémit, sa tête se penchant en arrière tandis qu'il fait vibrer ses hanches contre les miennes. Lorsqu'il me regarde à nouveau, il touche l'arrière de ma tête et m'attire pour me donner un nouveau baiser.

Il m'embrasse comme s'il ne *voulait pas que* je me taise et je le récompense en manquant immédiatement à ma parole et en gémissant bruyamment dans sa bouche. Une main reste sur l'arrière de ma tête, mais l'autre se déplace avec avidité sur mon corps, glissant sur le tissu coûteux de ma robe avant de plonger sous le décolleté pour jouer avec mes mamelons.

Je glapis au choc de la sensation quand il en pince un, puis je l'embrasse plus fort alors que le plaisir se répand dans mon corps comme du chocolat fondu.

Nous nous frottons l'un contre l'autre. Nos corps se balancent pour créer plus de mouvement, et je lâche finalement ses cheveux pour glisser ma main jusqu'à la ceinture de son pantalon. Il est encore torse nu depuis que j'ai pansé sa blessure et j'aime sentir la peau chaude de ses abdominaux sous le bout de mes doigts.

Sans même me préoccuper de son bouton et de sa fermeture éclair, j'enfonce ma main dans son pantalon et le trouve chaud et dur, palpitant contre le bout de mes doigts. Je serre sa bite, faisant glisser ma main de haut en bas et il jure dans notre baiser, pinçant à nouveau mon mamelon.

« Tu me tues, Rose », gémit-il. « Je t'aime tellement, putain. »

Je veux l'entendre dire ça encore une fois, alors

je baisse ma main et lui attrape les couilles en les serrant légèrement, ce qui le fait grogner.

Il laisse tomber son visage dans le creux de mon cou, en marmonnant des mots de louange et d'adoration, et quand il n'en peut plus, il baisse ses mains et défait son propre pantalon, le faisant tomber avec son caleçon. Il me tire du comptoir de l'évier et me pose sur mes pieds assez longtemps pour défaire la fermeture éclair de ma robe. Et alors que le tissu s'envole sur le sol, il tire ma culotte sur mes hanches, la laissant tomber aussi. Quand je suis complètement nue, il me soulève à nouveau et me dépose sur le bord de l'évier.

La surface lisse est fraîche contre ma peau nue, mais je la sens à peine. Tout ce que je peux sentir, c'est la chaleur du corps de Théo, l'enfer brûlant de notre désir l'un pour l'autre. J'attrape à nouveau sa bite, prenant mon temps pour explorer sa verge lisse et épaisse et passant mes doigts sur les deux boules métalliques de chaque côté de la couronne.

Je veux poser ma bouche sur lui. Je veux toucher son piercing et faire glisser mes lèvres dessus pour sentir sa fermeté, le prendre si profondément dans ma bouche qu'il heurte le fond de ma gorge. Je veux le goûter et l'entendre gémir, sentir ses doigts dans mes cheveux alors qu'il se bat pour se contrôler.

Mais plus que tout ça, en ce moment, j'ai juste besoin de le sentir en moi.

Le besoin vient de quelque chose de bien plus grand que l'excitation qui parcourt mes veines. Quelque chose de plus grand que ça, quelque chose de plus grand que le sexe.

J'ai besoin de sentir Théo. J'ai besoin de me perdre en lui.

En le caressant plus fort, j'ajuste légèrement l'angle de sa bite. Il anticipe ce que je veux faire et s'approche pour que je puisse l'aligner avec l'entrée de mon sexe. La tête de sa bite touche ma chatte trempée et je gémis avant même qu'il ne soit en moi. Ma tête tombe en arrière tandis qu'il s'enfonce lentement, me remplissant avec une intention si délibérée que mes membres en tremblent.

Je sens chaque centimètre de lui et quand il est enfin complètemen en moi, je serre mes jambes autour de lui, serrant mes parois encore et encore tandis que mon clitoris palpite. Il ne bouge même pas à l'intérieur de moi, et je pourrais jouir comme ça — juste en serrant son épaisseur, en sentant la façon dont il me remplit si parfaitement.

« Bon sang, Rose », Théo grogne, appuyant son front sur le mien en respirant fortement. « Tu vas me faire perdre mon putain de sang-froid. »

Je souris, le serrant plus fort. Il grogne et pose une main sur ma hanche, me tenant fermement alors qu'il se retire finalement et pousse pour rentrer.

« Oui, putain ! »

Ce n'était pas silencieux non plus, mais j'ai complètement oublié ma promesse à présent. Elle a été engloutie par les sentiments incroyables qui me traversent. Les lèvres de Théo retrouvent les miennes dans un baiser meurtrier et vorace, et c'est la seule chose qui m'empêche de pousser un autre cri fort.

Je me sens ivre de cet homme.

Défoncée sur lui.

Quand je suis avec Théo, tout semble possible. Même quelque chose d'aussi fou que *l'espoir*.

« Je t'aime, Théo », je râle. « Je t'aime tellement, putain. »

« Oui, bébé. Putain, oui, Rose. »

Mes ongles s'enfoncent dans son épaule tandis qu'il remonte mes jambes autour de sa taille, me plaquant pratiquement contre le lavabo. Ses poussées deviennent plus dures et plus rapides, chacune d'entre elles me forçant à haleter. Tandis que sa bite palpite en moi, mon regard se pose sur son visage et je ne peux pas détourner le regard quand il rejette sa tête en arrière. Les veines de son cou ressortent et sa bouche s'ouvre, l'extase pure et simple envahit ses traits. Il pousse à nouveau, s'enfonçant avec force et frottant ses hanches contre les miennes tandis qu'il m'inonde en se libérant.

« Théo ! »

Mon corps se tortille sous son emprise alors que

le plaisir est à son comble. Ma chatte se serre fort autour de lui, respirant par à-coups alors que je jouis aussi. Même si les vagues de l'orgasme commencent à se calmer, je continue à bouger mes hanches contre les siennes, en essayant de prolonger cette connexion, ce sentiment de bonheur et de confort parfaits.

Ces hommes et moi pourrions nous baiser jusqu'à la mort sans jamais être complètement rassasiés, me dis-je en souriant tandis que Théo couvre mon visage de doux baisers.

Il me remet en position verticale et me soulève du lavabo, sa queue toujours enfouie en moi. Nos poitrines sont pressées l'une contre l'autre, et pendant un long moment, nous nous tenons dans une étreinte si serrée que pas un souffle ne nous sépare.

Je ne veux pas lâcher prise. Jamais.

Quand il me repose enfin sur le bord du comptoir et se retire de moi, il semble aussi réticent que moi à ce que nos corps ne soient séparés. Son sperme dégouline lentement à l'intérieur de ma cuisse et Théo attrape une liasse de papier toilette et me nettoie doucement.

Il ne semble pas pouvoir résister à l'envie de s'accroupir et de déposer un baiser à l'intérieur de ma cuisse, puis de passer sa langue sur mon clitoris, comme s'il voulait se goûter sur ma peau.

Quand il se redresse enfin, il attrape mon menton dans sa main et relève ma tête en m'embrassant profondément.

Le bout de mes doigts effleure ses côtes, et lorsque nous nous séparons, je regarde l'encre griffonnée sur sa peau sous mon contact.

Aut Viam Inveniam Aut Faciam.

Je trouverai un moyen ou j'en créerai un.

Chapitre 13

THÉO et moi sortons de la salle de bain et mon cerveau fonctionne désormais beaucoup mieux. C'est sans doute lié au faire d'avoir dit à un homme que je l'aime, de l'entendre le dire à son tour et d'avoir ensuite baiser comme des fous, je suppose.

Nous retrouvons les deux autres hommes dans le salon et je découvre que pendant que je parlais à Dominique, Marcus a transféré tous les fichiers à leur hacker.

Il ne nous reste plus qu'à attendre.

Selon Marcus, quasiment tout ce que nous avons obtenu de l'ordinateur de Luca était protégé par différents niveaux de cryptage. Zee a promis qu'il serait capable d'en pirater au moins une partie, même s'il n'est pas sûr de pouvoir accéder à tout ce qu'il contient.

Nous somnolons tous un peu en attendant, en veillant à ce qu'au moins une personne soit éveillée à tout moment. Théo vérifie obsessionnellement toutes nos armes et recharge la mienne. Un des gars se glisse dans la chambre aux premières heures du matin pour vérifier que Dominique va bien, et je suis foutument contente que personne ne m'ait demandé de le faire.

Je ne pense pas que je puisse encore l'affronter.

Je ne veux plus lui parler jusqu'à ce que je sois sûre de pouvoir le faire avec un visage sans expression.

Parce qu'en vérité, je n'ai pas encore décidé si je veux lui dire ce que je sais.

« MON ANGE. »

La voix douce près de mon oreille est chaude et profonde, et mes yeux s'ouvrent. Je n'avais même pas réalisé que je m'étais endormie cette fois-là et la conscience revient rapidement lorsque je cligne des yeux et me redresse.

Je suis appuyée sur Ryland qui semble s'être réveillé lui aussi. Il dépose un doux baiser sur mes cheveux et nous regardons tous les deux Marcus.

« Zee a réussi à s'introduire dans certains fichiers

», nous dit Marcus. « Il vient de m'envoyer le premier lot. »

Une bouffée d'adrénaline déferle dans mes veines. « Ouais ? »

Il acquiesce et s'installe sur la chaise en face de la table basse défraîchie. « Ouais. Il y a encore beaucoup de choses auxquelles il n'a pas pu accéder, mais nous pouvons commencer à étudier ceci pendant qu'il continue à décrypter le reste. Je t'enverrai certains des documents, tu devrais pouvoir les lire sur ton téléphone. On devrait tous parcourir ça — on s'en sortira plus vite. »

« Ok. » Je m'assois plus droite et Théo nous rejoint, Ryland et moi, sur le canapé,

Nous sommes tous habillés avec les mêmes vêtements que ceux que nous portions à la fête de Luca, bien qu'ils soient dans un sale état — déchirés et sales, tachés de taches de sang. Ryland a enlevé sa veste de costume et remonté ses manches sur ses avant-bras tatoués et Marcus a enlevé sa cravate depuis un moment, déboutonnant les quelques boutons du haut de sa chemise. Théo est toujours torse nu, ses abdominaux se contractant un peu tandis qu'il fouille dans sa poche pour trouver son téléphone.

Je me demande combien de temps nous pourrons rester ici, enfermés dans cette petite maison. Il y a de l'eau et je crois qu'il y a de la nourriture non périssable dans la cuisine, mais rien de très appétissant. J'aurais aimé avoir des vêtements de rechange, mais c'est honnêtement le dernier de nos soucis pour le moment.

Marcus s'assied sur la chaise placée sur le côté de la table basse, penché sur son ordinateur portable alors qu'il tape rapidement les touches. Puis il lève les yeux. « J'ai envoyé à chacun d'entre vous un lot de fichiers. Si vous trouvez quelque chose d'utile, nous y jetterons tous un coup d'œil. »

Je hoche la tête et attrape mon téléphone que me tend Ryland. Ma robe était équipée de petites poches pour contenir la clé USB et le connecteur, mais elle n'avait pas de poches assez grandes pour un téléphone.

La pièce devient silencieuse tandis que nous parcourons tous les quatre les informations que Zee a pu débloquer. Considérant que ces fichiers étaient les *moins* cryptés sur l'ordinateur de Luca, je ne suis pas entièrement convaincue que nous allons pouvoir trouver quelque chose. Il est difficile d'imaginer quelqu'un d'aussi rusé et intelligent que Luca puisse être négligent avec ses données.

Ça vaut quand même le coup de regarder.

C'est aussi très ennuyeux.

Une grande partie des documents que je

parcours ont trait aux entreprises connues de Luca et c'est plutôt assommant. Factures et fichiers excel, notes sur les acheteurs et les fournisseurs, ce genre de choses.

Vu que l'on est en plein milieu de la nuit et du fait du peu de sommeil cumulé, cela ne suffit pas à me faire sentir en alerte.

Mais lorsque j'ouvre un nouveau fichier parmi les dizaines que Marcus m'a envoyées, je me redresse un peu et mes sourcils se froncent quand je fixe le petit écran de mon téléphone.

« Quelque chose de bon ? » Ryland demande en remarquant le changement de ma posture.

« Pas sûre. Pas à propos de la Vipère », je murmure. « Mais intéressant quand même. »

Il n'y a aucune mention de la Vipère dans le document que je lis. Mais il y *a* mention de Geneviève, la défunte épouse de Luca.

Je ne sais pas grand-chose d'elle, à part ce que les gars m'ont dit quand ils m'ont expliqué le fonctionnement du jeu la première fois. Elle représentait apparemment tout pour Luca. Elle est morte il y a longtemps et il ne s'est jamais remarié et n'a jamais non plus eu de maîtresse. C'était apparemment la raison pour laquelle il a créé le jeu vu qu'il n'avait pas d'héritier.

Les documents que j'ai sous les yeux sont son dossier médical, les rapports des médecins et les analyses de sang de l'époque où elle était malade. Elle avait un cancer, ce que je savais déjà, mais il semble qu'elle ait choisi de renoncer à certains des traitements les plus agressifs et potentiellement efficaces.

« Elle n'a jamais fait de chimio », je murmure. « Je ne comprends pas. Si Luca l'aimait tant, pourquoi n'a-t-il pas fait en sorte qu'elle essaie tous les traitements possibles ? »

Marcus lève les yeux de son ordinateur portable. « Je ne sais pas. Comment s'appellent les fichiers ? Je vais les regarder aussi. »

Je lui lance les noms pour qu'il puisse les rechercher sur l'ordinateur, puis je continue à faire défiler l'écran de mon téléphone. Mon souffle se bloque dans ma gorge lorsque mon regard se pose sur le rapport d'un bilan de santé.

« Putain de merde. Elle était enceinte. »

« Quoi ? » La tête de Théo se lève d'un coup et il jette un coup d'œil de Ryland à Marcus. « Vous étiez au courant de ça ? »

Ils secouent tous les deux la tête et Marcus prend l'ordinateur portable devant lui. « Ici. »

Il le porte jusqu'au canapé et s'installe entre Ryland et moi. Le petit canapé est un peu serré pour que nous nous y entassions, mais cela nous permet de voir l'écran de l'ordinateur de Marcus.

Il fait un zoom sur le dossier que j'étais en train de regarder et nous lisons tous les quatre en silence.

« Ouais, elle était clairement enceinte », dis-je doucement. « Je suppose que cela répond à la question de savoir pourquoi Luca n'a pas pu lui faire essayer des possibilités de traitement plus agressives. Elle ne voulait probablement pas mettre en danger le bébé. »

« Mais qu'est-il arrivé à son enfant ? C'est la vraie question, putain », ajoute Théo en posant son menton sur ses jointures alors qu'il se penche pour lire les notes. « Est-il ou est-elle en vie ? Je veux dire, nous savons maintenant que toute cette histoire de "choisir un successeur" est une connerie, mais est-il possible qu'il ait déjà un successeur ? Un héritier ? »

« Fils de pute », murmure Ryland.

Le doigt de Marcus se déplace rapidement sur le pavé tactile, faisant apparaître d'autres dossiers médicaux.

Le silence retombe alors que nous lisons les documents dans l'ordre chronologique, depuis la découverte du cancer de Geneviève jusqu'à l'échec de ses différents traitements.

L'image qui en ressort est déchirante.

Aucun des traitements n'a fonctionné. Ils ont à peine prolongé sa vie.

Et finalement, elle a aussi perdu son bébé.

Elle a fait une fausse couche à treize semaines de

grossesse et, à ce moment-là, c'était déjà trop tard pour qu'on puisse faire autre chose que d'atténuer les effets du cancer pendant qu'il ravageait son corps, s'attaquant à elle jusqu'à ce qu'il ne reste plus rien.

Elle est décédée quatre mois après la mort de son bébé.

L'écran de l'ordinateur se brouille dans ma vision et je réalise qu'une larme a glissée sur ma joue. Il est difficile d'éprouver de la sympathie pour Luca d'Addario, l'homme qui a mis en danger les trois personnes que j'aime le plus au monde. Mais je *compatis* avec sa femme et son enfant à naître.

Quand je murmure « c'est vraiment horrible » la main de Théo vient se poser sur mon genou, le serrant doucement.

« Cherche son nom. La femme de Luca », dit-il à Marcus. « Vois ce qui ressort d'autre. »

Marcus tape à nouveau sur le clavier et un instant plus tard, plusieurs documents apparaissent dans les résultats de la recherche.

Je pointe du doigt : « Celui-là ».

Parmi les dossiers médicaux, la nécrologie et les photos, il y a un document intitulé simplement *Mon amour*. Marcus clique dessus et quand il s'ouvre, je réalise que c'est une lettre. Un message que Luca a écrit à sa femme après sa mort.

Je me sens presque coupable de fouiller aussi loin

dans la vie de cet homme, dans son *âme*. Les choses que nous lisons maintenant n'ont rien à voir avec la Vipère et elles ne nous aideront pas à prouver que Luca a vécu une double vie, travaillant dur pour consolider son pouvoir à Halston pendant que les concurrents et leurs familles s'affrontaient.

Mais j'ai besoin de savoir. Maintenant que j'ai commencé à lire, je ne peux pas m'arrêter avant d'avoir compris ce qui s'est passé il y a toutes ces années. Comment cela a façonné l'homme que Luca est aujourd'hui.

La lettre n'est pas longue, mais chaque mot sur l'écran saigne de douleur.

L'agonie.

J'ai le sentiment qu'il l'a écrite un jour où il ne pouvait plus contenir le chagrin d'amour qui faisait rage dans son âme. Luca n'a pas l'air d'être le genre de gars qui tient un journal intime. Il n'avait donc probablement aucun autre endroit pour exprimer ses sentiments. Il a juste ouvert un document et a commencé à taper.

MA CHÈRE GENEVIÈVE,

Tu me manques. Tu me manques tellement que ça me fait mal de respirer. Le monde sans toi n'a pas de sens et je pense qu'il n'en aura jamais.

Pourquoi ai-je dû perdre notre enfant avec toi ? Pourquoi notre fils devait-il mourir ?

J'ai tenu le canon d'une arme sous mon menton la nuit dernière, et pendant quelques secondes glorieuses, j'ai rêvé de te rejoindre. Mais je sais que si je fais ça, nous ne serons plus jamais ensemble.

Je regarde les gens, ceux qui ont encore des familles, ceux qui ont encore des enfants, et je veux qu'ils comprennent ma douleur.

Je veux brûler le monde, ne serait-ce que pour que le feu de mon cœur ait de la compagnie.

Je t'aime.

Je ne cesserai jamais de t'aimer.

Jusqu'à ma mort.

JE ME PINCE la lèvre inférieure pendant que je lis, et à la troisième relecture, je réalise que je mords si fort que je suis sur le point de percer la peau. Je relâche ma prise en soufflant alors que ma lèvre abimée palpite.

« Ce n'est toujours pas une preuve », je murmure. « Pas le genre de preuve dont nous avons besoin. Mais c'est le début du plan de Luca, n'est-ce pas ? Toute cette histoire de monter les héritiers des familles les plus puissantes les uns contre les autres ne visait pas seulement à obtenir plus de pouvoir pour lui-même. Il s'agissait d'équilibrer la balance, du moins à ses yeux. Si le bonheur lui était arraché, il voulait le voler aussi aux autres. »

Théo se frotte une main sur le visage en clignant des yeux vers l'écran. « Putain. C'est foutrement cruel. »

« Je comprends », murmure Marcus.

Mes sourcils s'élèvent et je me tourne pour le regarder. Il regarde son ordinateur portable, son visage est indéchiffrable.

Je secoue la tête. « Tu as compris quoi ? »

Il me regarde et la profondeur de l'émotion qui brûle dans ses yeux multicolores me retourne l'estomac.

« Certaines personnes aiment gentiment. D'une manière simple. D'une manière facile. Quand ces personnes perdent quelqu'un qu'elles aiment, elles font leur deuil, mais elles finissent par passer à autre chose. »

Il s'arrête de parler pendant un moment. Puis il bouge brusquement, m'attrapant et me tirant sur ses genoux. Je pousse un cri de surprise en le chevauchant, ma robe se tordant maladroitement autour de mes jambes. Il passe un bras fort autour de ma taille, me tenant serrée, tandis que son autre main empoigne mes cheveux, me forçant à croiser son regard.

« Ce n'est pas comme ça que je t'aime, mon

ange. Ce n'est pas comme ça *qu'aucun d'entre nous* t'aime. Ce n'est pas gentil. Ce n'est pas doux ou sain. Ça me remplit si complètement que parfois, j'ai du mal à respirer. »

La main qui enserre mes cheveux tremble sous l'intensité de ses émotions, une morsure de douleur me pique le cuir chevelu tandis que je le regarde, impuissante, sans pouvoir détourner le regard. Théo et Ryland se rapprochent de chaque côté de nous, et avec tous les trois qui me regardent, qui m'entourent comme ça, je ne peux penser à rien d'autre.

« Ce n'est pas sain », grince Marcus. « Ce n'est pas bien. Mais je ne reviendrai pas en arrière. Je t'aime de toute mon âme, et si jamais je te perdais, j'anéantirais ce putain de monde. Je le détruirais juste pour *exister* alors que tu ne l'es plus. »

Mon cœur claque contre mes côtes alors que la force de ses mots me submerge.

Je devrais avoir peur.

Je devrais être *terrifiée*.

Marcus a raison. Ce n'est pas sain. Ce n'est pas normal.

C'est le genre d'amour dont on parle dans les livres d'histoire comme étant la raison pour laquelle les guerres sont déclenchées. La raison pour laquelle les empires s'élèvent et tombent.

Le lien qui brûle si fort entre nous quatre n'est

pas une flamme douce. C'est un enfer qui pourrait enflammer le monde entier.

Ma poitrine se soulève et s'affaisse alors que j'essaie de reprendre mon souffle. Ma main est posée sur le torse de Marcus et je serre sa chemise, mes doigts s'enfoncent dans le tissu. Puis je le tire vers moi, tirant plus fort contre sa prise sur mes cheveux et ignorant la douleur qui enflamme mon cuir chevelu lorsque j'écrase mes lèvres contre les siennes.

Il m'embrasse en retour, plongeant sa langue dans ma bouche comme s'il essayait de réclamer chaque morceau de moi. Lorsque nous nous séparons enfin pour reprendre notre souffle, Ryland penche ma tête vers la sienne et écrase ses lèvres sur les miennes avant même que je ne puisse respirer.

J'ai le vertige à cause du manque d'oxygène et du sentiment irrésistible d'être complètement consumée par ces hommes. Ma main continue de s'agripper à la chemise de Marcus comme si j'en avais besoin pour m'ancrer. Les lèvres de Ryland ont encore le goût du whisky que nous avons bu plus tôt et je gémis avec avidité lorsque ma langue se bat avec la sienne.

Quand une main puissante se referme autour de ma mâchoire, je la laisse guider mes mouvements, rompant mon baiser avec Ryland et me tournant vers Théo. Je n'ai toujours pas pris de respiration complète, mais je pense que je m'en moque désormais.

Qui a besoin d'air quand on peut avoir *ça* ?

Tu ferais ça, mon ange ? Tu nous laisserais te prendre tout entier ?

Les mots de Marcus du jour où il m'a baisée quand nous étions dans la douche me reviennent à l'esprit.

Je connaissais ma réponse à ce moment-là, et j'en suis sûre maintenant.

Oui.

De toutes les manières possibles, je vais me donner à ces hommes.

Cela ne fait que quelques heures que Théo et moi avons baisé dans la salle de bain, mais mon corps ne semble pas s'en soucier. Il est affamé et je me frotte contre Marcus tandis que Théo passe sa langue sur mes lèvres pour me stimuler. La bouche de Ryland est sur mon épaule, ses dents effleurent ma chair sensible tandis que Marcus touche mon sein, le serrant assez fort pour me faire gémir.

Un son doux filtre à travers la brume de désir qui obscurcit mon esprit.

Ce n'est pas mon souffle ou celui des hommes. Ce n'est pas le son de nos gémissements.

C'est aigu et métallique, un *tintement* étrange qui fait dresser les cheveux sur ma nuque.

Il y a quelque chose qui *cloche*. Je ne sais pas

comment, mais la partie animale de mon cerveau en est sûre.

Sous moi, Marcus se raidit. Les trois hommes se figent et deviennent absolument immobiles.

Puis Marcus se jette du canapé, les bras toujours serrés autour de moi, alors que la porte s'ouvre d'un coup sec.

Chapitre 14

Nous touchons le sol avec un bruit sourd, coincés entre la table basse et le canapé, tandis que Théo et Ryland plongent eux aussi du canapé. Un autre bruit sec retentit et je réalise choquée que c'est le son d'une arme à feu tirant à travers un silencieux.

Pendant une fraction de seconde, le regard de Marcus rencontre le mien, la terre et l'air de ses iris bouillonnant d'émotion. Puis il roule sur moi dans l'espace exigu, fouillant dans sa veste de costume et sortant son arme de l'étui.

Le bruit de ses tirs est fort et celui qui a ouvert une brèche dans la porte se replie, se mettant à l'abri derrière le cadre de la porte à l'extérieur de la maison. D'où je suis allongée sur le sol, je peux voir qu'une partie de la porte a disparu près de la poignée, et je réalise que celui qui a tiré a dû faire sauter la serrure. C'est là d'où venait le premier bruit.

« Putain de merde ! » Théo crie alors que Marcus tire à nouveau. « C'est ce putain d'Adrien. »

Une balle traverse l'une des fenêtres avant de la maison et brise le verre d'une vitre.

« Merde ! »

Marcus s'empare de mon arme qui est sur la table basse et la pousse dans ma main. Puis il me fait basculer sur le ventre, protégeant mon corps avec le sien tandis qu'il pousse la table basse pour créer une barrière de fortune.

« Va derrière le canapé. Allez ! Bouge ! »

Ma robe se coince autour de mes jambes et c'est difficile de ramper avec seulement trois membres complets, mais je réussis à me glisser derrière le canapé et à y appuyer mon dos alors que Marcus me rejoint. Il jette un coup d'œil sur le bord, puis sur Théo qui s'abrite derrière une grande chaise à proximité. Ryland est de l'autre côté, la tension irradie de lui.

« Au moins deux dehors », dit Marcus à voix basse. « Adrien est près de la porte et il y en a un autre avec lui, je crois. »

Une balle s'enfonce dans le canapé avec un bruit de craquement et mon cœur fait des bonds dans ma poitrine. Ryland surgit de son côté du canapé, tirant deux balles sur la porte.

« Comment il nous a trouvés, *putain* ? » marmonne-t-il, l'air furieux.

C'est une question sans intérêt. Peu importe comment Adrien a découvert notre emplacement. Tout ce qui compte, c'est qu'il soit ici maintenant. On savait tous que cet endroit ne serait pas sûr pour toujours, mais j'espérais vraiment que notre sécurité durerait plus longtemps que ça.

Luca a vraiment lâché les chiens sur nous.

Je respire difficilement et resserre la prise sur mon arme. Le métal de l'arme, froid et lisse contre ma peau chaude est rassurant. Mon doigt se pose légèrement sur la gâchette et je croise le regard de Marcus qui m'observe.

Quelque chose qui ressemble presque à de la fierté brille dans ses yeux et je me demande rapidement de quoi je dois avoir l'air en ce moment. Mes cheveux sont décoiffés, j'ai des écorchures et des bleus, et tout en moi est en contradiction avec la beauté élégante de la robe que je porte.

Mais je ne pense pas que Marcus s'en soucie. Tout ce qu'il voit c'est une guerrière. Une femme qui fera tout ce qu'il faut pour survivre.

Deux autres coups de feu silencieux transpercent la nuit et je sens leur impact dans le canapé lorsque les balles viennent s'y loger. Le son distant d'éclats de bois frappe mes oreilles, puis une porte s'ouvre en claquant quelque part à l'arrière de la maison.

Putain. Ils ont fait une brèche dans la porte arrière aussi.

Je tourne la tête dans cette direction lorsque des pas lourds frappent le plancher de bois franc usé. Trois autres hommes apparaissent dans le couloir arrière avec leurs armes levées.

Sans réfléchir, mon bras se lève et mon doigt appuie sur la gâchette. Mon tir atteint l'un des hommes à l'épaule qui trébuche en émettant un grognement douloureux. Les deux autres hommes tirent juste au moment où une grande main se referme sur mon bras, me tirant sur le côté.

Une balle transperce le canapé, là où se trouvait ma tête une seconde plus tôt et Ryland m'entraîne derrière lui, tirant lui-même sur nos agresseurs.

Alors que Ryland et moi nous séparons de Marcus, nous précipitant tous les trois pour trouver une nouvelle couverture, je réalise que l'affronte-ment à l'avant de la maison n'était censé être qu'une distraction, quelque chose pour nous garder occupés et concentrés dans la direction pendant que la deuxième équipe se déplaçait pour nous coincer.

Je n'ai pas vu Michaël ou Gabriel, donc je suppose qu'Adrien et son équipe travaillent seuls.

Putain. Combien sont-ils ? Quelle est la taille de cette putain d'équipe qu'il a amenée ?

Et combien de temps pouvons-nous tenir contre eux ?

Ryland et moi plongeons dans la cuisine par la porte ouverte qui la relie au salon, nous abritant derrière le mur. Un bruit sourd me fait bondir, mais quand je jette un coup d'œil, je vois que Théo et Marcus ont renversé la lourde étagère dans le coin en face de nous et se sont abrités derrière elle.

Nos attaquants sont implacables. On arrive à peine à tenir l'équipe de devant et celle qui surveille le couloir de derrière, mais ce n'est qu'une question de temps avant qu'ils ne percent nos défenses. J'ai toujours pensé qu'Adrien était le plus faible compétiteur du jeu, mais il y a bien une foutue raison qui explique pourquoi il a tenu aussi longtemps.

Les balles volent à travers le salon, venant de tellement de directions à la fois qu'il est presque impossible de toutes les suivre. Théo attrape un homme au genou, et quand il tombe, une autre balle lui traverse le crâne. Le sang tache le sol autour de lui.

Au moins une autre personne est entrée par la porte arrière. De l'endroit où je suis appuyée contre le mur de la cuisine, je peux distinguer le couloir qui mène à l'arrière de la maison. En jetant un coup d'œil prudent, j'aperçois l'homme que j'ai frappé à l'épaule et qui ouvre la porte de la chambre où nous avons laissé Dominique attaché sur le lit.

Putain.

Mon cœur s'emballe dans ma poitrine, une vague de peur me traverse. Je tire à nouveau sur l'homme, mais je le rate cette fois et il se glisse dans la pièce avant que je ne puisse réessayer. Deux coups de feu étouffés retentissent, puis il y a un cri et un lourd bruit sourd.

J'ai l'impression que mon estomac est rempli d'acide sulfurique. Un goût amer recouvre ma langue et les sons des coups de feu autour de moi semblent étouffés, comme si nous étions tous sous l'eau.

Je ne connais pas Dominique, pas vraiment. Mais l'idée qu'il puisse être mort fait frémir quelque chose en moi.

Non.

Non.

Avec un cri perçant, je me penche légèrement sur la porte de la cuisine et vise la porte d'entrée. Je ne pourrai peut-être pas tirer dans la chambre, mais je peux au moins faire *quelque chose*.

Mon cœur bat la chamade alors que je vise et tire sur la petite étendue de l'épaule de quelqu'un qui est visible derrière la porte d'entrée. C'est soit une chance aveugle, soit une rage aveugle, mais ma balle trouve cette fois sa cible. Des gouttes de sang jaillissent, et lorsque l'homme titube un peu, je tire à nouveau, transperçant sa poitrine. Il tombe à travers le cadre ouvert de la porte, il est mort avant même de toucher le sol.

Ryland me regarde, l'air un peu impressionné, mais je n'ai pas le temps d'y penser. Je n'ai pas le temps de réfléchir au fait que je viens juste de tuer un homme. Adrien est toujours en planque devant et les hommes qui ont pris position dans le couloir arrière sont toujours là, nous coinçant dans le salon comme des chats chassant des souris.

Soudain, deux coups de feu retentissent.

Je regarde à temps pour voir deux des hommes qui s'étaient réfugiés dans le couloir s'effondrer.

Dominique s'appuie lourdement sur le cadre de la porte de la chambre en faisant pivoter son arme. Ses mains sont toujours attachées, mais il a réussi à défaire le ruban adhésif qui était enroulé autour de ses chevilles. Il a dû attraper l'arme de l'homme qui s'était introduit dans la chambre.

Les deux hommes à l'avant de la maison — Adrien et un autre — retournent leurs tirs vers Dom et il se rabat en arrière.

Mais ses tirs nous ont donné l'ouverture dont nous avions besoin.

Les hommes dans le couloir arrière sont tous à terre et Dominique a attiré le feu d'Adrien et de son copain.

Théo et Marcus profitent de l'occasion. Ils sortent tous les deux de derrière l'étagère qu'ils avaient placée dans un coin pour se mettre à l'abri. Et les balles volent tandis qu'ils courent à travers la pièce.

Adrien et son homme changent leur attaque vers

les hommes qui se précipitent vers eux, mais ils ne sont pas assez rapides. Marcus tire sur l'homme dont j'ai touché l'épaule, l'atteignant au cou, et il tombe dans un grognement.

Adrien Reyes passe le cadre de la porte, son visage ressemble à un masque de colère. Il lève son arme, visant Marcus, mais un coup de feu retentit comme un coup de tonnerre.

Il titube légèrement, fait quelques pas dans la maison, et Ryland tire à nouveau, l'envoyant s'étaler contre le mur juste à l'intérieur de la porte.

Le corps d'Adrien heurte le mur et glisse vers le bas, basculant pour s'étaler en un tas.

Pendant un moment, mon esprit n'arrive pas à comprendre que les tirs ont cessé. Le silence semble rugir dans mes oreilles comme un tonnerre vengeur, et ce n'est que maintenant, après tout cela, que la nausée se fait sentir dans mon estomac.

Je chuchote : « Putain ».

« Ouais. »

Ryland me tend la main et m'aide à me relever. Ma robe est encore plus abîmée qu'avant, et je me dis que si les choses continuent à se passer comme ça, je devrais vraiment me rendre service et arracher une grande partie de la jupe. J'ai besoin d'espace pour bouger et le tissu ne cesse de me faire trébucher.

Nous évaluons lentement l'état de la pièce et

chacun de nous garde son arme en main. Quand un bruit d'échauffement vient du couloir, nous levons tous les quatre nos armes. C'est Dom, à nouveau appuyé contre le cadre de la porte de la chambre. Il tient toujours son arme volée et je peux voir que ses poignets sont rouges et à vif là où le ruban adhésif les ligotait.

Pendant un moment, nous sommes tous les cinq dans un face-à-face silencieux. Puis il grimace, faisant mine de baisser son arme.

« Si j'avais voulu vous tirer dessus, je l'aurais fait pendant que tout le monde vous tirait dessus aussi », murmure-t-il, l'air un peu renfrogné. L'ecchymose sur sa tête devient de plus en plus horrible et ses yeux sont injectés de sang. Il a l'air d'être dans un état terrible et je ne sais pas quoi penser.

Le concernant.

Alors je détourne mon regard, laissant les hommes s'occuper de lui. Théo s'approche avec son pistolet, tandis que j'examine l'espace autour de moi.

Il y a des éclaboussures de sang sur les murs et le sol. Les corps éparpillés dans la pièce forment un spectacle macabre. Je n'ai pas eu le temps de réagir pendant la fusillade, mais maintenant les yeux vides et les blessures par balle me retournent l'estomac.

Lentement, je me dirige vers le corps d'Adrien. Il

n'y a aucune chance qu'il soit encore en vie, mais j'appuie prudemment sur sa forme avec mon orteil.

« Tu peux me détacher ? Je pourrais mieux aider si je pouvais bouger mes mains indépendamment », commente Dominique derrière moi.

« Tu pourrais davantage aider si tu t'assoyais et si tu fermais ta gueule », rétorque Théo et Dom laisse échapper un bruit agacé.

Je lève les yeux du corps d'Adrien, me tournant vers les autres. « À quelle distance sont les voisins les plus proches ? Quelles sont les chances que quelqu'un ait entendu et ait appelé les flics ? »

Si les flics sont en route, il faut partir d'ici le plus vite possible. La dernière chose dont nous avons besoin, c'est d'être traînés en prison. Nous serions des cibles faciles.

« Personne à proximité. C'est en partie pour ça qu'on a choisi cet endroit, » me dit Ryland.

Je hoche la tête. « Bien. On devrait quand même... »

Avant que je puisse finir ma phrase, du métal froid s'appuie sur ma tempe. Un bras mince s'enroule autour de mon torse par derrière, me plaquant contre un corps féminin tandis que le pistolet s'enfonce plus fort sur le côté de ma tête.

« Hey, les gars », Victoria dit d'une voix trainante. « Est-ce que j'ai manqué la fête ? »

Chapitre 15

MON CŒUR s'emballe et saute dans ma gorge.

Les quatre têtes des hommes se tournent vers nous. Dominique a l'air surpris, mais les trois autres ? Ils ont l'air énervé.

Furieux.

« Lâche ton arme », me dit Victoria et sa voix a déjà perdu de son air malin. Elle coince le canon de son arme contre ma tempe et resserre sa prise sur moi.

J'hésite une seconde, mais Ryland parle, la mâchoire serrée. « Fais-le. »

Avec précaution, je jette l'arme sur le côté. Il atterrit sur le bois franc dur avec un bruit sourd, et je me sens instantanément nue et exposée sans son poids lourd dans ma main.

« Bien. » Victoria acquiesce. Je vois le mouvement du coin de l'œil. Sa tête est proche de la mienne, son corps est incliné derrière le mien de façon à ce que je lui serve de bouclier.

« *Putain*, qu'est-ce que tu fais, Victoria ? » Marcus grogne, la rage brûlant dans ses yeux.

« Qu'est-ce que tu crois que je suis en train de faire ? » Elle réplique, avec une pointe dans la voix que je n'avais jamais entendue auparavant. « J'essaie de mettre fin à ce putain de truc. De gagner. »

« Ouais ? » La voix de Théo est sèche. « Comment vas-tu faire ça ? Hein ? On est plus nombreux que toi. À moins que tu n'aies amené des renforts comme Adrien. »

Elle se moque. « Non, je n'ai pas de renfort comme lui. Je l'ai suivi seule. » Elle jette un coup d'œil dans la pièce. « Ce n'est pas comme si ses renforts lui avaient fait beaucoup de bien. D'ailleurs, je n'en ai pas besoin. Parce que j'ai votre fille. »

Mes trois hommes se raidissent à ses mots. Ils semblent si étranges lorsqu'ils sortent de sa bouche, quelque chose que je me serais attendue à entendre de la bouche de Gabriel ou de Michaël, mais pas d'elle. Je l'ai rencontrée à peu de reprises, mais elle a toujours semblée polie et calme, comme quelqu'un qui comprend à quel point les apparences comptent et qui a soigneusement cultivé les siennes.

Mais maintenant il n'y a plus rien par rapport à ce contrôle minutieux.

« Que veux-tu ? »

Les mots semblent avoir été arrachés de la bouche de Marcus, comme s'ils étaient couverts de verre brisé.

« Je vous veux. » Victoria remue le menton vers lui. « Vous trois. Vous avez entendu ce que Luca a dit aussi bien que moi. Je peux mettre fin à tout ça maintenant et si vous ne rendez pas les choses difficiles, je laisserai Ayla vivre. »

Mon estomac s'affaisse et la panique frappe mes côtes. Elle essaie de négocier avec eux. Ma vie contre la leur.

Je ne peux pas les laisser accepter le marché.

Même si je pensais qu'elle tiendrait sa parole, je ne peux pas les laisser accepter. Je ne peux pas les perdre, putain.

La mâchoire de Marcus se crispe. Lui et les deux autres hommes ont toujours leurs armes, mais je sais qu'ils n'ont pas de bon angle de tir. Et aucune chance de tirer avec le doigt de Victoria sur la gâchette et son arme sur ma tempe. Ses yeux passent rapidement de gauche à droite alors qu'il échange un regard avec Théo et Ryland, et la peur me glace les veines.

Il réfléchit.

Je m'échappe : « Attends ! ».

« Quoi ? »

Victoria grogne le mot, appuyant le pistolet

encore plus fort sur ma peau comme si elle essayait de me rappeler à quel point je suis proche de la mort. Comme si je pouvais oublier.

Je lui pose la question tout en avalant la boule de la taille d'une balle de golf dans ma gorge : « Pourquoi veux-tu tellement gagner ce jeu ? » La peur a rendu ma bouche sèche comme de la poussière.

Aussi terrifiants qu'aient été Adrien et son équipe, ceci est en quelque sorte pire. Si Victoria l'a suivi seule ici, elle devait savoir qu'elle ne serait pas capable d'affronter les trois gars en même temps. Mais elle savait aussi qu'elle n'aurait pas à le faire.

Pas si elle pouvait mettre la main sur moi.

« De quoi parles-tu, putain ? » Elle rit. « Pourquoi est-ce que je veux gagner ? Ces trous du cul ne t'ont pas expliqué tout ça ? Si je gagne, je prends le contrôle d'Halston. Je peux diriger cette putain de ville. »

J'insiste : « Ce n'est pas la seule raison, n'est-ce pas ? »

Je pourrais être complètement à côté de la plaque, mais je n'ai pas le temps de douter de moi maintenant. Je peux sentir quelque chose de différent en elle.

Un désespoir, une sauvagerie.

Je sais pourquoi les hommes et moi sommes désespérés, mais Victoria ne devrait pas avoir de raison de l'être. Elle est d'habitude si cool et si posée, et elle a le dessus en ce moment. Elle devrait se réjouir de son pouvoir sur nous, mais au lieu de cela, je peux sentir son corps trembler légèrement derrière le mien.

Quelque chose ne va pas, et quoi que ce soit, ça la déstabilise.

Ses émotions sauvages la rendent dangereuse, mais elles la rendent aussi vulnérable.

« Pourquoi veux-tu tellement gagner, Victoria ? » J'insiste quand elle ne répond pas à ma question précédente. « Peu importe ce que tu veux, peut-être que nous pouvons t'aider. Peut-être que nous pouvons te donner... »

« Tais-toi. Vous ne pouvez rien me donner », siffle-t-elle, ses doigts s'enfonçant dans mon bras alors qu'elle resserre sa prise sur mon torse. « Vous ne pouvez pas m'aider. Personne ne peut m'aider, putain. C'est pourquoi j'ai besoin de gagner. »

Maintenant je suis sûre que je ne l'ai pas imaginé. Il y a une tension dans sa voix, de la peur, de la panique ou *quelque chose*.

J'insiste encore : « T'aider en quoi ? »

« Tais-toi ! » Sa voix est forte et sèche dans mon oreille, et elle se tourne vers moi plus complètement, ses lèvres se retroussant. « Je t'ai dit de fermer ta gueule ! »

C'est seulement un petit changement dans sa position.

Une petite ouverture.

Mais Marcus l'utilise.

Il se déplace si vite que c'est comme un mouvement flou : il sprinte vers nous et se jette sur Victoria. Je plonge sur le côté au moment où son corps entre en collision avec le sien, un coup de feu retentit si près de ma tête que mes oreilles bourdonnent douloureusement. La balle m'effleure la joue et j'atterris avec un bruit sourd sur le sol, incapable d'utiliser mon bras valide pour amortir ma chute.

Marcus coince Victoria, son grand corps la maintient au sol tandis que les deux autres hommes se précipitent. Même Dominique se traîne vers nous, toujours attaché aux poignets.

Victoria pousse un cri aigu en s'efforçant d'attraper l'arme, se jetant de tout son poids dans la lutte. Mais Marcus lui arrache l'arme des mains, l'enjambe et la retourne d'une main experte, plaçant la crosse dans une paume et visant la tête de Victoria.

Avec un choc, je réalise qu'il est sur le point d'appuyer sur la gâchette.

« Non ! »

Je me jette vers eux, repoussant les bras de Marcus sur le côté au moment où le coup de feu est tiré. Le bourdonnement dans mes oreilles s'intensifie et je suis sûre que celui de Victoria est tout aussi fort.

Mais la balle manque son visage, pénétrant dans le bois lourd du plancher à côté de sa tête.

« C'est quoi ce bordel ? » Marcus lève brusquement les yeux vers moi, quelque chose qui ressemble presque à de la colère sur son visage.

Il m'a promis une fois qu'il tuerait Victoria avant d'avoir à l'épouser et il doit se demander pourquoi je viens de lui enlever cette chance. Il fixe à nouveau l'arme sur elle, la coinçant toujours avec le poids de son corps, s'asseyant sur elle pour la maintenir en place.

Théo et Ryland ont aussi leurs armes pointées sur elle et tous les trois me regardent tandis que Marcus grogne, « Nous devons nous occuper d'elle, Ayla. C'est le seul moyen. »

« Attends », dis-je encore, répétant la même supplique que j'ai faite quand Victoria était sur le point de me tirer dessus.

Le corps entier de Marcus dégage une rage féroce et dangereuse, mais il serre la mâchoire et fait ce que je lui demande, posant son doigt sur la gâchette tout en fixant la femme sous lui.

Mon regard se pose sur elle aussi. Contrairement à nous, elle s'est changée depuis la fête chez Luca. Elle ne porte plus la robe sensationnelle qu'elle portait plus tôt, mais un pantalon et un chandail foncés à manches longues.

Ses cheveux auburn sont attachés en une queue

de cheval serrée et elle fixe Marcus, croisant son regard de manière inébranlable.

Il y a quelque chose dans ses yeux qui me serre l'estomac. Quelque chose de terne et sans vie, une volonté d'accepter la mort. De *l'embrasser*, même.

Je m'approche, me tenant près de Ryland et la regardant de haut.

Je demande d'un ton égal : « Vas-tu répondre à ma question maintenant ? Parce que si tu ne le fais pas, je ne sais pas combien de temps encore je pourrai empêcher un de ces gars de te mettre une balle entre les deux yeux. Je ne sais pas combien de temps encore je vais essayer de le faire. Mais je veux savoir. Qu'est-ce que tu obtiendras si tu gagnes ? Pourquoi en as-tu réellement besoin ? Est-ce *juste* pour le pouvoir ? »

Ses yeux verts se précipitent rapidement sur le côté alors qu'ils me regardent. Ignorant l'arme qui plane toujours à quelques centimètres de son visage, elle soutient mon regard.

« Je veux le pouvoir », dit-elle doucement. « C'est le seul moyen que j'ai de le sauver. »

« Qui ? »

Sa mâchoire se serre comme si elle essayait de mordre la réponse, mais cette fois, je ne la presse pas. Je sais qu'elle peut sentir la menace émanant de tous les hommes, et puisqu'elle a répondu à ma première question, j'ai le sentiment qu'elle va continuer à parler.

« Jaden et moi nous connaissions avant que ma famille ait de l'argent », dit-elle enfin. « Nous sommes tombés amoureux après que mon père soit devenu riche, mais je me foutais qu'il n'avait pas ce que j'avais. On était ensemble. C'était suffisant. »

Les larmes s'accumulent dans ses yeux pendant qu'elle parle, mais sa voix reste stable, son expression dure — comme quelqu'un qui a appris depuis longtemps à fonctionner malgré la douleur et le chagrin.

« Il a toujours eu un emploi de second niveau dans la vente de drogue. Juste une petite liste de clients, rien de gros. Mais il a empiété sur le territoire de Luca et Luca a une politique de tolérance zéro pour ce genre de choses. »

Mes lèvres se pressent, se rappelant tout ce que nous venons d'apprendre sur Luca. Comment sa douleur s'est transformée en rage après la mort de sa femme et de son enfant à naître. « Il a tué Jaden ? »

Victoria secoue légèrement la tête. « Non. Pire. Il a cité un chiffre et a dit que c'était ce que Jaden lui avait coûté en faisant du business sur son territoire. Il lui a dit qu'il pourrait le lui rembourser en travaillant. Et pendant les cinq dernières années, il a tenu Jaden sous sa coupe, lui faisant faire toutes les sortes de conneries que voulait Luca pour payer sa "dette." Mais il ne va jamais le laisser partir. Il va juste lentement le tuer. »

Ses lèvres se retroussent et elle ne ressemble pas du tout à la femme à qui j'ai parlé au bord de la piscine quand Marcus et moi sommes allés chez elle ce jour-là. J'ai le sentiment que la Victoria que je regarde maintenant est beaucoup plus proche de la « vraie » Victoria que ne l'était cette version calme et souriante.

« Il n'y avait rien que je puisse faire. Rien que *Jaden* pouvait faire », poursuit-elle avec amertume. « Il ne pouvait pas aller voir les flics. S'il se défendait, Luca le tuerait. Et s'il s'enfuyait, Luca le traquerait et le tuerait. Luca *possède* cette ville. La seule façon de mettre Jaden hors de sa portée c'est... »

Je finis la phrase pour elle : « En gagnant le jeu. C'est pour ça que tu es arrivée. »

Elle est silencieuse pendant une seconde, puis laisse échapper un souffle. « Oui. Mon père ne voulait pas que je le fasse. Il déteste toute cette putain de chose et il déteste Luca. Mais je ne pouvais pas le laisser m'en dissuader. C'était le seul moyen. Je *dois* gagner. »

Je jette un coup d'œil à Ryland et Théo. Ils fixent tous les deux Victoria comme s'ils ne l'avaient jamais vue de leur vie, enfin je suppose que ce n'était pas cette version d'elle.

Mon regard se tourne vers Marcus. Son opinion

sur Victoria ne semble pas avoir changé d'un iota avec cette nouvelle information, mais quand il lève les yeux vers moi, il fait un signe de tête brusque. « Dis-lui. »

Je ne peux pas dire s'il veut juste la voir se briser complètement ou s'il espère qu'elle deviendra une alliée si nous pouvons la convaincre. Quoi qu'il en soit, je pense qu'il a raison. Elle a besoin de savoir.

Et si elle ne nous croit pas, on peut toujours la tuer.

« Je vois pourquoi tu as décidé de jouer, » je lui dis, « mais ça ne marchera pas. »

Les yeux de Victoria se rétrécissent, et pour la première fois depuis qu'elle a commencé à parler, elle détourne le regard de moi, regardant Théo et Ryland avant de reporter son regard sur le visage de Marcus. On dirait qu'elle essaie de trouver un angle d'attaque, alors je continue avant qu'elle ne puisse solidifier la théorie qui se forme dans son esprit.

« Ça ne marchera pas parce que le jeu n'est pas réel. Luca n'a pas l'intention de se retirer ou de céder son pouvoir. Il a utilisé le jeu comme une distraction, laissant les puissantes familles d'Halston s'entre-déchirer pendant qu'il fortifiait systématiquement son empire, le construisant encore plus. »

« Luca est la Vipère », dit Marcus brièvement.

Les sourcils de Victoria se lèvent et j'entends un son étouffé derrière moi.

Putain. J'avais oublié que Dominique était toujours là.

« C'est insensé », dit Victoria, l'air déstabilisé et énervé. « De quoi parles-tu, bordel ? »

« C'est la Vipère. Nous en sommes sûrs. » Je hoche la tête, faisant écho aux paroles de Marcus. « C'était juste une intuition au début, mais vu sa réaction hier soir, j'en suis sacrément sûre maintenant. Ça ne t'a pas paru un peu étrange qu'il ait soudainement lancé une attaque sur trois joueurs dans le jeu ? Qu'il ait opposé le reste d'entre vous à Marcus, Théo et Ryland sans donner de réelle explication ? »

« Non. » Les lèvres de Victoria se pincent. « Luca fait ce qu'il veut, quand il veut. Je suis bien au courant de ce fait maintenant. »

« C'est pourquoi il faut l'arrêter », dit Dominique doucement.

Je me raidis, surprise par ses mots. Peut-être que je ne devrais pas être surprise, mais je le suis.

« Ah, oui ? Tu es de notre côté maintenant ? » Théo lui lance un regard menaçant et je ne peux m'empêcher de ressentir une petite lueur de satisfaction à la vue de la colère dans son ton. Si je le laissais faire, je pense qu'il tirerait quand même une balle sur Dom ou du moins lui donnerait quelques coups.

« Je suis du côté de celui qui est contre Luca. » Dominique grogne sans humour, avançant à pas traînants avant d'appuyer ses mains liées sur le canapé déchiqueté. « Donc, probablement le côté des perdants. Mais Victoria a raison. Qu'il soit la Vipère ou non, il fait tout ce qu'il veut depuis trop longtemps. Et s'il *est la Vipère*, alors il tuera chacun d'entre nous pour garder son secret. » Il hausse les épaules. « Je préfère mourir en me battant qu'en fuyant. »

Ryland lui lève un sourcil. « Waouh. Quand tu dis des trucs comme ça, tu n'as presque plus l'air d'un lâche d'enfoiré. »

Dom le regarde avec colère : « Va te faire foutre, mec. »

Théo croise mon regard alors que je me place entre Dom et Ryland. Je sais que je dois dire à Marcus et Ryland ce que j'ai découvert, mais ce n'est pas le moment. Et je ne vais certainement pas faire allusion à mes soupçons devant Dominique.

Pas maintenant. Peut-être jamais.

« Bien », dis-je, ramenant la conversation au sujet qui nous occupe. « Alors Dom est avec nous. Victoria ? »

Elle me regarde comme si j'avais perdu la tête, ses yeux verts durs et pénétrants. « Quoi ? »

« Es-tu avec nous ou devons-nous te tuer ? »

Elle se déplace un peu sous Marcus, ses lèvres s'écartant. « Avec vous dans quoi ? Qu'est-ce que vous avez prévu de faire ? »

« Nous allons trouver des preuves solides que

Luca est la Vipère. Qu'il a trahi toutes les familles qu'il a enrôlées dans ce putain de "jeu" et qui sait combien d'autres personnes à Halston pendant qu'il construisait son empire sous un faux nom. Puis nous allons le faire tomber. »

Victoria me regarde fixement pendant un long moment. Même si j'ai vu la version plus aiguisée, plus désordonnée et plus *réelle* d'elle, cela n'enlève rien à son intelligence. Elle est rusée comme un renard et je peux pratiquement la voir faire des calculs mentaux dans sa tête, élaborant le mouvement le plus intelligent. Le coup qui lui profitera le plus.

Heureusement pour nous, j'ai une assez bonne idée pour savoir quel mouvement il s'agit.

Et j'ai raison.

Brisant le silence qui plane, Victoria expire et fait un signe de tête à contrecœur.

« D'accord. Comptez aussi sur moi. »

Chapitre 16

« Comment on peut compter sur toi, putain de merde. »

Marcus est resté immobile comme une statue sur Victoria depuis que je l'ai empêché de lui tirer dessus, alors quand il se penche de manière soudaine et place son avant-bras sous son menton, appuyant son arme contre sa tempe. Ce mouvement me fait sursauter.

Elle laisse échapper un petit bruit de surprise aussi, mais, à son crédit, elle garde son visage impassible alors que Marcus lui tient tête.

« Avant d'accepter ton "aide" pour quoi que ce soit, mettons quelques foutues choses au clair. Ces fiançailles ? C'est terminé. »

Victoria ricane, ses yeux ardents. Sa voix est rauque quand elle parle et je me demande à quel point Marcus est proche de lui couper totalement la respiration. « Bien sûr que ça l'est. C'était une *tactique*, connard. Je jouais à ce putain de jeu, mais apparemment ça n'a plus d'importance. Et de rien pour t'avoir sauvé la vie, d'ailleurs. »

« Va te faire foutre », grogne-t-il.

On dirait qu'elle est sur le point de lui dire d'aller aussi se faire foutre, mais avant qu'elle ne le fasse, je me penche et attrape son épaule.

« Marcus. Je peux te parler une minute ? »

Ses muscles sont comme de l'acier sous mon contact. Je sais que cet homme me donnerait tout ce que je veux, mais je ne suis pas sûre que cela suffise à surmonter en ce moment sa rage meurtrière. Je resserre un peu ma prise sur lui, tirant doucement, et il finit par céder, relâchant la pression sur la gorge de Victoria.

Il se lève d'un geste souple, son arme toujours pointée sur son visage. Son regard se faufile entre Ryland et Théo avant qu'il n'adresse un coup de menton à la femme sur le sol. « Surveillez-la. Tirez-lui dessus si elle bouge. » Puis il jette un coup d'œil à Dominique. « Et lui aussi. »

Sur ces mots, il s'éloigne de Victoria, prenant ma main et m'entraînant dans le couloir.

J'essaie de ne pas remarquer les cadavres que nous croisons ou la façon dont l'odeur cuivrée du sang semble être suspendue dans l'air, frappant le fond de ma gorge à chaque inspiration. On doit vraiment vite se tirer d'ici — ce qui veut dire qu'on doit régler ça et décider que faire de Victoria encore plus rapidement.

Marcus me traîne dans une petite chambre située un plus loin que celle où nous gardions Dominique et claque la porte derrière nous.

Il me presse contre elle, ses mains sur mes épaules et son grand corps me clouant au bois. Il n'a pas allumé la lumière, alors la seule source de luminosité c'est la teinte bleu-gris de l'aube qui se faufile à travers la fenêtre. Pendant une seconde, je le regarde fixement, ses yeux sont ardents dans la faible lumière.

Puis il écrase ses lèvres sur les miennes dans un baiser meurtrier.

Ma main s'envole vers ses cheveux, s'agrippant aux épaisses mèches brunes et s'accrochant alors qu'il m'embrasse, chassant toutes les pensées de ma tête tout comme il élimine l'air de mes poumons.

Je ne sais pas ce qu'il essaie de faire ou de faire comprendre.

Mais je ne lutte pas contre cette connexion qui éclate entre nous. C'est comme une veilleuse, qui brûle constamment et n'attend que la moindre étincelle pour s'enflammer.

Je me frotte contre lui, l'embrassant si fort que je sens le goût du sang. Le mien ou le sien, je ne sais pas et je m'en fiche. Il se mêle à l'odeur du sang dans mes narines et j'ai l'impression qu'on s'embrasse pour éviter la mort.

Il y en a tellement autour de nous, des rappels de notre propre mortalité, de la précarité de notre situation.

Chassant ces pensées, je passe mes ongles sur la nuque de Marcus, lui arrachant un gémissement lourd. Il interrompt enfin notre baiser et son front se pose sur le mien tandis qu'il remonte la partie basse de ma robe. Il la serre autour de ma taille et glisse sa main dans ma culotte.

Deux doigts épais glissent en moi comme s'ils *étaient miens*, comme s'ils ne pouvaient aller nulle part ailleurs. Les paupières de Marcus s'abaissent tandis qu'il les crochète, frottant mon point G tout en me rapprochant de lui en un seul mouvement. Sa respiration est forte et profonde, et je me souviens soudain de la première fois où je me suis retrouvée face à face avec lui après qu'il soit revenu dans ma vie.

Ce jour-là, à la bibliothèque, quand il m'a fait jouir sur ses doigts.

« À qui cela appartient-il, mon ange ? » murmure-t-il brutalement.

« A toi. »

« A qui d'autre ? »

« A Ryland et Théo. »

« Qui d'autre ? »

« Personne. »

« Pour combien de temps ? » demande-t-il.

« Pour toujours. »

Il gémit, enfonçant ses doigts plus profondément et massant à nouveau mon point G. Je l'ai éloigné des autres pour parler de Victoria et de ce que nous devrions faire à son sujet. De notre plan pour faire tomber Luca. Il y a quelques instants, le sexe était la chose la plus éloignée de mon esprit et maintenant je suis sur le point de jouir sur la main de Marcus, poussée à bout par les quelques effets qu'il exerce de ses doigts et par sa voix grave dans mes oreilles.

Comme s'il pouvait sentir le changement dans mon corps, la chaleur enroulée qui demande à être libérée, Marcus appuie son pouce sur mon clitoris, le massant en une impulsion rapide tandis que ses doigts entrent et sortent de moi.

Le plaisir monte en moi en flèche. Il n'y a pas d'avertissement ou de préambule avant que l'orgasme ne me traverse, brûlant mes terminaisons nerveuses et faisant jaillir un cri frénétique de mes lèvres.

Les répliques me parcourent encore lorsque Marcus retire brusquement ses doigts, étalant mon excitation sur ma peau avant de lever la main pour prendre la mienne dans la sienne. Son autre main déboucle adroitement son pantalon, puis il libère sa bite et amène nos mains jointes autour de la chaleur palpitante de sa verge.

Il est dur et lisse comme du velours, les veines qui courent sur toute sa longueur palpitent. Tout en son sexe est en colère. Exigeant. Insistant.

Se servant de sa prise sur moi pour guider nos mouvements, il se masturbe avec ma main, soutenant mon regard alors que ses pupilles se dilatent et que son corps frémisse.

« À qui cela appartient-il, mon ange ? Dis-le. »

« A moi. » Je me lèche les lèvres, ma chatte palpite, mon cœur se serrant autour de rien. « Elle m'appartient. »

« À qui d'autre appartient-elle ? »

« A personne. »

Il grogne, poussant plus fort dans nos coups, sa main se resserrant autour de la mienne. « Que ferais-tu si une autre femme touchait ce qui est à toi ? Si elle essayait de prendre ce qui est à toi ? »

Je fais un petit bruit au fond de ma gorge. Je viens juste de jouir grâce à ses doigts et de son pouce, mais mon désir douloureux ne s'est pas calmé. Ses mots ne font qu'attiser la flamme.

Je râle : « Je la tuerais ».

« Putain, mon ange. Oh putain. »

Sa bite gonfle sous ma paume, ses poussées devenant plus dures et plus saccadées. Désespérée de sentir sa libération, de la goûter, je tombe soudain à genoux devant lui. Il lâche ma main et frappe ses deux paumes contre la porte tandis que j'enroule mes lèvres autour de lui, utilisant mon poing et ma bouche pour caresser toute sa longueur.

Ma langue tourbillonne sur sa tête lisse, léchant ses secrétions salées, et quand je le prends aussi profondément que je le peux, l'amenant entièrement jusque dans ma gorge, il jure.

Ses hanches s'élancent vers l'avant, coupant complètement mon air, remplissant mes sens de rien d'autre que *lui*.

Puis il explose, sa bite palpitant encore et encore tandis que le sperme salé frappe le dos de ma langue. J'avale, ma main glissant sous sa chemise et sur le plan dur de son estomac alors qu'il frémit de nouveau.

Finalement, je le libère de ma bouche, m'asseyant sur mes talons en le regardant. De cet angle, il ressemble à un dieu des ténèbres, me surplombant alors que la lumière grise du matin encadre sa forme ombragée.

Son regard frappe le mien et il maintient cette connexion alors qu'il baisse une main pour se remettre, remontant lentement la fermeture éclair de son pantalon.

« Je l'aurais tuée, tu sais », dit-il doucement. Une partie de la rage a disparu de sa voix et il ne reste plus que la simple vérité.

« Je sais. »

« Tu lui fais vraiment confiance ? »

Je soupire. « Non. Je ne fais confiance à personne d'autre que vous trois. Mais elle détestait Luca même avant de découvrir qu'il avait menti sur toute cette histoire. Et la façon dont elle aime Jaden ? » Je fais glisser ma main le long de la cuisse musclée de Marcus, mes ongles glissant sur le beau tissu de son pantalon. « C'est la façon dont je t'aime. Le genre d'amour qui peut réduire le monde en cendre. Je pouvais l'entendre dans sa voix, le voir dans ses yeux. C'est dangereux, mais je pense que c'est ce dont nous avons besoin d'avoir plutôt de notre côté. »

Marcus ferme brièvement les yeux, comme s'il se laissait partir à mon contact pendant un moment. Puis il tire sur mes pieds, m'enveloppant dans ses bras.

L'odeur propre du cuir remplit mes narines, se mélangeant au sang et à quelque chose d'âcre et de métallique. Mais dans l'étreinte de Marcus, même ces odeurs sont réconfortantes.

Elles me rappellent tout ce qu'il est prêt à faire pour me protéger.

« Très bien, mon ange », murmure-t-il, le visage enfoui dans mes cheveux. « Tu as gagné. »

Chapitre 17

Quand Marcus et moi retournons dans le salon, nous trouvons tout le monde à peu près à la même place où nous les avions laissés.

Victoria est toujours par terre, bien qu'elle se soit reculée pour s'appuyer contre le mur du côté opposé de la porte d'entrée, là où se trouve le corps d'Adrien. Et Dominique est assis sur le canapé déchiré au lieu de s'y appuyer.

Théo et Ryland ont toujours leurs armes dégainées, et lorsque nous entrons dans la pièce, leurs yeux trouvent immédiatement les miens, passant de moi à Marcus.

Je fais un léger signe de tête pour leur faire savoir que tout va bien, puis je tourne mon attention vers Victoria.

« Si nous acceptons de ne pas te tuer, j'ai besoin

de ta parole que tu es dans le coup jusqu'à la fin. Que tu nous aideras à faire tomber Luca. »

« Qu'est-ce qui se passe alors ? » demande-t-elle, ses yeux verts brillent tandis qu'elle me regarde froidement. « Si nous réussissons ? »

Je cligne des yeux, presque choquée par la question.

Bon sang. Je n'y ai même pas pensé avant qu'elle ne le demande, mais j'ai du mal à imaginer cette possibilité. Une version des événements où nous gagnons. Mes hommes et moi sommes allés de l'avant par pure détermination et par manque d'autres options, mais ça ressemble toujours un peu à une mission suicide.

Je suis sûre que ce n'est pas ce que Victoria a besoin d'entendre en ce moment. Et, bon sang, elle est assez intelligente pour l'avoir probablement déjà compris elle-même.

Alors au lieu de rabaisser la conversation en discutant nos chances d'échec, je hausse une épaule. « Nous verrons quand nous y parviendrons. Mais je peux personnellement te garantir que Jaden sera laissé tranquille. Tout comme ta famille. »

Son regard glisse de moi à Marcus et son expression se durcit. Mais elle acquiesce. « Marché conclu. »

Je jette un coup d'œil à Dominique qui est affalé sur le canapé. Il a l'air épuisé et une ligne de sang frais coule sur le côté de son visage. « Je peux te donner cette même garantie pour ta famille si tu veux. »

« Je n'en veux pas. » Ses mots sont brutaux et durs. « Ils ne représentent pas ma famille. Et ils ne méritent pas ma protection. Ils m'ont acheté et m'ont engagé pour mourir juste pour essayer de gagner plus de pouvoir pour eux-mêmes. Qu'ils aillent se faire voir. »

Théo fait un bruit sourd qui ressemble presque à une approbation.

En gardant une expression soigneusement neutre, je me dirige vers le canapé et me perche sur le bord du coussin pour dérouler le ruban adhésif autour des poignets de Dom. Il a l'air un peu surpris mais ne dit rien, me laissant travailler en silence.

Alors que j'enlève le dernier morceau et le transforme en une boule collante, je vois Victoria se lever du coin de l'œil. Théo et Ryland fourrent tous les deux leurs armes dans la ceinture de leurs pantalons, bien que leur posture soit toujours tendue et méfiante.

L'ignorant, Victoria pose ses mains sur ses hanches. « Alors quel est le plan ? Je suppose que vous en avez un ? »

« Ouais. » Marcus s'avance. « Nous cherchons des preuves qui relient Luca aux activités de la Vipère. Nous avons extrait des fichiers de son ordinateur et nous avons un hacker qui essaie les décrypter, mais il n'a pas pu accéder à toutes les données. Il travaille toujours dessus. »

Victoria sourit d'un air suffisant. « Eh bien, heureusement pour toi, je connais un gars. Plus qu'excellent. Et rapide. Même si ton hacker n'a pas réussi à tout débloquer, je suis sûre que le mien peut le faire. »

A ces mots, je peux pratiquement sentir la peau de Marcus se hérisser, mais nous n'avons pas le temps d'entrer dans le concours de celui qui pisse le plus loin pour savoir quel hacker est le meilleur.

« Super », dis-je rapidement. « On pourra bientôt envoyer des fichiers. Mais on devrait d'abord trouver un endroit plus sûr. »

Je ne regarde pas le corps d'Adrien pendant que je parle, je n'en ai pas besoin. J'ai l'impression qu'un nuage de mort plane sur toute la maison et je suis parfaitement consciente de chaque cadavre qui se trouve dans la pièce.

« Ouais. » Théo acquiesce en se mordant la lèvre inférieure. Il jette un coup d'œil à Dominique. « Ta voiture est plutôt mal en point, désolé. »

Dom hausse les épaules. « Je ne suis pas surpris. »

« On peut prendre la mienne », dit Victoria. « La voiture d'Adrien est proche aussi, mais il vaut mieux ne pas la conduire. »

Ryland se passe une main dans ses cheveux foncés. « On devrait mettre le feu aussi à cet endroit avant de partir. C'est beaucoup plus facile que d'essuyer partout pour effacer nos empreintes. »

« Ok, bien. » J'hésite, réalisant qu'il y a une énorme partie de notre plan qui n'est toujours pas considérée. « Où devrions-nous aller ? »

« J'ai un endroit. » Les yeux de Dominique sont fermés et sa tête est inclinée en arrière sur le canapé. « Une planque comme celle-ci au nord-est de la ville. » Il ouvre les paupières et me regarde. « Pas le même endroit que celui où nous avons emmené Ayla. Personne d'autre que moi la connait. »

Le fait de parler de mon kidnapping marque les traits de Ryland et me fait frissonner. C'est peut-être une mauvaise idée de faire équipe avec Dominique et Victoria. Ce sont les deux dernières personnes que je m'attendais à avoir de notre côté. Mais chacun d'entre eux a ses propres raisons de vouloir faire tomber Luca, et c'est cela, plus que tout, qui me pousse à leur faire suffisamment confiance pour collaborer avec eux.

Nous n'avons pas vraiment le choix. Nous ne pouvons pas les laisser partir, donc nos seules autres options sont de les garder prisonniers ou alors de les tuer.

« Très bien. » Marcus acquiesce, sa voix est tranchante. Il jette un coup d'œil à Ryland et Théo. « Il y a de l'accélérateur dans le sous-sol. »

Il nous faut moins de cinq minutes pour être prêts à partir. L'écran de l'ordinateur portable de Marcus est fendu, mais il a miraculeusement survécu à la fusillade sans plus de dommages que cela. Les gars traînent les corps en un tas grossier dans le salon, puis Ryland et Théo versent l'accélérateur sur tout.

Dans un souffle, la maison s'enflamme, les flammes lèchent le bois avec une férocité affamée. Les flammes qui s'élancent sont presque de la même couleur que le ciel, alors que les premiers rayons du soleil arrivent à l'horizon.

Ce serait magnifique si ce n'était pas si morne.

Victoria nous conduit dans l'allée où elle a laissé sa voiture et nous montons tous dedans.

C'est un peu juste maintenant que notre petit groupe compte six personnes, mais on s'y entasse quand même. Marcus est assis à l'avant, avec son arme tenue à la main pour rappeler ouvertement à Victoria de ne pas nous faire chier. Le reste d'entre nous se glisse à l'arrière, avec Dominique assis derrière le siège du conducteur et moi installée sur les genoux de Ryland et Théo.

La main de Théo s'enroule autour de ma taille, me rapprochant un peu plus de lui et de son ami en m'éloignant un peu plus de Dominique. Je m'adosse à son torse, inhalant son odeur de bois de cerisier et laissant sa chaleur m'envelopper.

J'ai l'impression qu'il ne reste de moi que des bords effilochés et des pointes déchiquetées. Il est presque impossible de croire que tout cela a commencé il y a moins de vingt-quatre heures. Il s'est passé tellement de choses dans ce laps de temps que j'ai l'impression que des semaines ont passées.

Il n'y a pas de musique pendant notre trajet. À un moment donné, Victoria allume la radio de la voiture, mais Marcus l'éteint brusquement. Dominique lui donne les directions et le reste d'entre nous regarde les rues tranquilles d'Halston défiler.

Tout en contemplant les trottoirs pour la plupart vides peints en orange et en rose par le soleil levant, je murmure : « Ça a l'air si paisible ».

« Pour l'instant. »

La voix de Théo est légère, mais je peux dire qu'il ne plaisante qu'à moitié. Il n'a pas tort de penser que la paix ne peut pas durer. Que c'est une illusion au début.

Nous traversons la ville et nous nous retrouvons de l'autre côté dans une maison moins isolée que celle que nous venons de quitter, mais tout de même nichée au bout d'un cul-de-sac.

Victoria se gare dans le garage, et alors qu'elle coupe le moteur de la voiture, Dominique ouvre sa porte et se glisse dehors. Je me glisse rapidement après lui, le regardant avec méfiance. Nous avons pris un risque en laissant Victoria nous conduire ici et nous en prenons un autre en entrant dans une maison inconnue avec un homme qui était notre ennemi jusqu'à hier soir.

Victoria, au moins, ne nous a pas trahis en essayant de modifier l'itinéraire ou d'avoir délibérément un accident de voiture ou quoi que ce soit d'autre, mais cela ne signifie toujours pas que je fais confiance en Dom et qu'il ne serait pas tenté d'essayer quoi que ce soit.

Les hommes doivent tous avoir la même pensée que moi, car ils ont tous les trois leurs armes à la main lorsque Dominique nous conduit vers la porte de sa maison. Il tape un code sur le clavier à côté de la porte, la protégeant avec son corps, puis ouvre la porte et entre à l'intérieur.

Théo et Marcus le suivent, avec Victoria derrière eux et moi et Ryland en arrière. Ryland pose une main sur le bas de mon dos lorsque nous entrons et je peux sentir la tension en lui à travers ce contact.

La maison à l'air vieille, les meubles et les moulures semblent dater des années soixante-dix, mais je m'en fiche. Il n'y a pas d'odeur âcre de sang ici, pas de cadavres sur le sol, donc je considère que c'est une grande amélioration par rapport à notre emplacement précédent.

« Faites comme chez vous », dit Dominique, une

pointe de sarcasme dans la voix. « La salle de bain est au bout du couloir. Il n'y a qu'une seule chambre, donc... » Il me jette un regard et je n'arrive pas à lire son expression. « Je suppose que le plus grand groupe devrait l'avoir. »

Victoria pousse un soupir agacé, mais je l'ignore, essayant de prétendre que ce n'était pas quelque chose de décent de la part de Dominique. C'est à peine suffisant pour compenser le fait qu'il m'ait kidnappée et tenue en joue.

Mais il était aussi de notre côté quand on s'est battu dans l'autre maison.

Je ne sais pas comment il a survécu après que l'homme d'Adrien ait fait irruption dans la pièce, mais il devait être prêt et attendre. Et au lieu d'essayer de s'enfuir ou de rejoindre nos attaquants, il a choisi notre côté. Encore une fois.

Putain de merde, Ayla. Arrête d'essayer de redéfinir sa personnalité maintenant que tu sais qui il est. Tu ne peux pas faire de lui quelque chose qu'il n'est pas.

Je grimace, énervée contre moi-même, mais Marcus se contente de hocher la tête.

« Bien », dit-il froidement. Il entre à grands pas dans le salon et pose son ordinateur portable sur une petite table à côté d'un grand fauteuil. Le reste d'entre nous le suit et son regard se porte sur Victoria. « À quel point connais-tu ce hacker ? Lui fais-tu confiance ? »

« Oui. » Elle hoche la tête, tirant ses cheveux auburn de sa queue de cheval avant de les lisser et de les renouer. « Et ce n'est pas un ami de Luca non plus. Il fera ce dont nous avons besoin et ne posera pas de questions. »

« Va-t-il décrocher à cette heure-ci ? »

Elle hausse une épaule élégante. « Pour moi ? Oui. »

Marcus roule les yeux et lui fait signe du menton en ouvrant son ordinateur portable. Alors qu'ils discutent des plans pour envoyer à son hacker tous les fichiers que Zee n'a pas pu craquer, Ryland pose une main sur mon épaule.

Je cligne des yeux et il me faut une grande force de volonté pour les rouvrir. Je suis complètement crevée, le manque de sommeil et l'épuisement après ce boost d'adrénaline me rend groggy et confuse.

« Tu as besoin de te reposer, Ayla », murmure Ryland. « Du véritable sommeil. Nous ne pourrons rien faire jusqu'à ce que le gars de Victoria revienne vers nous avec ce qu'il aura pu décrypter. Et alors nous devrons tout passer en revue. Donc tu devrais dormir tant que tu peux. »

« Et vous, les gars ? » Je m'adosse à lui et mon corps se fond dans le sien.

Il rit, le son vibre contre la peau nue de mon dos. « Nous allons dormir aussi. Mais toi d'abord. »

« On s'en occupe, Rose », ajoute Théo. Puis il

donne un léger coup de poing à Ryland sur l'épaule. « Tu vas avec elle. Marcus et moi on va s'installer ici. »

Ryland a l'air de vouloir faire un commentaire, mais j'aime l'idée qu'au moins un des gars ait une pause s'il doit me dire d'en prendre une. Nous sommes tous passés par les mêmes emmerdes et je sais que nous en ressentons tous les effets.

Prenant la main de Ryland, je lance un regard interrogateur à Dominique.

Il fait signe. « Au bout du couloir. Deuxième porte sur la droite. Il y a une salle de bain de l'autre côté du couloir. »

Son corps se balance un peu quand il parle et ma mâchoire se serre. Dom a l'air plus mal en point que n'importe lequel d'entre nous. Il a à peine été soigné dans l'autre maison et il doit avoir eu une commotion mineure et probablement un coup du lapin aussi.

J'espère qu'il va bien.

Cette pensée s'élève avant que je ne puisse l'arrêter et je n'essaie pas de la faire descendre cette fois. Je le remercie simplement d'un signe de tête et je guide Ryland dans le couloir vers la chambre.

Chapitre 18

UNE PETITE MAIN, *plus petite que la mienne, saisit la mienne.*

« Je ne veux pas y aller, LaLa ! Ne me fais pas partir ! »

Mon cœur se tord. Je ne le fais pas partir. Ne peut-il pas s'en rendre compte ?

Des silhouettes ombragées rampent dans l'espace qui nous entoure, leurs grandes formes sont imposantes. Elles me terrifient. Chacune d'entre elles a un pouvoir sur moi rien qu'en étant un adulte. En étant si grandes alors que je suis si petite.

Je veux prendre Caleb et les fuir, mais il n'y a nulle part où aller.

Pourquoi l'un d'eux ne m'aide-t-il pas ? Ne l'aide-t-il pas ?

Il attrape aussi mon autre main, ses yeux bleus pleins de larmes tandis que sa lèvre inférieure frémit. « Je ne veux pas partir. S'il te plaît ! »

J'avale, ouvrant la bouche pour parler, mais ma gorge est obstruée. Je ne sais pas quoi dire. Je ne sais pas comment arranger les choses. Le faible bourdonnement des voix nous entoure et j'essaie de distinguer les mots un à un, de comprendre ce qu'un adulte dirait dans un moment pareil, mais je n'y arrive pas.

Alors j'enroule mes bras autour de Caleb et je le serre contre moi en fredonnant l'air que j'ai inventé quand il a peur du noir.

Mais ça n'aide pas cette fois.

Il pleure plus fort en s'accrochant à moi, son corps tremble.

Je le serre plus fort, si fort que je le sens rapetisser dans mon étreinte. Il devient de plus en plus petit jusqu'à ce que je ne tienne plus du tout Caleb. Je suis juste en train de serrer un éléphant en peluche déglingué avec un seul œil. Il me fixe d'un air accusateur alors que je lève les yeux, cherchant entre les grandes ombres une trace de mon frère.

« Caleb ! » Je crie. « Caleb ! »

Mais il ne répond pas.

Il est parti.

Et quand je regarde en bas, l'éléphant a aussi disparu.

———

« CALEB ! »

Je me redresse en sursaut, le cri s'échappant de ma gorge. Ryland se réveille en sursaut à côté de moi, en s'assoyant et m'entourant de ses bras alors que j'ai du mal à respirer.

Je m'agrippe à son avant-bras qui repose contre ma poitrine, m'accrochant à lui comme à une bouée de sauvetage alors que je me débats avec des visions qui, je l'espère, ne sont pas des souvenirs.

Caleb.

A-t-il vraiment pleuré dans mes bras ? M'a-t-il supplié de ne pas le faire partir ?

Putain.

« Tu vas bien ? Qu'est-ce qu'il y a ? »

La voix de Ryland sortant du sommeil est rauque, chaude dans mon oreille alors qu'il pose son menton sur mon épaule. Je ne réponds pas tout de suite et me contente de le serrer contre moi alors que mon rythme cardiaque revient lentement à la normale.

Petit à petit, je me penche en arrière et il me relâche pour me laisser me rallonger. Une fois que nous sommes tous les deux allongés, il se tourne sur le côté et me serre contre lui, glissant ses doigts dans mes cheveux emmêlés tandis que nos têtes reposent sur le même oreiller.

Je me souviens à peine de m'être endormie et je n'ai aucune idée du temps que nous y avons passé. Je me sens un peu mieux que lorsque nous sommes arrivés à la maison, mais la plupart des bienfaits du repos ont été effacés par le réveil brutal.

« Tu veux en parler ? » Les yeux noisette de Ryland sont inquisiteurs. Les tatouages qui rampent le long de son cou se déplacent lorsqu'il se penche en avant pour déposer un baiser sur mes lèvres, comme s'il essayait d'en tirer des mots.

Je laisse échapper une respiration tremblante. « J'ai rêvé de Caleb. Mon frère. »

Il connaît déjà ce nom grâce à Marcus, mais il ne sait pas le reste de ce que j'ai découvert.

La compréhension s'allume dans ses yeux. « Je suis désolé. Je sais que tu fais des cauchemars parfois. Je ne savais pas que c'était à cause de ça. »

Ma poitrine se serre. Je continue rapidement tandis qu'il passe ses doigts sur la peau tatouée de mon bras amputé, les faisant descendre juste au-dessus de mon coude, puis remonter.

« Je les ai eus plus souvent ces derniers temps. De façon plus vive aussi. Depuis que Marcus a découvert ce nom. Et puis... »

Putain. Ce n'est pas plus facile de le dire la deuxième fois.

« Quoi ? » Les sourcils de Ryland se froncent.

« La nuit dernière, Dominique a dit quelque chose », je murmure. « Quelque chose qui m'a fait penser... *qu'il est* mon frère. »

Le visage de Ryland se fige. Contrairement à Théo, il ne réagit pas ouvertement au début. Puis il m'entoure de son bras et se roule sur le dos, m'entraînant avec lui pour que je sois drapée sur son corps. Ses mains se posent juste au-dessus de la courbe de mes fesses et je pose ma joue contre sa poitrine. Il ne parle pas, il me tient juste là, moulée contre lui.

En attente.

En me laissant décider quoi dire d'autre.

J'avoue finalement : « Ça me fout en l'air », laissant la vérité glisser sur mes lèvres. « J'ai passé des années à chercher mon petit frère, à espérer et à souhaiter le retrouver. Et maintenant je sais qu'il est juste au bout du couloir, et je suis... je suis terrifiée à l'idée d'aller lui parler. Je suis terrifiée à l'idée de savoir comment cette putain de conversation va se passer. »

Même maintenant, je peux entendre des voix venant du salon. Je me demande qui parle et s'ils m'ont entendu crier à mon réveil. Si Dominique m'entendait crier son ancien nom, le reconnaîtrait-il ?

J'en doute, mais je baisse tout de même la voix quand je me remets à parler, comme pour essayer de compenser mon cri de tout à l'heure.

« Le plus stupide, c'est que je continue à essayer de créer cette version de lui que je voudrais qu'il soit, tu vois ? Maintenant que je sais que c'est mon frère, je ne peux plus le regarder de la même façon. J'ai l'impression d'essayer de trouver en lui des choses qui ne sont pas là, d'essayer de trouver l'honneur ou l'intégrité alors qu'il m'a déjà montré qu'il n'en avait pas. »

Ryland laisse échapper un léger bruit et je relève la tête, posant mon menton sur sa poitrine pour pouvoir le regarder.

« Quoi ? »

Il hausse les épaules, se déplaçant sous moi. « Il nous a sauvé la vie la nuit dernière. »

« Putain. » Je fais une grimace. « C'est ce que Théo a dit aussi. »

« Théo est au courant ? »

« Ouais. Je suis tombée sur lui dans le hall juste après avoir compris pour Dom. Il voyait bien que quelque chose n'allait pas et il voulait savoir si j'allais bien. Je n'ai pas encore eu l'occasion de le dire à Marcus, mais je le ferai. »

Ryland acquiesce en me regardant fixement. « Qu'a dit Théo ? »

« Que Dom est devenu un connard parce que ses "parents" étaient des connards. Et que ça veut dire quelque chose qu'il nous ait sauvé la vie. » Je fronce les sourcils. « Mais ça ne fait pas de Dom une bonne personne. Les gens peuvent faire de bonnes choses pour des raisons purement tordues. »

Un petit sourire se dessine sur les lèvres de Ryland et ses mains glissent un peu plus bas, me serrant plus fort contre lui. « Je déteste te le dire, mais *je* ne suis pas une bonne personne. Théo et

Marcus ne sont pas exactement des saints non plus. »

Je roule les yeux. « C'est différent. »

Il pince les lèvres. « Oui. D'une certaine manière. Nous n'avons jamais eu recours à l'enlèvement. Nous avons des limites que nous ne franchirons pas, quoi qu'il arrive. »

En laissant échapper un souffle, je fronce le nez. « Je suppose que je me demande juste ce que Dominique... ce que Caleb *pourrait* être, s'il avait une seconde chance. Un nouveau départ. »

« Eh bien, c'est déjà cela, d'une certaine manière. » L'expression de Ryland devient pensive. « Il a quitté sa famille. Il a abandonné le jeu. Il doit savoir que ces deux choses font de lui un solitaire avec une cible peinte dans le dos. Mais il a quand même choisi de le faire. »

Je laisse ses mots me pénétrer un instant, puis je relève la tête et me penche pour déposer un baiser sur ses lèvres. Il me tire un peu plus haut sur son corps, ce qui facilite le contact de nos lèvres, tandis qu'il boit mon baiser comme un homme qui a passé cent jours dans le désert.

En reculant, je m'appuie sur mon bon coude, mon nez frôlant le sien.

Je murmure : « Tu dois vraiment m'aimer, si tu es prêt à envisager de lui donner une chance ».

« Tu sais que oui. » Il lève la tête, volant un autre

baiser. Puis il se lève pour me prendre le visage, ses yeux noisette devenant mortellement sérieux. « Mais je marcherais dans le couloir et lui mettrais une balle entre les yeux si tu me le demandais. Parce que je *ne suis pas* une bonne personne. »

Je me penche vers sa paume. « Eh bien, peut-être que je ne suis pas une bonne personne non plus. Parce que je t'aime encore plus pour ça. »

JE ME SENS coupable de rester au lit sans dormir alors qu'il y a tant de choses à régler et à planifier, alors après quelques instants de plus à nous délasser serrés l'un contre l'autre, Ryland et moi nous levons et nous dirigeons dans le hall.

Il s'avère que mes craintes que Dominique nous entende n'étaient pas fondées. Il s'est évanoui sur le canapé, sa tête posée sur l'un des accoudoirs et ses jambes étalées sur les coussins.

Quelque chose se serre dans ma poitrine quand je le regarde.

Je ne l'ai jamais vu endormi auparavant, et il y a une vulnérabilité dans ses traits qui n'est généralement pas présente lorsqu'il est éveillé — du moins, elle n'a pas été présente à chaque fois que je l'ai vu, ce qui, je l'admets, n'est pas si fréquent.

Il a l'air plus jeune comme ça et je me dis que

c'est probablement en partie parce qu'il *l'est*. Je suis plus jeune que mes trois hommes, et si Dominique est vraiment mon frère, il est encore plus jeune que moi. Quel âge avait-il quand ses parents adoptifs l'ont inscrit au jeu ?

A-t-il eu son mot à dire ?

Ont-ils eu des remords pour avoir forcé l'enfant d'un autre à risquer sa vie pour l'héritage de leur famille ?

La colère monte en moi, mais pour la première fois, ce n'est pas de la colère contre Dom. C'est de la colère contre les connards qui se faisaient appeler ses parents, qui me l'ont volé et lui ont menti toute sa vie.

Je suis contente qu'il se soit éloigné d'eux, même si ça l'a laissé K.O. et plein de sang, inconscient sur le canapé d'une planque.

« Salut, Rose. » Théo me sourit depuis le grand fauteuil dans lequel il est assis et tend la main pour me tirer vers le bas pour me donner un baiser quand je m'approche de lui.

« Hé. Tu t'es reposé ? »

Il hausse les épaules d'une manière qui me dit qu'il ne l'a pas fait du tout, mais qu'il ne veut pas l'admettre parce qu'il sait que je ne l'approuverais pas. Puis il fait un signe de tête vers la cuisine.

« Marcus et Victoria sont là-bas. Ils ont reçu un

appel de son gars il y a un petit moment. Il devrait bientôt envoyer des trucs. »

L'excitation bouillonne en moi. « Il a été capable d'accéder aux fichiers ? »

« On dirait qu'il a quelque chose, ouais. » Théo s'étire, en essayant de faire passer une tension au niveau du cou. « Ce qui signifie que nous devons commencer à penser à ce que l'on nous allons faire maintenant. »

« Salut. »

La voix froide de Victoria attire mon attention quand elle sort de la cuisine. Elle me jette un petit sac de voyage.

Ryland l'intercepte, sa main s'élançant pour l'arracher de l'air. Avec un regard pointé vers elle, il me le tend. Elle roule les yeux vers lui, puis jette un coup d'œil dans ma direction en levant le menton.

« J'ai oublié que je l'avais dans mon coffre. J'ai pensé que tu voudrais peut-être enlever cette robe. » Elle tourne la tête vers Ryland, un sourire trop doux sur son visage. « Désolée de ne pas en avoir pour vous les gars, mais je ne garde pas quatre lots de vêtements pour hommes dans ma voiture ».

« J'ai des trucs. » La voix de Dominique est groggy. Il se redresse lentement tandis que je pose le sac sur le bras de la chaise de Théo et l'ouvre, révélant un jean, des hauts et une paire de chaussures à l'intérieur. Il se frotte les yeux, grimaçant lorsque ses doigts effleurent l'ecchymose sur son front. « J'ai des armes supplémentaires stockées en bas aussi ».

Il se lève, se déplaçant lentement comme s'il testait s'il pouvait tenir debout. Je dois combattre l'envie d'aller lui offrir un bras sur lequel s'appuyer — si je commence soudainement à faire des trucs comme ça, il saura que quelque chose cloche.

En me détournant de lui, je jette un coup d'œil à Victoria en soulevant légèrement le sac. « Merci. Je vais aller me rincer et me changer. »

Je retourne dans le couloir de la salle de bain et laisse tomber le sac sur le sol. Mais quand je me regarde dans le miroir, je grimace.

Ma robe, autrefois magnifique, est tachée et en lambeaux. Mon corps n'est pas beaucoup mieux, car des bleus parsèment ma peau pâle et de petites stries de sang sèchent en un brun rougeâtre foncé. Mes yeux bleu-gris sont un peu ternes avec des cernes en dessous.

Le simple chignon que j'avais fait est maintenant complètement démoli et mes cheveux foncés frôlent mes épaules lorsque je descends la fermeture éclair de ma robe. Le tissu tombe doucement sur le sol et j'enlève mes talons et ma culotte avant d'ouvrir le robinet de la baignoire.

L'eau prend une couleur légèrement brunâtre pendant une minute à cause de la rouille et une fois qu'elle devient claire, je tire le petit bouton du robinet pour démarrer l'eau de la douche et j'y entre.

L'eau chaude coule sur moi et le jet chaud est à la fois apaisant et douloureux. Elle détend mes muscles tendus et fait disparaître la couche de crasse qui semble couvrir mon corps, mais elle me rend intensément consciente de chaque coupure et ecchymose qui se trouve sur ma peau.

Il y a une bouteille de gel douche pour homme sur une petite étagère encastrée dans le mur et je l'utilise pour savonner ma peau avant de faire mousser le shampoing dans mes cheveux.

Je ne m'attarde pas, ne prenant que le temps nécessaire pour être propre. Je change l'eau pour qu'elle passe au froid avant de l'éteindre, laissant échapper un glapissement étouffé à la piqûre de l'eau glacée. Mais je me sens plus alerte et beaucoup plus moi-même lorsque je sors et marche sur le carrelage lisse de la salle de bains. Il n'y a pas de tapis de bain et je ne trouve qu'une seule serviette, alors je l'utilise aussi parcimonieusement que possible.

Tordant mes cheveux pour les essorer, je les laisse sécher à l'air libre et je mets ma culotte avant d'enfiler le jean que Victoria m'a apporté. Je déteste remettre ce que j'ai porté hier soir, mais je préfère garder la même culotte que de ne rien porter sous les vêtements de Victoria.

J'enfile le débardeur, puis les chaussures en me regardant à nouveau dans le miroir. Nous ne sommes pas exactement de la même taille, mais au moins nous avons presque la même pointure. Ses vêtements me vont assez bien et j'ai de nouveau l'air humaine.

Alors que je suis en train de mettre la robe en boule autour de mon poing, me préparant à la jeter à la poubelle, quelqu'un frappe brutalement à la porte.

« Mon ange. » La voix de Marcus est étouffée par le bois, mais je peux quand même entendre l'intensité de sa voix. « Nous avons trouvé quelque chose. »

Chapitre 19

MA MAIN se crispe sur le tissu de ma robe abîmée. Puis je la déroule rapidement et la laisse tomber sur le sol en marchant vers la porte. Je m'en occuperai plus tard.

J'ouvre la porte d'un coup sec et je rejoins Marcus dans le couloir en suivant son rythme alors qu'il se dirige vers l'avant de la maison. Tout le monde est rassemblé dans la petite cuisine autour de l'ordinateur portable déglingué de Marcus.

Ryland est juste devant, mais il se déplace pour me faire de la place alors que Marcus et moi le rejoignons.

Je demande en balayant rapidement l'écran endommagé : « Vous avez trouvé quoi ? »

« Tout. » Théo a l'air véritablement suffisant et quand je le regarde, il me sourit. « Il avait cette merde cryptée pour une bonne raison. C'est le lien entre lui et la Vipère, toutes les petites pièces qu'il ne pouvait pas cacher. Les comptes dans un paradis fiscal où il cachait l'argent provenant des activités de la Vipère, les noms des intermédiaires qu'il utilisait pour ne jamais avoir à toucher directement aux affaires de la Vipère. C'est assez pour que si l'on met cette merde à jour, seul un putain de crétin ne puisse pas faire le lien. »

Je jette un regard de lui à Ryland, puis à Marcus, l'espoir emplit ma poitrine comme si quelqu'un l'avait gonflée d'hélium. « Donc c'est ça alors. Nous l'avons. Est-ce qu'on l'envoie à Gabriel et Michaël ? Est-ce qu'on essaie de le diffuser plus largement que ça ? »

« C'est ce que nous devons décider. » Marcus s'appuie sur le comptoir de la cuisine, ses longues jambes s'étirent tandis qu'il passe une cheville sur l'autre. Ses doigts effleurent distraitement les tatouages sur ses poignets.

« Pourquoi on ne voudrait pas le faire ? » Je fronce les sourcils. « On ne doit pas leur dire la vérité pour qu'ils nous laissent tranquilles ? »

Ryland grogne, s'éloigne de l'ordinateur et prend une chaise près de la petite table qui se trouve contre un mur. Il la fait tourner sur un pied pour qu'elle soit tournée vers l'arrière, puis l'enfourche en posant ses avant-bras sur le dossier. « Gabriel et Michaël sont tous les deux des mafieux. Deux des familles les plus puissantes d'Halston, en plus de Luca. Leurs organisations existent avec la bénédiction et la permission de Luca, mais ça ne veut pas dire qu'ils ne sont pas puissants par eux-mêmes. »

« N'est-ce pas une bonne chose ? Si on les met de notre côté, on aura d'autant plus une puissance de feu contre Luca. » Je fourre ma main dans la poche de mon jean d'emprunt, jetant un coup d'œil à la cuisine.

Dominique et Victoria se détournent également de l'ordinateur, faisant face au reste d'entre nous.

« Eh bien, ils s'opposeraient presque certainement à Luca », dit Théo en haussant les épaules. « S'ils seraient de notre côté ou pas ? C'est une question plus importante. S'ils décident de s'attaquer à Luca, ils se battront tous les deux pour le contrôle ultime d'Halston. Ce serait une putain de guerre des gangs qui atteindrait chaque coin de la ville. »

Ma peau frémit. Après avoir été poursuivie sur une route sombre par Gabriel et Michaël, j'ai une assez bonne idée de la façon dont ils peuvent se montrer vicieux. Et l'idée que des gens innocents soient pris entre deux feux me retourne l'estomac. Aucun de ces hommes n'a demandé à faire partie de ces conneries, pas plus que les autres personnes qui finiront par être blessées si une guerre de territoire éclate.

« Alors quelle autre option a-t-on ? »

« Nous ne le disons pas à Gabriel et Michaël. Nous ne donnons à personne les détails de ce que nous savons, sauf à Luca. » Marcus passe sa main sur sa mâchoire où l'ombre d'une barbe assombrit légèrement son teint.

Mes yeux s'écarquillent quand j'entends son idée, mais il ne me faut pas longtemps pour comprendre ce qu'il veut dire. « Du chantage. »

Il acquiesce. « Nous lui donnons le choix : prendre sa retraite comme il l'a promis, renoncer à diriger son empire ou on lui déclare la guerre. Soit il accepte le marché, soit il ne l'accepte pas. S'il refuse, alors on met notre menace à exécution et on répand la nouvelle partout. »

« Donc tu le fais chanter pour qu'il respecte les termes du jeu », dit lentement Victoria, les yeux plissés. « Dans ce cas, il doit déclarer un gagnant. Qui veux-tu que ce soit ? »

« Marcus », dit Théo immédiatement. Ryland acquiesce.

Marcus ne dit rien. Il observe simplement Victoria qui le regarde fixement pendant un long moment.

Puis, aussi vite qu'un serpent qui frappe, il se redresse et sort son arme de la ceinture de son pantalon et vise à la tête de Victoria.

« Réfléchis bien avant de faire ça », dit-il doucement.

Elle retire ses doigts de la poignée de son arme, qui est cachée dans le bas de son dos, glissée dans sa ceinture sous son chandail. Je ne pensais pas qu'elle était encore armée, mais il me vient à l'esprit qu'elle l'avait peut-être gardé dans le même sac où se trouvaient les vêtements.

Mon estomac se serre. Nous aurions dû garder un œil sur elle. *J'aurais* dû. C'est moi qui ai convaincu les gars de lui donner une chance de nous aider. Et la première chose qu'elle a faite après notre arrivée ici, c'est retourner à sa voiture et prendre une arme.

Heureusement, bien qu'elle se déplace rapidement, elle n'est pas aussi rapide que Marcus.

Sa main est toujours à quelques centimètres du métal noir de la poignée de son arme, Victoria le regarde avec colère, la mâchoire serrée.

« Il y aura de la place pour toi et ta famille pour continuer à fonctionner comme avant », lui dit Marcus d'un ton égal. « De la place pour prendre de l'essor, même. Nous n'interférerons dans aucune partie de ton entreprise et Ayla t'a déjà donné sa parole que Jaden sera en sécurité. C'est la meilleure offre que tu puisses avoir. »

Victoria ne bouge pas pendant plusieurs

minutes. Elle garde son regard fixé sur celui de Marcus tout en étudiant ses différentes options.

Je suis soudain frappée de voir à quel point ils se ressemblent tous les deux — tous les deux sont pleins de volonté et intenses, passionnés et déterminés. Dans une autre vie, dans un autre *monde*, peut-être que leurs fiançailles n'auraient pas été une farce.

Une ridicule poussée de jalousie monte en moi à cette idée, mais je la repousse.

Marcus ne veut pas d'elle.

Il *me* veut.

Il me veut tellement qu'il m'a traînée dans une chambre miteuse et m'a fait jouir sur ses doigts simplement pour prouver que je suis à lui et qu'il est à moi. Qu'il ne veut rien de ce que Victoria a à offrir. Qu'il accepte son aide uniquement parce que je le lui ai demandé.

Il m'a traîné dans cette pièce pour être sûr que je sache qu'il m'aime.

Et c'était exactement ce dont j'avais besoin.

Ce n'est pas exactement des cœurs et des roses, mais je n'ai jamais aimé cette merde de toute façon.

Le silence s'étire pendant un autre long moment. Puis le regard de Victoria se dirige vers Dominique. « Tu es d'accord avec ça ? »

Il hausse les épaules, l'air épuisé. « Ouais. Putain, je n'en veux pas. »

Elle plisse les yeux de manière un peu dédaigneuse, comme si elle était surprise qu'il abandonne si vite. Je le suis aussi, honnêtement.

Une lueur d'inquiétude me traverse. Il s'est peut-être cogné la tête plus fort que nous le pensions. Je me sens beaucoup mieux après avoir dormi un moment, mais cela ne semble pas avoir aidé Dominique. Il a toujours l'air mal en point.

Les lèvres de Victoria se rapprochent et forment une ligne dure. Puis elle secoue la tête. « Non. Luca peut te déclarer vainqueur pour sauver les apparences, mais une fois qu'il aura cédé le pouvoir — *si* nous arrivons à le convaincre — nous partagerons le contrôle de la ville. Cinquante-cinquante. »

Marcus rit de manière sinistre. « Pas une putain de chance. On va le partager en six. » Il jette un coup d'œil à Dominique. « À moins que tu ne sois sérieux en disant que tu n'en veux pas ? »

Les sourcils de Dominique se lèvent un peu et un semblant d'intérêt passe dans ses yeux. Il se redresse, l'air plus alerte. « Non. Je suis intéressé. »

« Donc vous trois et elle » — Victoria fait un geste vers moi — « prenez deux tiers du contrôle ? »

« Oui. » Marcus n'hésite même pas. Il ajuste légèrement la prise de son arme. « *C'est* ma dernière offre. »

Je retiens mon souffle en attendant sa réponse. Je pourrais facilement la voir insister pour avoir la moitié ou même essayer de pousser au-delà. Mais à quel point le veut-elle ?

Marcus lui offre une chance de paix, une chance de pouvoir, une chance de protéger l'homme qu'elle aime — le tout sans verser une seule autre goutte de sang.

S'il te plaît, prends-la.

Comme si elle avait entendu mon appel intérieur, Victoria acquiesce finalement et lève sa main, la tenant en l'air et loin de son arme.

« Très bien. Partagé en six. »

Le flot de soulagement me donne presque le vertige, mais je garde un visage aussi impassible que les hommes. Marcus acquiesce en baissant son arme, mais il ne fait aucun geste pour la poser ou la ranger.

« Cela signifie que nous devons organiser une réunion avec Luca », dit doucement Victoria en passant outre le fait que nous avons tous évité de justesse une fusillade. « En personne. Il ne fera pas ça d'une autre manière. »

« Nous avons besoin d'une sorte de territoire neutre alors. Quelque part où il ne pourra pas débarquer et nous tirer dessus. » Théo grimace. « Tous les terrains neutres que je connais à Halston ne sont neutres que parce que Luca les a déclarés ainsi. On pourrait y rencontrer quelqu'un d'autre en toute sécurité, mais pas lui. »

« Je sais où. » La voix de Victoria a une pointe d'amertume. « Le seul endroit où il ne créera pas de violence. »

Je demande : « Où ? »

Elle croise mon regard, son expression est dure. « La tombe de sa femme. »

Je m'étouffe presque en essayant de respirer. Ce n'est pas du tout ce à quoi je m'attendais. J'imaginais qu'elle allait suggérer un bâtiment en ville ou ailleurs, dans l'un des rares endroits d'Halston contrôlé par quelqu'un d'autre que Luca.

« La tombe... de sa femme ? »

« Il la considère comme une quasi sainte. » dit-elle en haussant les épaules. « Plus encore que sa maison. Il ne nous attaquera pas là-bas, j'en suis sûre. Pas à moins que nous tirions les premiers. »

« Comment sais-tu ça ? » Marcus a l'air méfiant et je ne peux m'empêcher de remarquer que son doigt est toujours posé sur la gâchette de son arme.

L'amertume dans sa voix s'approfondit. « Jaden me l'a dit. Luca l'a fait venir pour une négociation une fois et c'est l'endroit qui a été choisi. Luca aimait sa femme plus que tout. Tout le monde à Halston le sait. Luca était furieux que l'acheteur ait choisi ce lieu de rencontre spécifiquement parce qu'il ne veut pas ternir sa mémoire avec du sang. »

Je murmure : « Non, il veut juste voir le sang couler partout *ailleurs* ».

Victoria me lance un regard perçant, mais je suis sûre que la colère dans ses yeux n'est pas dirigée contre moi. Elle est destinée à Luca.

« C'est logique », dis-je aux gars en m'avançant. « Nous savons déjà à quel point il était dévoué à sa femme. La perdre l'a anéanti, mais après avoir lu la lettre qu'il a écrite, je ne suis pas surprise qu'il considère son lieu de sépulture comme une terre sacrée. Elle était tout pour lui. »

Ryland acquiesce lentement, semblant réfléchir aux implications de ce que Victoria a en tête. « Nous pouvons le faire ce soir. Partir d'ici juste après le crépuscule et se mettre en position avant de contacter Luca. En plus d'être un terrain neutre, ce n'est pas un mauvais endroit pour ce genre de chose. Les pierres tombales fourniront une bonne couverture, et je suis sûr que ce n'est pas bien éclairé. Si tout dérape, il y a des endroit plus compliqués où se trouver. »

« Très bien. » acquiesce Marcus et il replace finalement son arme dans sa ceinture.

Il s'avance et tend la main, et bien que sa mâchoire soit serrée au point de faire ressortir les muscles de sa joue, il garde une expression neutre en attendant que Victoria accepte.

Putain Dieu merci, elle ne le fait pas attendre. Sa petite main s'avance pour attraper la sienne, et ils se serrent la main. Une fois.

C'est tout, mais c'est suffisant.

« J'ai quelques armes et d'autres munitions planquées dans le sous-sol », dit Dom en lissant ses cheveux foncés indisciplinés. « Rien d'extraordinaire, mais ça nous donnera plus de puissance de feu que ce que nous n'en avons à date. »

« Bien. » Marcus jette un coup d'œil à mon frère. « Montre-nous. Ensuite, quiconque n'a pas encore dormi devrait se reposer. Nous avons encore au moins cinq heures avant le coucher du soleil, donc nous devrions en profiter. »

Notre réunion improvisée dans la cuisine s'interrompt et les hommes suivent Dom au sous-sol pour prendre les armes supplémentaires.

Je reste seule avec Victoria dans la cuisine et je me déplace car je suis mal à l'aise en la regardant. Je suis peut-être prête à l'accepter comme alliée, mais nous sommes loin d'être amies.

Pourtant, je me surprends à ressentir du respect pour elle. Certes, elle a essayé de faire chanter Marcus pour l'épouser, mais elle a renoncé à sa demande. Elle y a renoncé dès qu'elle a réalisé que le jeu était une illusion. Et je dois respecter la rapidité avec laquelle elle s'est adaptée à une avalanche de nouvelles informations.

Elle aurait pu garder de vieilles rancunes ou s'accrocher à son plan initial, mais au lieu de cela, elle a accepté la chance de travailler avec nous pour faire tomber Luca.

Elle a même accepté un sixième seulement du prix pour lequel elle pensait se battre.

Pendant tout ce temps, elle n'a pas joué le même jeu que les autres. Son jeu avait un seul objectif.

Sauver Jaden.

C'est plus difficile de la détester quand je sais qu'elle est capable du genre d'amour qui pousse une personne à aller en enfer. C'est dur de la détester quand je vois dans ses yeux la même chose que je sens dans les miens quand je regarde mes hommes.

Un amour féroce, protecteur, *dévorant*.

Mais ça ne veut pas dire que je sais comment lui parler.

Heureusement, elle m'évite cette peine en me faisant signe de m'approcher tandis qu'elle se tourne vers l'ordinateur portable.

« Viens ici. Je vais te montrer la disposition du cimetière. C'est le plus grand qu'on puisse trouver à Halston, il y a donc plusieurs entrées et sorties. Je n'ai qu'une idée générale de l'endroit où se trouve la pierre tombale de sa femme, mais je sais qu'il y a une statue d'ange géante au-dessus, donc ça ne devrait pas être difficile à trouver. »

Elle tape sur quelques touches et affiche le site web du cimetière, et clique sur une carte qui montre le réseau de routes à voie unique qui sillonnent la zone étendue. Puis elle pointe du doigt un endroit sur l'écran, vraisemblablement là où la femme de Luca est enterrée.

« Voilà. » Elle me jette un coup d'œil de côté en souriant légèrement. « Ça semble approprié, n'est-ce pas ? Sous la statue d'un ange, nous aurons une réunion avec le diable. »

Chapitre 20

Le reste des heures de la journée semble passer à toute vitesse.

Je ne peux pas dire si c'est une bonne ou une mauvaise chose. D'un côté, j'ai très envie d'en finir avec tout ça. Je suis plus nerveuse à propos de notre rencontre avec Luca ce soir que je ne l'étais pour aller à sa fête, et ça veut dire quelque chose.

D'un autre côté, ces dernières heures avant notre départ me semblent précieuses. Ce sont les dernières heures où je sais que nous serons tous en vie, que nous serons tous ensemble et en sécurité.

Chaque fois que je me pense à cela, j'ai une envie presque irrésistible d'attraper les trois gars, de les traîner dans la chambre, et de dire à Victoria et Dominique d'aller se faire foutre pendant que je déchire les vêtements de mes hommes. Mais même si je suis désespérée de ressentir encore une fois cette connexion avec eux, de me délecter du fait que nous sommes tous encore en vie, je sais qu'ils sont aussi épuisés que moi. Et aussi tentante que soit l'idée d'une partouze en ce moment, c'est probablement la pire façon de se préparer à un affrontement avec le plus dangereux des criminels d'Halston.

Alors j'essaie juste de me préparer pour ce soir.

J'ajuste l'étui de cuisse à ma jambe par-dessus mon jean d'emprunt. Il n'est plus caché comme il l'était sous la robe, mais la subtilité ne semble plus être le but recherché.

Victoria et moi montrons aux gars les idées que nous avons trouvées pour entrer dans le cimetière et comment nous positionner pour la rencontre avec Luca. Nous définissons aussi des plans d'urgence et déterminons où se trouvent les plus grandes tombes — tout ce qui nous permettra de mieux nous couvrir.

Après cela, chacun se sépare pour se reposer ou se doucher.

Et puis, avant que je ne m'en rende compte, les ombres se creusent et la lumière qui passe par les fenêtres devient dorée à l'approche du coucher du soleil.

Nous n'avons plus le temps.

Et je ne suis pas prête, putain.

Le soleil descend encore plus bas et au moment

où il fait presque nuit dehors, après que Victoria ait regardé par la fenêtre, elle fait un signe de tête plein de satisfaction. Elle se tourne pour observer le reste du groupe, sachant que nous sommes tous rassemblés dans le salon.

« Chargeons. »

Mon cœur s'accélère immédiatement dans ma poitrine et une vague d'adrénaline m'envahit. Mon estomac se serre, d'autant plus après le fast-food que Théo et Ryland sont allés chercher plus tôt en s'éclipsant quelques temps.

Je sais que j'avais besoin de manger, mais à ce moment-là, j'aurais préféré ne pas le faire, parce que je sens que je pourrais tout vomir.

Théo se penche vers moi, prenant ma main et m'aidant à me relever. Mais au lieu de me conduire vers la porte du garage, il me prend contre lui et m'entoure de ses bras.

Puis il baisse la tête et m'embrasse.

C'est doux, mais il y a comme une urgence derrière qui me fait frissonner jusqu'aux orteils. Je sens toutes les émotions qui se bousculent dans ma poitrine se refléter dans le baiser de Théo, comme s'il essayait de marquer ce moment dans le temps, de faire une marque sur laquelle on pourra toujours revenir. Comme s'il essayait de préserver notre amour pour l'éternité.

Le baiser s'intensifie, et je me fous complètement que Dominique et Victoria me regardent.

Je *sais que* mes autres hommes sont aussi en train de m'observer.

Je peux sentir leurs regards comme s'ils nous brûlaient, sentir le désir qui monte en eux alors qu'ils nous regardent et attendent patiemment que je vienne vers eux.

Et je le fais.

Bien sûr que oui.

Lorsque Théo et moi nous nous séparons enfin, il m'embrasse doucement sur le nez, puis me relâche. Je n'ai plus de jambes alors que je me tourne vers Ryland. Il s'avance à ma rencontre, passant un bras autour de mon dos tandis que l'autre écarte une petite mèche de cheveux de mon visage. J'ai emprunté un élastique de Victoria et j'ai ramené mes cheveux foncés en une queue de cheval désordonnée après qu'ils aient séchés.

Après avoir fixé la mèche de cheveux derrière mon oreille, Ryland fait glisser ses doigts doucement sur la courbe de ma joue, son contact est si révérencieux qu'il me fait frémir. Puis il saisit mon menton entre son pouce et son index, afin d'incliner ma tête vers le haut avant de prendre mes lèvres dans un baiser chaud.

Putain, j'adore quand il m'embrasse comme ça.

Quand je peux sentir l'urgence en lui.

Le désir violent.

Je ne me contente pas de le laisser me submerger. Je me lève pour aller à sa rencontre, me mettant sur la pointe des pieds pour faire glisser ma langue contre la sienne, passant mon bras autour de son cou pour m'ancrer à lui alors que la tempête fait rage en nous deux.

Ses doigts s'enfoncent dans mon dos, ses larges paumes se déplaçant sur moi brutalement et me tirant encore plus près.

Ça ne se termine pas doucement, tout comme ça avait démarré d'ailleurs. Au lieu de cela, nous séparons nos lèvres, respirant péniblement tous deux. Pendant une seconde, son emprise sur moi se resserre encore plus, rendant la respiration impossible. Puis il me relâche et recule, avec un regard plein de détermination.

Je connais ce regard. Cette détermination.

Je le ressens aussi en moi.

Marcus est là avant même que je ne doive le chercher, la chaleur de son corps réchauffe mon dos alors qu'il s'avance derrière moi. Il me fait tourner dans ses bras, sans même prendre la peine de m'éloigner de Ryland. Je me retrouve pratiquement prisonnière entre eux alors que Marcus me regarde.

Brun et bleu.

La terre et l'air.

Il est difficile de se souvenir d'une époque où ces

yeux et l'homme derrière eux ne possédaient pas une partie de mon âme.

Peut-être que c'est parce qu'une telle époque n'a jamais existé. Peut-être que Marcus détenait une partie de mon âme avant que je ne le rencontre. Avant que je ne sauve sa vie. Avant qu'il ne sauve la mienne.

Je pose ma main sur son torse, coincée entre nos corps alors qu'il me tient dans son étreinte. Son cœur bat fort et vite, mais de façon régulière. *Sûr.*

Je hoche la tête en soutenant son regard.

Honnêtement, je ne sais pas vraiment ce que j'essaie de lui dire avec ce signe de tête. Tout ce que je sais, c'est que ce que je ressens est trop grand pour mettre des mots dessus.

Mais je veux qu'il sache que je suis là avec lui. Que j'irais *n'importe où* avec lui. Et peu importe ce qui se passe ce soir, je veux qu'il sache que je ne regretterai pas un seul des instants passés dans ma vie avec lui, Théo et Ryland.

« Je n'ai pas fini, mon ange », murmure-t-il doucement. « Nous n'avons pas fini. »

Puis il m'embrasse.

C'est chaud et langoureux, lent et profond. Une promesse qui correspond à ses mots. Une promesse de *plus.*

La pièce semble s'assombrir autour de moi, s'effaçant au fur et à mesure que je me perds dans la sensation parfaite des lèvres de Marcus sur les miennes. Je peux encore sentir le goût de Théo et Ryland sur ma langue, je peux encore sentir leurs parfums distinctifs et persistants, et cela fait plus pour apaiser mes nerfs que n'importe quelle parole apaisante.

Nous sommes ensemble.

C'est ainsi que nous ferons face à cette menace.

Et c'est comme ça qu'on va gagner.

Lorsque nos lèvres se séparent, Marcus pose son front sur le mien pendant un instant, puis recule. Le reste de la pièce me revient en conscience et j'aperçois Victoria debout devant la porte du salon, les bras croisés.

« Tu as fini ? » demande-t-elle en fronçant les sourcils.

Je ne prends même pas la peine de rougir. Au lieu de ça, je hausse les épaules. « Pour l'instant. »

Théo rit et Victoria roule des yeux. Je pense que *Dominique* rougit un peu et semble vaguement mal à l'aise.

Merde. S'il savait que je suis sa sœur, il serait probablement rouge comme une tomate.

Je mets de côté mes pensées de protection fraternelle et je fais un pas vers Victoria. « Allons-y. »

Elle nous conduit au garage et nous nous entassons tous dans sa voiture. C'est fait de façon moins malhabile cette fois puisque je n'ai pas de robe pour gêner mes mouvements, mais c'est toujours aussi serré.

C'est la seule option que nous ayons et je préfère que nous restions ensemble. Ce n'est pas que je n'aie pas entièrement confiance dans les deux autres, mais... eh bien, je n'ai pas entièrement confiance en eux. Je préférerais avoir les yeux sur eux à tout moment jusqu'à ce que ce soit fini.

Marcus est à nouveau assis devant, bien qu'il ne brandisse pas son arme cette fois comme s'il pensait à mettre une balle dans la tête de Victoria. C'est un progrès, je suppose.

Le cimetière se trouve dans le quartier ouest d'Halston, à quelques kilomètres seulement de mon ancien appartement. Je suis passé en marchant devant ce vaste cimetière une ou deux fois, mais je ne suis jamais entrée dans l'enceinte.

La nuit est déjà tombée lorsque nous arrivons, Marcus se glisse hors de la voiture et s'approche de la porte. Il utilise une paire de pince coupante pour briser la chaîne qui maintient les deux côtés de la porte en fer forgé fermée pendant que Victoria laisse le moteur tourner au ralenti. Il donne une poussée à la porte qui s'ouvre.

D'un pas aisé, il retourne à la voiture et remonte sur le siège passager. « Très bien. Allons-y. »

Victoria roule à travers le portail ouvert avec un sourire féroce sur ses lèvres.

Quelques lampadaires espacés se trouvent le long de la route sinueuse qui nous mène plus profondément dans le cimetière, mais ils sont plus faibles que les lampadaires qui éclairent les routes à l'extérieur.

Les pierres tombales et les statues créent des ombres sombres et sans forme de part et d'autre de l'étroit chemin, me rappelant étrangement les grandes silhouettes de mes rêves.

Vu que nous avons étudié la disposition des lieux un plus tôt, je sais que nous nous dirigeons vers l'ouest, vers l'autre côté du cimetière où se trouve la pierre tombale de Geneviève. Après quelques minutes, Victoria se range sur le côté de la route, sa voiture rebondit un peu sur l'herbe et la terre bosselées. Elle s'arrête et éteint les phares, nous plongeant dans une obscurité encore plus profonde.

« Ça devrait être quelque part là-haut. Geneviève d'Addario. Avec un ange sculpté dans du marbre blanc placé au-dessus de la tombe. »

Théo me met une petite tape sur les fesses lorsque Dominique ouvre sa porte et sort, et je lui adresse un sourire, tout en frottant un peu mes fesses contre son entrejambe avant de suivre mon frère en dehors de la voiture.

L'air de la nuit semble frais après avoir passé du temps aussi nombreux dans la voiture et je frotte mon bras abîmé quand la chair de poule commence à recouvrir ma peau et que les nerfs de mon moignon sont exacerbés par ces frissons. La tension de l'étui de cuisse attaché à ma jambe offre toutefois une sensation réconfortante. Rassurante, en quelque sorte.

Les gars attrapent quelques équipements dans le coffre puis nous commençons à marcher.

Il nous faut plusieurs minutes de recherche, mais nous localisons la statue à au moins une douzaine de mètres de la petite route. L'ange de marbre émerge de l'obscurité, ses ailes blanches brillent même dans la faible lumière.

Nous nous rassemblons juste en dessous, devant la pierre tombale qui porte le nom de Geneviève. Je déplace mon poids d'un pied sur l'autre, me sentant presque superstitieuse à l'idée de fouler sa tombe comme ça. Je comprends pourquoi Luca la considère comme une terre sacrée.

Espérons juste qu'il va la respecter ce soir.

Marcus sort son téléphone, ses pouces survolant l'écran tandis qu'il tape rapidement un message. Puis il lève les yeux, la partie inférieure de son visage est éclairée par la douce lueur bleue de l'écran.

« C'est fait. Il a reçu le message et il sait où nous sommes. Maintenant on attend juste de voir s'il va venir. »

Si je pensais qu'attendre toute la journée l'arrivée du coucher du soleil était une torture, ce n'est rien comparé au fait d'attendre Luca. L'air frais semble devenir de plus en plus froid et je me surprends à fixer les ombres des pierres tombales comme si je m'attendais à ce que Luca se matérialise derrière l'une d'elles comme un démon dans la nuit.

Lorsqu'il arrive enfin, c'est le léger crissement des roues sur le gravier qui nous avertit de sa présence.

Instantanément, mes trois hommes pointent leurs armes dans la direction du bruit.

Le craquement s'arrête, et un instant plus tard, une porte se ferme avec un léger bruit sourd. Je n'ai même pas entendu le moteur du tout. Quelle que soit la voiture que Luca conduit, elle est assez luxueuse et chère pour fonctionner sans faire quasiment de bruit.

Mes yeux se sont adaptés à l'obscurité aussi bien qu'ils le peuvent, mais j'ai encore du mal à distinguer le visage de Luca qui s'approche de nous depuis la route. Ce n'est que lorsqu'il est à quelques mètres de nous que je peux distinguer ses traits anguleux, semblables à ceux d'un faucon.

Il s'arrête avant de nous rejoindre, croisant ses mains derrière son dos alors qu'il lève le menton, surveillant notre petit groupe hétéroclite.

« Eh bien. » Il fait un bruit de *tsk* avec ses dents. « C'est décevant. »

« Personne n'est plus déçu que nous », répond Marcus, d'une voix aussi fade que celle de Luca.

Je réalise avec un sursaut pourquoi Théo et Ryland ont tous les deux voté immédiatement pour que ce soit Marcus qui accepte le gain, si nous parvenons à convaincre Luca de se retirer. Il est bon pour ça. Il est *fait* pour ça.

Luca et son putain de jeu ont fait de Marcus ce qu'il est aujourd'hui.

Et maintenant Marcus va le faire tomber.

« Le jeu est terminé, évidemment. » Luca hausse les épaules. « Vous êtes trop nombreux à savoir pour que ça continue. » Il fronce les sourcils, jetant un coup d'œil à Victoria. « Je suis surpris de te voir ici. J'ai entendu des histoires sur toi et je sais à quel point tu peux être vicieuse. Je ne pensais pas que tu leur laisserais une chance de parler avant de les tuer. »

« Ce n'était pas exactement volontaire. » Sa voix est glacée lorsqu'elle s'adresse à Luca, son regard est fixé sur lui comme un laser.

« Ah. Je vois. »

Il ne regarde même pas Dominique et je sens un coup de poignard de colère dans ma poitrine. Il a rejeté l'autre homme sans ménagement et cela me fait penser que Dominique n'avait pas tort de penser que Luca était sur le point de le mettre hors-jeu avant que tout ne parte en vrille.

« On ne t'a pas fait venir pour discuter et ce n'est sûrement pas pour ça que tu es venu », dit Marcus. « Nous savons que tu es la Vipère. Que tu as menti aux douze familles qui ont proposé leurs héritiers pour avoir la chance de te succéder. Que tu as menti à tous ceux avec qui tu fais affaire à Halston. Tu les as trahis en passant des accords avec eux en tant que Luca et la Vipère. Tu les as trompés. Si nous partageons ce que nous savons, il y aura une révolte. Une révolte que tu ne pourras pas arrêter toi-même. »

Les yeux de Luca brillent dans l'obscurité. « Tu n'en sais rien. »

« Je sais que si tu voulais une guerre, tu en aurais déjà commencé une. » Marcus ajuste sa prise sur son arme. « Tu n'aurais pas joué à ce putain de jeu élaboré. Tu voulais que nous souffrions. Tu voulais que d'autres parents perdent leurs enfants. Eh bien, c'est ce que tu as fait. Veux-tu que d'autres innocents meurent dans une guerre que tu pourrais empêcher ? Est-ce que c'est ce que Geneviève voudrait ? »

Le corps du vieil homme est secoué comme si Marcus lui avait asséné un coup physique. « Ne prononce pas son nom. »

Marcus baisse la tête, c'est le seul signe de respect que je l'ai vu donner à cet homme depuis son arrivée. Peut-être est-ce parce qu'il a une idée de la douleur qui fait rage dans la poitrine de Luca. « Très bien. Mais ma question demeure. Si toutes les organisations criminelles d'Halston te pistent, tu n'y survivras pas. Aucune d'entre elles n'est peut-être aussi puissante que la tienne, mais si elles décident toutes que tu représentes l'ennemi commun, comment penses-tu que ça va se passer ? Tu *pourrais* participer à ce combat. Ou tu pourrais t'éloigner et vivre. Démissionne comme tu l'avais promis, donne-moi vainqueur et transfère ton pouvoir de manière pacifique. »

« Toi ? » Les yeux de Luca se rétrécissent, puis il jette un coup d'œil au reste d'entre nous. « Vous êtes tous d'accord avec ça ? »

« Oui. »

C'est Victoria qui parle pour nous et la conviction dans sa voix me surprend, vu comment elle a réagi quand Théo a nommé Marcus. Mais encore une fois, ce n'est pas le plan *actuel*. Personne n'a dit à Luca que nous allons tous diviser son empire s'il accepte de se retirer et je ne vois aucune raison de le faire.

Il ne nous croirait probablement pas de toute façon. Tout son jeu était basé sur l'idée de monter les gens les uns contre les autres avec un vainqueur qui dominerait tous les autres — si tant est qu'il reste des survivants.

L'expression de Luca devient pensive. « Vous savez, j'ai pris beaucoup plus de plaisir à regarder le jeu se dérouler que je ne l'aurais cru. Je me suis retrouvé à recevoir des rapports de mes hommes après la bataille ou à vous observer lors d'une de mes soirées et à me demander lequel d'entre vous ferait le meilleur travail à ma place. » Il rit doucement. « En fait, je me suis surpris à croire à mon propre mensonge. Imaginant ce qui se passerait *si* je me retirais et permettais à l'un d'entre vous de prendre ma place. »

Une petite lueur d'espoir danse dans ma poitrine, comme la flamme d'une bougie dans le vent.

Est-ce qu'il réfléchit vraiment au fait d'accepter notre offre ?

J'espérais que la menace d'une révolte pourrait le convaincre, mais je ne suis même pas sûre que ce soit ce qui l'ait fait réfléchir. Il semble presque mélancolique quand il parle et je le crois ce qu'il a dit quand il évoquait le fait de s'être convaincu de son propre mensonge.

Qu'il le veuille ou non, et quelles que soient les raisons tordues qui l'ont poussé à créer ce jeu, il s'est investi dans les joueurs. Et sachant ce que les cinq personnes qui se tiennent à mes côtés ont traversé — en ayant été moi-même témoin de certaines choses — il est facile de voir qu'elles ont toutes la force et le courage de diriger un empire.

Luca ouvre à nouveau la bouche et je prie pour qu'il soit sur le point de dire à Marcus qu'il va le nommer gagnant. Dans cette attente, mon corps se tend. Mais avant qu'il prenne la parole, quelque chose attire mon attention.

Ryland se tient à ma gauche et un petit point rouge traverse son épaule et glisse sur sa poitrine.

Mon estomac se noue.

J'attrape son bras et le tire vers le bas, me jetant au sol et l'entraînant avec moi alors qu'un morceau de la statue de marbre au-dessus de la tombe de Geneviève explose vers l'extérieur.

Je crie : « Sniper ! »

Chapitre 21

« Enculé ! »

« Fils de pute ! »

Théo et Marcus tombent aussi à terre en maudissant Luca.

Ma première pensée est que le parrain du crime a dû amener une équipe avec lui pour nous éliminer. Mais alors qu'une autre balle frappe la pierre tombale derrière moi, j'aperçois le visage de l'homme âgé.

Il ne s'attendait pas à ça.

Ce ne sont pas ses hommes.

« Gabriel et Michaël ! » Je crie, rampant comme un soldat maladroitement sur l'herbe fraîche alors qu'une série de tirs rapides retentit sur la pierre.

« Putain. » Marcus jure, se cachant derrière la

base de la statue de l'ange et m'entraînant à l'abri avec lui.

« Ces enculés », grogne Ryland. « Ils essaient toujours de gagner le jeu. »

Il a raison. Ils nous tirent dessus, mais on dirait qu'ils se tirent aussi dessus entre eux, probablement pour essayer de s'éliminer avant de nous tuer et de réclamer leur « gain ».

Mon cœur claque contre mes côtes tandis que j'arrache l'arme de mon étui de cuisse. Peut-être aurions-nous dû leur dire ce que nous savions, mais si nous l'avions fait, ils auraient poursuivi Luca bec et ongles et nous serions toujours pris entre deux feux.

Autant miser sur une issue pacifique.

Luca se baisse sur le côté alors que d'autres balles volent dans l'air. Je ne pense pas que les mafieux lui tirent dessus, mais il risque quand même d'être touché par les feux croisés.

« Nous devons éliminer ces putains de snipers », grogne Marcus, le dos appuyé contre la base de la statue de l'ange qui domine, tandis qu'il regarde autour de son bord.

L'obscurité est à la fois une bénédiction et une malédiction, et je plisse les yeux et me baisse lorsqu'un autre tir retentit. Un éclat de lumière dans les arbres à ma droite attire mon attention et je donne un coup de coude dans les côtes de Marcus en secouant la tête. « Là. »

Il jette un coup d'œil dans la direction que je lui indique et je peux juste distinguer un petit mouvement dans l'obscurité. Il y a quelqu'un là-bas. Je ne sais pas si c'est Michaël ou Gabriel, mais ça n'a pas vraiment d'importance.

Marcus presse un baiser dur sur mes lèvres. Ses lèvres ont le goût de la violence et du chaos, et elles disparaissent bien trop vite.

« Reste ici », murmure-t-il. « Ne bouge pas. On va les éliminer. »

« Ry et moi allons nous occuper de ces enfoirés. » Théo indique une autre direction où le deuxième groupe d'assaillants se cache entre les arbres et les pierres tombales. « Nous les prendrons sur le flanc. »

« Je viens avec toi », dit Victoria à Marcus en sortant une deuxième arme et en s'accroupissant.

Il semble sur le point d'objecter, mais avant qu'il ne puisse ouvrir la bouche, une balle frappe la statue, projetant des morceaux de marbre et de la poussière. Il acquiesce une fois, brusquement, puis jette un regard à Dominique. « Ne va pas n'importe où, putain. »

Je sais ce qu'il dit à l'homme, je peux entendre l'avertissement sous ses mots. *Ne laisse pas Ayla.*

S'il est prêt à me laisser avec Dom, ça montre à quel point on est foutu. Mais si ces snipers ne sont pas stoppés, ils vont bientôt se rapprocher de nous et tous nous tuer.

Pourtant, alors que Ryland et Théo s'éloignent de la base de la statue, utilisant les pierres tombales comme couverture, je ne peux m'empêcher de me souvenir de la dernière fois où nous nous sommes séparés. Un horrible sentiment de crainte me tord l'estomac en me rappelant l'affrontement que Marcus et moi avons eu avec Carson. Je me souviens que je ne savais même pas si Ryland et Théo étaient encore en vie, avant de me réveiller couverte du sang de Marcus.

Je ne peux pas laisser cela se reproduire.

Je sais qu'ils veulent me protéger, mais je dois aussi les protéger.

Marcus et Victoria sprintent à travers l'herbe, tirant dans l'obscurité du cimetière à mesure qu'ils avancent. Un autre tir touche la statue de l'ange et je jette un coup d'œil autour de la base, en scannant la zone près de la tombe de Geneviève.

J'aperçois Luca, toujours à couvert derrière une pierre tombale, et une seconde plus tard, de nouveaux coups de feu retentissent avec un bruit de *pop, pop, pop*. Ils viennent de la direction de la petite route où il a laissé sa voiture.

Donc il a apporté du renfort après tout.

Et je suis sûre que ses gardes ne seront que trop heureux de tuer quiconque dans ce cimetière, que ce soit nous ou les connards qui nous tirent dessus en utilisant l'obscurité.

Un des hommes de Luca se fait toucher à l'épaule et j'ai un moment de gratitude pour le fait qu'ils attirent au moins les coups de feu de Michaël et Gabriel. Ça pourrait donner à mes hommes une chance de trouver les snipers et de les éliminer.

Des cris commencent à s'élever à proximité et je reconnais parmi les voix celle profonde de Ryland. Puis d'autres coups de feu retentissent.

Je regarde à nouveau autour de la base de la statue. Les hommes de Luca l'ont atteinte et ils tirent à couvert pendant qu'il se lève.

Putain. On ne peut pas le laisser s'en tirer comme ça. On doit en finir. Ce soir.

Sans m'arrêter pour réfléchir à ce que je fais ou laisser la panique s'emparer de moi, je me mets en position accroupie, me penchant plus loin sur le côté de la statue et je vise le groupe de gardes qui entoure Luca.

Ma première balle passe à côté, mais la seconde touche un homme dans le dos. Il tombe à terre et les trois autres pivotent doucement, levant leurs armes pour me tirer dessus.

« Merde ! » Je me jette à nouveau derrière la statue, respirant difficilement, mon cœur claquant contre mes côtes. Je me tourne vers Dominique. «

On ne peut pas le laisser partir. Nous devons l'arrêter, putain. »

Il acquiesce, son visage est sombre dans l'obscurité.

Puis il se lève d'un bond, contourne la statue et tire sur les gardes de Luca. Alors qu'ils ripostent, je m'élance à nouveau et en touche un autre — le même garde qui a été touché à l'épaule par le sniper de Gabriel ou de Michaël. Il tombe et ne se relève pas.

Deux autres.

Juste deux de plus.

Luca nous tire dessus aussi et je peux entendre son hurlement de colère par-dessus le bruit des combats qui se déroulent à ma gauche et à ma droite. Tout ce que je peux faire c'est prier silencieusement pour que Marcus, Théo et Ryland soient encore en vie alors que je concentre toute mon énergie pour arrêter Luca.

Un autre garde tombe à terre, éliminé par Dominique, et Luca se tourne vers lui, tirant trois coups rapides.

Le corps de Dom est secoué. Il émet un faible grognement et tombe en arrière, s'écrasant sur la terre herbeuse qui entoure les tombes.

Mon cœur semble s'arrêter de battre pendant une seconde, la bile remonte dans ma gorge alors que je regarde son corps étalé maladroitement sur le sol.

Trois coups.

Pourquoi est-ce que c'est toujours trois coups de feu ?

Mes cicatrices me piquent douloureusement et je rampe jusqu'à Dominique, saisissant une de ses jambes et le tirant derrière le socle de la statue. Son visage semble flou dans l'obscurité et je réalise en sursaut que c'est parce que les larmes me montent aux yeux.

« Dominique ? Dominique ! » Mes doigts glissent sur son cou, cherchant désespérément un pouls. « Caleb ! »

Ses yeux s'ouvrent. Ses traits sont flous dans la faible lumière, mais le clair de lune brille dans ses yeux quand il me regarde. Un filet de sang coule du coin de sa bouche et je ne peux pas dire si c'est parce qu'il s'est mordu la langue quand il est tombé ou pour une raison bien pire.

« Nous devons l'arrêter », murmure-t-il, les mots sont hachés et cassés. « Nous ne pouvons pas... le laisser partir. »

Il a raison. Je sais qu'il a raison. Luca est probablement en train de rejoindre sa voiture en ce moment, et s'il quitte le cimetière, nous n'aurons jamais une autre chance de mettre fin à tout ça. Pas sans une guerre totale.

Mais le sang coule de la blessure à la poitrine de Dominique et je ne sais pas où d'autre il a été touché. Je ne sais pas combien de temps il a.

Il a besoin d'une pression sur la blessure par balle. Il a besoin d'un putain de docteur. Il a besoin...

Dom repousse brutalement ma main quand j'essaie de la presser contre son torse. « Ne fais pas ça », il râle. « Juste... arrête-le. »

Ma peau est froide, même si je sens la sueur couler dans mon dos. Je n'ai pas le temps de me décider. Le temps de *penser*.

Il me pousse à nouveau, le mouvement est vigoureux même si la force derrière est faible. « Vas-y ! »

Je saisis sa main, la serrant si fort que ma propre main me fait mal. « *Ne* meurs *pas*, putain. Je ne vais pas encore perdre mon frère. »

Puis je ramasse mon arme à l'endroit où je l'ai laissée tomber sur l'herbe, glissant mon doigt sur la gâchette alors que je me précipite pour regarder à nouveau autour de la statue.

J'avais raison. Luca est sur le point de s'échapper. Je l'aperçois, lui et son garde du corps, en train de sprinter sur la distance restant jusqu'à sa voiture, et mon cœur s'emballe.

Des coups de feu et des cris résonnent toujours dans le cimetière qui m'entoure, et j'espère de tout cœur que tous les hommes de Gabriel et Michaël sont occupés ailleurs — et que mes hommes ont déjà réussi à éliminer leurs snipers. En disant une prière à n'importe quel dieu qui pourrait m'entendre, je saisis mon arme et je sprinte dans l'herbe en gardant la tête baissée.

J'entends le bruit sourd des portières et je vois les feux arrière de la voiture de Luca qui démarre. Avant que je ne l'atteigne, elle s'envole à toute vitesse sur la route.

Merde.

Mon esprit s'emballe et me ramène aux cartes du cimetière que j'ai étudiées plus tôt dans la journée. Le réseau de routes qui sillonne ce grand espace est conçu pour permettre aux gens d'accéder aux tombes de leurs proches, mais aucune de ces routes ne traverse en ligne droite. Elles empruntent toutes des chemins sinueux et détournés.

Si Luca se dirige vers l'entrée sud, il y a peut-être une chance que je puisse l'intercepter.

Chapitre 22

Je ne m'arrête pas pour débattre de la sagesse de mon plan. Je ne m'arrête pas pour me donner le temps de penser à toutes les façons dont il pourrait échouer.

Lorsque j'arrive à l'endroit où se trouvait la voiture de Luca, je continue à courir, traversant la route et m'enfonçant dans l'obscurité du cimetière. Si je me souviens bien de la carte, l'entrée devrait être directement au sud de l'endroit où nous nous trouvons, mais Luca et son garde devront faire un large arc de cercle avant de couper sur la route qui les mènera hors du cimetière. Ils ne peuvent pas couper à travers l'herbe car les pierres tombales sont placées trop près les unes des autres pour permettre à une voiture de passer.

L'air entre et sort de mes poumons, l'arme est

bien serrée dans ma main et mon bras ruiné travaille aussi violemment que mon bras valide. Mon pied s'accroche à une racine d'arbre et je manque de m'étaler, mais je retrouve mon équilibre à la dernière seconde. Des pierres tombales et des statues surgissent de l'obscurité devant moi comme des fantômes dans la nuit et je les contourne. Le bord d'une pierre tombale large et étroite érafle le côté de mon genou, et je grogne lorsque la douleur s'intensifie.

Mais je n'arrête pas de courir.

C'est notre dernière chance.

J'ai laissé mes hommes derrière moi pour faire ça.

J'ai laissé mon frère derrière moi.

Je n'échouerai pas, putain.

Enfin, j'aperçois les hautes portes d'entrée du cimetière, dont la ferronnerie ornée est belle et imposante. Les portes suspendues sont ouvertes, et pendant une seconde, je pense que j'ai complètement manqué Luca. Je franchis une partie de la porte, mon cœur battant la chamade tandis que je jette un coup d'œil sur la rue déserte plus loin.

Est-il déjà sorti ? Ou n'est-il même pas venu par ici ?

Puis le bruit des pneus sur le gravier attire mon attention et je vois la voiture de Luca foncer vers le portail ouvert. Vers *moi*. Ses phares sont éteints pour ne pas attirer l'attention, mais ça me donne l'ouverture dont j'ai besoin.

Sans la lumière qui m'aveugle, je peux voir dans la voiture. Je vise et je tire. Le pare-brise se fissure au premier tir. J'appuie de nouveau deux fois de plus sur la gâchette et mes tirs finissent par traverser le verre épais. La voiture fait un léger mouvement sur le côté et je me jette hors du chemin avant qu'elle ne me fonce dessus.

Elle vise toujours l'ouverture entre les portes ouvertes, mais ce léger changement de trajectoire la fait la manquer.

Dans un craquement fort, elle heurte le mur de pierre massif qui borde le cimetière. Le bruit s'élève comme un coup de tonnerre, accompagné du crissement du métal qui se froisse.

Le bruit s'estompe et je me lève d'un bond dans ce soudain silence consternant. L'avant de la voiture est écrasé contre le mur et plusieurs des pierres massives du mur ont été poussées hors de leur emplacement.

Dans un grincement, la porte du côté du conducteur s'ouvre. Le garde du corps de Luca sort en titubant, du sang coulant sur le côté de sa tête. Il lève son arme lorsqu'il me voit, mais avant qu'il ne puisse tirer, j'appuie deux fois sur la gâchette de mon arme. Les deux tirs l'atteignent et il recule, s'effondrant sur le sol.

Je ne sais pas combien de balles il me reste, mais je sais qu'il n'y en a plus beaucoup. Je m'élance vers l'avant du véhicule et j'arrache d'un coup de pied le lourd pistolet de sa prise molle, puis je lâche ma propre arme pour la ramasser. Elle semble immense pour ma main, mais je la serre quand même fermement et je me redresse.

Avec précaution, je me fraye un chemin autour du coffre de la voiture, en gardant la tête baissée pour regarder sur le côté de la voiture.

Mon cœur fait des soubresauts dans ma poitrine.

La porte de Luca est ouverte. Je n'ai pas entendu le même crissement de métal que lorsque le garde du corps a ouvert sa porte, donc la charnière n'a pas dû être aussi endommagée de ce côté.

Putain. Putain, putain, putain. Où est-il ?

Le sang déferle dans mes oreilles et je m'efforce d'entendre à travers, de me concentrer sur mon environnement plutôt que sur l'étau de la peur qui se referme sur mon cœur.

Où est-il, putain ?

Je me retourne en gardant mon bras verrouillé et mon doigt sur la gâchette de ma nouvelle arme, scrutant désespérément l'obscurité.

Allez, enfoiré. Allez.

Un petit bruit à côté de moi attire mon attention et ma tête se tourne vers la droite, mon arme suivant le mouvement jusqu'à ce que je sois face à face avec Luca.

Il se tient à moins de deux mètres, son propre pistolet pointé sur moi. Dans son costume noir, on peut à peine le discerner, vu l'obscurité qui l'entoure, et son visage est marqué de lignes de colère.

« J'ai entendu parler de ce que tu as fait », dit-il, la voix tendue et serrée. « Toutes ces années auparavant. La façon dont tu as sauvé la vie de Marcus. Je n'ai jamais compris pourquoi tu avais fait ça, mais ça a fait durer le jeu, alors ça ne m'a pas dérangé. » Il secoue la tête, faisant un pas de plus vers moi. « J'aurais dû savoir alors que tu serais un problème. J'aurais dû envoyer quelqu'un pour finir le travail. »

Je ne réponds pas. Ma main tremble légèrement, mon doigt caressant la gâchette.

À quel point suis-je rapide ?

À quel point *est-il* rapide ?

Comme s'il sentait mes pensées, il lève un peu son arme, une grimace tordant ses traits. « Lâche-la. Tout de suite. »

Ma gorge se serre alors que j'avale. « C'est fini, Luca. Ça doit l'être. »

« Je suis d'accord. Lâche ta putain d'arme. »

Si je le fais, il me tuera. Je le sais. Mais si je ne le fais pas, il va me tirer dessus de toute façon, et je ne sais pas quelles sont les chances que je sois capable de le toucher avant qu'il ne me touche.

Luca fait un autre pas en avant, réduisant encore plus l'espace entre nous. Les canons de nos armes pourraient presque se toucher, et de si près, je peux voir les lignes profondes de renfrognement gravées sur son visage.

Mon regard vacille brièvement vers le bas et je remarque autre chose. Le tissu sombre de son costume est brillant. Il brille au clair de lune, captant la faible lumière des réverbères à l'extérieur du cimetière.

Du sang.

Quelque chose a dû le transpercer quand la voiture s'est écrasée. Il saigne.

Il fait un nouveau pas menaçant vers moi, et même si tous les muscles de mon corps brûlent d'envie de reculer, de le fuir, je ne me laisse pas bouger.

J'ai besoin qu'il baisse sa garde. J'ai besoin qu'il croie qu'il a gagné.

« OK », je dis doucement, mon pouls battant fort et rapide. « OK. »

D'un geste délibéré, je lève mon arme et la jette plus loin.

Luca sourit, un air de satisfaction traverse son visage.

Sans me laisser hésiter, je m'élance en avant, me déplaçant aussi vite que possible. Ma main s'élève pour saisir son arme comme Ryland me l'a appris, la tordant et la poussant sur le côté. Il tire un coup de feu et je sens la balle me frôler et passer à quelques centimètres de mon corps. Le son résonne dans mes oreilles alors que je réduis le dernier espace entre nous et lui donne un coup de tête aussi fort que possible.

Mon front heurte son nez avec un craquement audible et il trébuche légèrement vers l'arrière. Avant qu'il ne puisse se remettre d'aplomb, je tords l'arme encore plus fort, brisant sa prise et l'arrachant à lui.

Je titube en arrière, il y a tellement d'adrénaline brute qui traverse mon corps que je manque de lâcher ce putain de truc. Je serre mes doigts autour de l'arme et la pointe vers Luca. Le sang coule sur son visage, s'écoule de son nez et recouvre ses lèvres, ce qui le rend presque noir dans l'obscurité.

Il fait un demi-pas vers moi, mais ses jambes se dérobent et il tombe à genoux.

Il est plus blessé que je ne le pensais. C'est probablement la seule raison pour laquelle ce mouvement insensé a fonctionné.

Je respire par à-coups alors que je le regarde fixement, tenant l'arme pointée sur sa tête.

Une de ses mains se tend pour appuyer sur la tache brillante sur sa poitrine, et quand elle s'enlève, elle est trempée de sang. Il grimace, inspirant d'un souffle audible et rauque. Puis il lève les yeux vers moi et incline la tête pour rencontrer mon regard.

Il y a quelque chose dans son visage que je ne me souviens pas avoir vu auparavant, l'une des fois où j'ai côtoyé cet homme.

C'est de l'épuisement.

Un épuisement profond jusqu'aux os et à l'âme.

Il prend une autre inspiration et on dirait que ça lui coûte de le faire. Comme s'il savait que c'était la dernière inspiration qu'il prendrait. Sa mâchoire se serre et il secoue légèrement la tête.

« Je n'ai jamais voulu vivre sans elle », murmure-t-il.

Il n'a pas besoin de prononcer son nom pour que je sache de qui il parle. La douleur s'écoule de chaque syllabe de ses mots.

Je hoche la tête, ma gorge se serrant. « Je sais. »

Quelque chose s'installe dans mon estomac, me ramenant sur terre. M'ancrant en elle.

Je maintiens le regard de Luca, fixant les iris sombres de l'homme dont la douleur a engendré tant d'autres douleurs.

Puis j'appuie sur la gâchette et je lui mets une balle entre les deux yeux.

Chapitre 23

LE CORPS de Luca bascule en arrière et s'affaisse sur le sol, la vie le quitte avant même qu'il ne touche l'herbe.

Pendant un long moment, je reste figée sur place, le regardant fixement avec mon arme toujours levée.

Ma main tremble. Je ne suis même pas sûre de toujours respirer. Le choc et l'adrénaline commencent enfin à me rattraper, se précipitant dans mes veines si vite que je me sens vaciller sur mes pieds.

Il y a quelques jours seulement, je n'avais jamais tué qui que ce soit. Maintenant, je ne suis même pas sûre du nombre de vies que j'ai prises.

Mais de toutes les morts dont je suis responsable depuis le début de cette histoire, celle de Luca est la seule pour laquelle je ne me sens pas coupable.

Parce qu'il le méritait.

De toutes les manières possibles.

Et même si je ne devrais ressentir que de la haine pour cet homme, tandis que je regarde son cadavre, je ne peux m'empêcher d'espérer que quelque part, l'âme de sa femme l'attende. Qu'il trouvera la paix après avoir détruit le monde pour essayer de l'obtenir.

Mes jambes peuvent à peine supporter mon poids, mais je me force à m'éloigner finalement de son corps, à faire demi-tour et à revenir sur mes pas. J'essaie de courir, mais après mon sprint de tout à l'heure et l'engourdissement qui m'envahit, tout ce que je peux faire, ce sont des demi-pas irréguliers, une sorte de demi-jogging.

J'ai l'impression que ça dure une éternité, beaucoup plus longtemps que ce que je me rappelle avoir couru auparavant, et je repousse la voix paniquée dans ma tête qui me murmure que je suis perdue, que je ne retrouverai jamais mon chemin.

Je *dois* le faire. Alors je le ferai, putain.

« Ayla ! »

La voix résonne à travers l'obscurité devant moi et mon cœur s'emballe à ce son. Ryland.

J'accélère le pas et quand j'entends la voix de Marcus qui m'appelle aussi, je sanglote presque de soulagement. Je n'entends pas de coups de feu, et bien que je doive rester prudente, je ne peux m'empêcher de courir vers le son de leurs voix.

« Je suis là ! » Je râle. « Je suis là ! »

Un corps se précipite sur moi et la panique s'empare de moi pendant un instant, jusqu'à ce que je reconnaisse l'odeur familière de Théo. Il m'entoure de ses bras et me serre fort, son torse se soulève et s'abaisse sous ma joue tandis qu'il me serre contre lui.

« Bordel de merde, Rose. Nous n'arrivions pas te retrouver. On pensait que tu étais morte, putain. »

« Est-ce que c'est fini ? » Ma voix est étouffée par son bras épais, mais je m'en fiche. Et il ne relâche pas sa prise lorsqu'il répond, me soulevant presque de mes pieds dans le but de m'entraîner plus près.

« Oui. C'est fini. C'était Gabriel et Michaël, chacun avec une petite équipe. On les a éliminés. »

Je murmure : « J'ai tué Luca » et les mots sonnent étrangement dans ma bouche.

Cela force Théo à relâcher sa prise, ses mains remontent pour saisir mes épaules alors qu'il me pousse loin de lui pour regarder mon visage. « Tu... »

« L'as tué. Il est mort. »

Théo cligne des yeux, l'air choqué, impressionné et inquiet à la fois. Puis il secoue la tête et me tire à nouveau dans ses bras alors que Marcus et Ryland nous rejoignent. Ils m'entourent, leurs trois corps se pressent autour de moi, m'enfermant au milieu d'eux. Je peux sentir la main rugueuse de Marcus sur mes cheveux, ses doigts glissants entre les mèches. Le front de Ryland se presse contre le mien alors que je pose à nouveau ma joue sur la poitrine de Théo.

Quand Théo me relâche, ses yeux bleu-vert brillent dans l'obscurité. « On doit se barrer d'ici. Ça va être un putain de grand jour pour les flics et nous ne voulons pas être près de cet endroit quand ils arriveront. »

Je lâche « Dominique ! » et me dirige brusquement vers la statue de l'ange. Elle est maintenant marquée de coups, sa belle façade blanche trouée par des impacts de balles.

« Il est déjà dans la voiture », dit Ryland d'un ton bourru. « En vie. Ou du moins il l'était il y a quelques minutes. »

« Le docteur Brenson va nous rejoindre chez moi », commente Victoria à quelques mètres de là. Quand je jette un coup d'œil sur elle, je remarque qu'elle boite beaucoup. Elle fait un signe de tête vers la voiture. « Nous devons y aller. *Maintenant*. »

Personne n'a besoin de me le dire deux fois. L'herbe autour de la tombe est piétinée et les gardes du corps de Luca gisent là où ils sont tombés. J'en ai assez d'être entourée par la mort et je ne peux pas faire taire la peur grandissante que nous nous retrouvions avec un autre cadavre dans la voiture si nous ne ramenons pas Dominique chez Victoria assez vite.

Nous nous dirigeons vers sa voiture aussi vite que possible. En marchant, je jette un coup d'œil à mes hommes. Ryland a l'air d'avoir un œil au beurre noir, mais c'est difficile à dire dans l'obscurité. Théo a une tache de sang sur la joue et je ne peux pas dire si c'est le sien ou celui d'un autre.

Mais ils sont tous vivants.

J'en suis tellement reconnaissante.

Nous nous entassons dans la voiture, Victoria au volant et Théo et Ryland à l'arrière avec Dom. Cette fois, je me retrouve sur les genoux de Marcus à l'avant, ne voulant pas bousculer Dominique ou prendre plus de place à l'arrière. Il est affalé contre la porte du passager, la tête contre la vitre. Quelqu'un a enroulé sa veste de costume autour de son torse et elle est imbibée de sang.

Putain. Quelle quantité de sang a-t-il perdu ?

Comme s'il sentait mes pensées, Marcus resserre son emprise sur moi, m'attachant contre son corps et enfouissant son visage dans mes cheveux alors que Victoria démarre.

« Retourne à l'endroit par où nous sommes entrés », lui dis-je calmement. « Nous devrions éviter l'entrée sud. »

Pendant que nous roulons, je raconte aux hommes et à Victoria ce qui s'est passé après que j'ai poursuivi Luca. À chaque mot prononcé, l'emprise de Marcus se resserre sur moi et je peux pratiquement le sentir vibrer d'inquiétude sous moi.

« C'était foutrement imprudent, mon ange », murmure-t-il d'une voix rauque et colérique, enfouissant son visage plus profondément dans mes cheveux jusqu'à ce que sa bouche trouve la peau de mon cou. Il me mordille et je sais que c'est *censé* piquer. Il est furieux de savoir que j'aurais pu être blessée. Que j'aurais pu être tuée.

Je pose ma main sur son épais avant-bras, je sens le jeu des muscles sous mes doigts alors qu'il me serre fermement.

« Ça l'était », je l'admets. « Mais je ne pouvais pas le laisser s'échapper. Je devais en finir. »

Désirant détourner la conversation de moi, je leur fais raconter tout ce qui s'est passé autour de la tombe de Geneviève pendant mon absence. Mon cœur fait des battements irréguliers pendant qu'ils me décrivent tout ça et je comprends encore mieux la colère dans la voix de Marcus tout à l'heure.

Ils ont tous failli mourir. Plus d'une fois.

Finalement, ce qui les a sauvés, c'est le fait que Gabriel et Michaël s'affrontaient eux aussi entre eux. Gabriel a fini par éliminer Michaël, ce qui a donné à Victoria et aux hommes une chance d'abattre Gabriel. Quelques-uns de leurs hommes ont couru, mais la plupart ont fini au sol morts.

Je ne sais pas ce qui va se passer ensuite. La dynamique du pouvoir à Halston a changé du jour au lendemain, et bien que la plupart des habitants de la ville n'en soient pas encore conscients, il ne leur faudra pas longtemps pour le découvrir.

Mais je ne peux pas penser à ça maintenant. Tout ce à quoi je peux penser, c'est au fait que mes hommes sont toujours en vie et que Dominique se vide tranquillement de son sang sur le siège arrière.

La rue est sombre lorsque Victoria s'engage dans l'allée de sa maison, et lorsqu'elle entre dans le garage et coupe le moteur, je saisis la poignée de la porte et me glisse rapidement des genoux de Marcus.

J'ai envie d'insister pour aider à porter Dominique à l'intérieur, mais à la place, je laisse Théo et Ryland l'amener. Théo lui attrape les jambes et Ryland le porte sous les bras, et j'essaie de ne pas remarquer la façon dont la tête de Dominique tombe en arrière, son corps tout entier est relâché et flasque.

On dirait qu'il est déjà mort.

La mâchoire de Marcus se serre quand Victoria ordonne aux hommes de porter Dom dans une pièce à l'arrière de la maison et je sais que c'est la même pièce où elle a dû le garder pendant qu'il se remettait de ses blessures.

Théo et Ryland déposent Dominique à l'intérieur, et à mon grand soulagement, le docteur Brenson arrive quelques instants plus tard. Victoria le fait entrer et nous met tous dehors pour laisser le docteur travailler.

Elle boite toujours et le sang tache sa cheville et sa chaussure, s'infiltrant dans le tissu de son pantalon.

Je note : « Tu t'es fait tirer dessus », énonçant l'évidence parce que je suis trop fatiguée et épuisée pour dire autre chose.

« Ouais. »

Elle me frôle, se dirigeant vers les escaliers.

Je lui demande en grimaçant : « Tu ne vas pas te faire examiner par le médecin ? ». Entre le sang et la façon dont elle marche, je suppose que c'est plus qu'une éraflure. La balle n'a manifestement pas brisé d'os, mais je ne serais pas surprise qu'elle soit encore logée dans son mollet.

« Je le ferai. » Elle hausse les épaules, me jetant un regard presque agacé par-dessus son épaule. « Quand le docteur Brenson aura terminé. »

Après ça, elle disparaît à l'étage, en se déplaçant avec raideur. J'ai l'impression qu'elle m'en veut d'avoir souligné le fait qu'elle laisse son médecin s'occuper de Dominique en premier — comme si tout acte de gentillesse était un acte de faiblesse.

Bon, d'accord. Si elle ne veut pas en parler, je ne le ferai pas. Je n'ai pas vraiment envie de lui faire des éloges de toute façon, même si je lui suis reconnaissante d'aider mon frère.

Caleb.

Le nom flotte dans mon esprit.

Je n'ai jamais été capable de penser à l'homme aux cheveux foncés de cette façon avant. Même après avoir découvert qu'il était mon frère, il est resté *Dominique* dans mon esprit. Je devais me forcer à penser à lui en utilisant son autre nom.

Mais dans le cimetière, alors après qu'il se soit fait tirer dessus et que je ne savais pas s'il était en train de mourir, j'ai crié son nom — et le mot *Caleb a* jailli de mes lèvres comme par instinct. Je ne sais pas quoi ressentir par rapport à cela.

Théo et Ryland se dirigent dans le couloir vers la salle de bain pour nettoyer la saleté et le sang, le leur et celui des autres, qui ont éclaboussé leurs vêtements et leur peau. Je devrais probablement faire de même, mais je n'arrive pas à faire bouger mes pieds. Je reste dans le couloir le regard vide, jusqu'à ce que Marcus s'avance et m'entoure de ses bras.

La sensation de son corps me fait sortir de mes pensées chaotiques et je presse mon front contre sa poitrine, enfouissant mon visage dans sa chemise chaude.

C'est le seul à qui je ne l'ai pas encore dit, et sans que je ne l'ordonne consciemment, les mots sortent de mes lèvres. Je lui dis tout ce que je sais et soupçonne à propos de Dominique — à propos de qui il est vraiment.

Marcus se raidit sous moi. Je peux sentir la tension qui s'accumule dans son corps, mais il continue simplement à me tenir pendant que je parle, me laissant tout dire dans un murmure silencieux.

Quand j'ai fini, il se retire un peu, me regardant de haut. Il n'offre pas de défense ou de condamnation de Dominique. Il ne me dit pas que je suis folle de croire que c'est réel ou que j'aurais dû le laisser tuer Dom quand nous sommes revenus à la planque.

Tout ce qu'il fait, c'est déposer un doux baiser sur mes lèvres.

Je ne sais pas comment il a su que c'était ce dont j'avais le plus besoin en ce moment, mais je lui suis reconnaissante de son silence, de son acceptation et du rappel de son amour inconditionnel.

« Viens, mon ange. » Il m'embrasse encore une fois. « Viens te reposer. »

Marcus attrape ma main et m'entraîne vers un salon situé au milieu de la maison. Théo et Ryland nous rejoignent, tout en se parlant à voix basse.

Les meubles sont en cuir et d'un chic minimaliste, assortis au reste de la maison de Victoria. Même si l'ameublement semble simple, je suis sûre qu'il est très cher. Mais aucun de mes gars ne semble s'en soucier alors qu'ils s'installent tous sur un grand canapé en coin.

Ils s'assoient les uns contre les autres, me plaçant sur eux jusqu'à ce je sois en quelque sorte étalée sur leurs genoux. C'est comme si, par un accord tacite, ils avaient tous besoin de me toucher en ce moment.

J'en ai besoin.

Et ils en ont besoin.

Ma tête est sur les genoux de Marcus et il passe ses doigts doucement sur ma joue. Les mains de Ryland se posent sur la courbe de ma taille et les paumes de Théo effleurent ma jambe.

« Repose-toi, mon ange », me dit Marcus à voix basse. « Nous te réveillerons quand le docteur Brenson aura terminé. »

Je ne devrais pas être capable de dormir. L'énergie bourdonne toujours dans mes veines, me tenant agitée et voulant agir.

Mais il s'avère que mon épuisement est encore plus fort que ça. Avec la chaleur du corps des hommes qui s'infiltre dans le mien et leurs mains fortes qui tiennent ensemble les parties éparpillées de moi, je m'endors d'un sommeil sans rêve.

DES VOIX qui chuchotent me réveillent.

Mon corps se secoue lorsque je reprends conscience et les trois paires de mains sur moi resserrent légèrement leur emprise, me ramenant les deux pieds sur terre et me rappelant qu'ils sont toujours là.

« C'est bon, Rose », murmure Théo. « Tout va bien. »

Je lutte pour m'asseoir et ils se déplacent un peu sur le canapé pour me laisser de la place. Je finis par m'asseoir sur les genoux de Ryland avec les deux autres hommes placés autour de chaque côté de moi.

Victoria n'est nulle part en vue, et quand je jette un regard interrogateur à Marcus, il dit : « Le docteur Brenson soigne la jambe de Victoria. Il a fini de s'occuper des blessures par balle de Dom il y a peu de temps. »

« Est-il... ? »

Ma voix s'atténue. Je ne veux pas finir la phrase. Je ne veux pas que la peur dans ma voix me trahisse.

« Il n'est pas mort. » Les bras de Ryland glissent autour de ma taille, sa voix gronde contre mon dos. « Il est en train de dormir. Il a perdu beaucoup de sang, mais les blessures par balle n'étaient pas trop graves. Une dans la poitrine et une autre qui a effleuré son épaule. »

Donc le troisième l'a manqué. Et le deuxième tir l'a à peine touché.

Cette poussée de soulagement me donne un peu le vertige et je tends la main, saisissant celle de Théo pour me stabiliser.

« Viens. »

Théo me serre la main, puis les hommes m'aident à me lever et me conduisent dans la pièce où ils ont amené Dominique à notre arrivée. Dans le large couloir, je peux entendre le murmure des voix de Victoria qui parle au docteur Brenson, mais je l'ignore et entre dans la pièce où Dominique est allongé.

Il est sur le dos, les yeux fermés. Son visage est pâle, ses joues ont l'air un peu blêmes.

Je me souviens d'avoir pensé qu'il avait l'air plus jeune et plus doux quand je l'ai vu dormir sur le canapé dans sa planque. La même pensée me vient maintenant et ça émeut quelque chose au fond de moi. Un instinct de sœur que je ne savais même pas encore posséder.

Malgré tout, malgré mes tentatives pour m'accrocher à *Dominique*, pour voir l'homme qui m'a kidnappée et qui a suivi le plan foireux de Carson, quand je le regarde maintenant, je ne vois que *Caleb*.

Un gamin qui s'est mis dans le pétrin et qui s'est perdu en essayant de s'en sortir.

Il y a une chaise contre un mur, je m'y dirige et m'y installe en regardant toujours mon frère. Les hommes s'installent tous autour de moi, s'appuyant contre le mur ou s'allongeant dans l'encadrement de la porte.

Les minutes défilent lentement et mes paupières s'affaissent à plusieurs reprises. Je m'attends toujours à ce que les hommes partent, qu'ils aillent s'occuper des affaires qui, je le sais, les attendent. Mais ils ne le font pas. Chacun d'entre eux reste là où il est, vigilant et silencieux.

Je sais qu'ils ne veillent pas sur mon frère.

Ils veillent sur *moi*.

Le soleil est presque levé lorsque les yeux de Caleb s'ouvrent lentement. J'ai complètement perdu la notion des jours et des heures à présent. Tout depuis la fête a été si décousu et chaotique que le lever et le coucher du soleil semblent être des marqueurs arbitraires.

Un nouveau jour commence, mais on dirait la *fin* d'un long jour. Je pense que je pourrais dormir pendant une semaine.

Les cils sombres de Caleb s'agitent un peu et il cligne à nouveau des yeux. Ses yeux se concentrent lentement, d'abord sur le plafond au-dessus de lui, puis sur la pièce qui l'entoure.

Mon estomac se noue en un nœud serré. Je ne sais pas s'il se souviendra de ce que j'ai dit hier soir et je n'arrive pas à décider si j'espère qu'il s'en souviendra ou non. Peut-être que je devrais encore essayer de balayer tout ça sous le tapis, d'oublier ce que je sais et de nous laisser aller chacun de notre côté...

« LaLa ? »

La voix de mon frère est groggy et douce, mais il n'y a aucun doute sur ce qu'il dit.

Je me fige, ma main s'agrippe fermement au bras de la chaise tandis que mes muscles se tendent, mon corps tout entier se met dans une sorte de réponse bizarre de combat et de fuite.

« Caleb ? »

Le nom sort de ma gorge en m'égratignant, aussi étourdi et silencieux que l'usage qu'il a fait de mon ancien surnom. Je lève mon regard pour rencontrer le sien et je suis choquée par la douleur vive qui fend son visage.

« Putain », murmure-t-il. « Putain. LaLa ? Tu es... ? »

Il se déplace sur le lit comme s'il allait s'asseoir, mais il n'y arrive visiblement pas. Une perfusion est branchée à son bras et il gémit doucement en se calant sur l'oreiller. Il regarde à nouveau le plafond et cligne des yeux plusieurs fois, avec des larmes qui glissent aux coins de ses yeux.

Mes propres yeux brûlent et je serre ma mâchoire, luttant contre la vague d'émotions.

Aucun de mes hommes ne part, mais ils restent tous immobiles et silencieux, laissant cela se jouer entre nous sans interférence. Je suis sacrément contente qu'ils soient là. Je ne pense pas que je pourrais faire face à ça toute seule.

« Je… » Caleb secoue sa tête. « Je t'ai kidnappée. J'aurais pu te tuer. Et je n'aurais jamais su. »

Je riposte : « Est-ce que cela aurait été bien si je *n'avais pas été* ta sœur ? » et Caleb laisse échapper une profonde inspiration, fermant ses yeux.

« Non. »

« Je suis contente qu'on soit d'accord sur ce point. »

Ses yeux s'ouvrent à nouveau et il penche la tête vers moi, ses yeux bleus injectés de sang. « Comment l'as-tu découvert ? »

La sensation d'agitation à l'intérieur de moi s'intensifie. Malgré tout le temps que j'ai passé à le chercher, malgré ma volonté désespérée de retrouver mon frère, je ne suis pas douée pour… être sa sœur. Je n'ai même pas l'impression de savoir ce que ça veut dire pour le moment.

Mais je réponds à sa question en soutenant son regard. « Je t'ai cherché pendant longtemps. J'avais une vieille photo de nous quand nous étions petits. Mais c'est *tout ce que* j'avais. » Je grimace. « Maintenant que je sais qui t'a adopté, ça fait tellement de sens. Ils ont dû faire disparaitre tes archives, payer des gens pour les détruire. Ils ne voulaient pas que quelqu'un sache que tu n'étais pas leur fils naturel. »

« Je les déteste. »

Il dit les mots d'un ton déprimé, comme si l'émotion n'avait pas encore eu le temps de s'installer et de prendre racine. Ou peut-être qu'elle s'est enfouie si profondément dans son âme qu'il ne peut en ressentir que la douleur lancinante.

« Ouais, moi aussi. » J'acquiesce, car c'est au moins une chose sur laquelle nous sommes d'accord pour l'instant. Le reste de notre relation, quelle que soit l'ampleur de celle que nous pourrons éventuellement sauver, prendra du temps à se développer.

Mais au moins nous pouvons nous unir dans notre rage partagée contre les gens qui me l'ont volé. Qui nous ont volés *l'un à l'autre*.

« L'animal en peluche que tu avais », je dis doucement quand il ne parle pas pendant un moment. « Celui que tu as dit que ta mère avait brûlé. C'était un éléphant ? »

Ses sourcils se rapprochent en signe de surprise. « Oui. C'était ça. Il était tout abîmé, mais je l'aimais. »

J'acquiesce en levant subrepticement la main pour essuyer une larme qui s'échappe et coule sur ma joue. « J'ai rêvé que tu l'avais laissé avec moi.

Peut-être que je voulais juste croire que tu avais laissé une partie de toi avec moi. »

Caleb se mord la lèvre, quelque chose de déchirant passe sur ses traits pâles. « Je ne me souviens pas de toi. » Il lève rapidement une main, la tendant comme pour se corriger. « Je veux dire, je sais que c'est *toi*, mais... je me souviens à peine. J'ai passé toute ma vie à penser que ces petits souvenirs que j'avais n'étaient rien, que c'étaient juste des conneries que j'avais inventées quand j'étais petit. C'étaient juste des trucs vagues et aléatoires. »

Un étrange sentiment de soulagement m'envahit et un coin de ma lèvre se retrousse en un quasi-sourire. « Ce n'est pas grave. Je ne me souviens pas vraiment de toi non plus. Juste, comme tu l'as dit, de trucs vagues. Des choses dont je n'étais même pas sûre qu'elles étaient réelles. »

« Tu te souviens de *certaines* choses », murmure Caleb et le dégoût de soi dans sa voix est évident. « Bon sang, Ayla. Ce que j'ai fait. Ce qui s'est passé... C'est tellement tordu. »

Je reste silencieuse pendant un long moment, en pensant à ses mots. Je peux sentir que non seulement Caleb mais aussi les trois autres hommes attendent d'entendre ce que je vais dire. Attendent d'entendre mon verdict.

Finalement, je me passe la langue sur les lèvres et je laisse échapper une respiration. « Ce type nommé

Dominique m'a fait des trucs assez foireux une fois, oui. Mais le gars nommé Caleb ? » Je hausse les épaules. « Je ne sais encore rien de lui. »

Caleb avale sa salive et sa pomme d'Adam s'incline. Je peux voir la tension et l'épuisement sur son visage et je sais qu'il a besoin de dormir à nouveau, pour continuer à guérir.

« Est-ce que c'est ça que tu veux ? » demande-t-il, de sa voix calme. Presque effrayée.

Cette fois, je ne m'arrête pas aussi longtemps pour réfléchir à ma réponse. Je *pourrais*. Je pourrais passer des heures — des jours, des *semaines* — *à débattre pour* savoir si ce que Caleb a fait vaut la peine d'être pardonné.

Quand les mots sortent de ma bouche, ils ne viennent pas de la partie logique et analytique de mon être. Ils viennent de mon cœur. Et c'est la vérité absolue.

« Oui. Je pense que oui. »

Chapitre 24

Après notre conversation, Caleb se rendort rapidement.

Je suis soulagée. Les mots que nous avons échangés étaient comme un petit pas vers un avenir, quelque *chose qui se crée* entre nous. Mais je suis trop épuisée pour comprendre ce que tout cela signifie et je sais que nous devrons naviguer parmi un tas de conneries pour arriver à un meilleur endroit.

Mais Caleb le veut.

Et moi aussi.

Théo et Ryland ont tous deux souligné l'influence de M. et Mme Roth sur Caleb pendant qu'ils l'élevaient comme leur fils. Lui apprenant à s'attendre à ce que le monde tombe à ses pieds, probablement, tout en le préparant à être si loyal envers sa famille qu'il se sentirait obligé de jouer à un jeu dangereux avec des enjeux mortels juste pour avoir la chance de faire briller le nom de sa famille.

C'est tordu, mais ça me donne de l'espoir par rapport à la personne que j'espère que mon frère est, enfouie profondément en lui. J'ai eu quelques aperçus de cet homme ce week-end en commençant par ce moment où il nous a sauvé la vie.

Tandis que Caleb s'endort dans son lit, les hommes et moi sortons discrètement de la chambre.

Nous retrouvons Victoria raccompagnant le docteur Brenson vers la sortie. L'homme a tellement l'habitude de s'occuper de ses affaires qu'il fait juste un petit signe de tête à Marcus — la seule marque qui rappelle que le docteur a sauvé la vie de Marcus, il n'y a pas si longtemps.

Marcus fait de même, et une fois le docteur Brenson parti, Victoria se tourne vers nous. Elle boite moins, ce qui montre qu'elle a dû prendre de très bons analgésiques.

En fouillant dans sa poche, elle jette un jeu de clés à Ryland. Il les attrape dans les airs en levant un sourcil.

« Comme ça, vous pourrez vous barrer d'ici », dit-elle carrément. « Je n'organise pas de soirée pyjama. »

Je souris presque.

Encore une fois, même le plus petit geste de gentillesse de sa part est rattrapé par un commentaire acerbe. Je me demande vaguement si elle a passé tellement de temps à se considérer comme une garce qu'elle ne réalise pas qu'elle n'en est pas une.

Impitoyable, rusée et féroce comme l'enfer, oui.

Mais pas une garce comme l'est Natalie. Pas mesquine. Pas cruelle pour le plaisir d'être cruelle.

Je pense que je commence à respecter cette fille, même si cela semble fou. Je pourrais même me voir *l'apprécier*.

Les lèvres de Ryland se pincent, mais il ne dit rien. Il fait juste un signe de tête à Victoria puis se tourne vers le reste d'entre nous. En réponse à cette demande non exprimée, Marcus prend ma main et commence à me conduire vers le garage.

Je pars de bon gré, en suivant le rythme de ses longues enjambées.

Ce n'est pas la dernière fois que nous voyions Victoria ou Caleb. Il y a encore un tas de trucs à résoudre.

Mais pour l'instant, j'ai besoin de rentrer chez moi.

DÈS QU'ON arrive chez Théo, on monte tous les quatre à l'étage.

Nous n'en discutons même pas, tout comme les

gars n'ont pas eu à parler avant de me tirer sur le canapé avec eux chez Victoria.

Nous avons besoin d'être ensemble en ce moment. Aussi épuisée que je puisse être, je sais que je ne pourrais pas dormir si je ne les avais pas tous les trois avec moi.

Me touchant.

Respirant le même air que moi.

Me rappelant à chaque petit mouvement qu'ils sont toujours en vie.

J'enlève le jean que l'on m'a passé et me glisse dans le lit. Les hommes sont juste derrière moi et enlèvent leurs chemises et leurs pantalons et se glissent à côté de moi. Je me retrouve entre Théo et Marcus avec la main de Ryland emmêlée dans mes cheveux.

La chaleur de leurs corps réchauffe l'espace sous les couvertures, cela m'enveloppe dans une sorte de cocon.

Je crois que j'essaie de dire quelque chose, mais je perds les mots avant qu'ils n'arrivent à faire le court trajet entre mon cerveau et mes lèvres.

Et le sommeil me trouve.

Un sommeil qui fait du bien.

Mon premier sommeil réparateur depuis que nous sommes allés à cette fichue fête chez Luca. C'est comme si mon corps savait qu'il n'avait plus à se battre, qu'il n'avait plus à rester conscient et à être prêt à agir au moindre signe de danger.

Une partie de moi s'attend à rêver de Caleb, du jour où il m'a été enlevé — mais au lieu de cela, je ne rêve pas du tout.

Lorsque j'ouvre enfin les yeux, il fait de nouveau nuit dehors. Une journée entière s'est écoulée depuis notre visite au cimetière, et je suis sûre que la nouvelle de la mort de Luca a commencé à se répandre dans tout Halston — tout comme la mort d'Adrien, de Michaël, de Gabriel et de leurs hommes.

Je cligne les yeux de façon paresseuse en regardant le plafond. Un petit rayon de lune se faufile par un interstice dans les rideaux et éclaire la pièce juste assez pour que, lorsque je tourne la tête, je puisse voir les trois hommes allongés près de moi.

Putain, ils sont magnifiques.

Bien sûr, ce n'est pas quelque chose de nouveau. Je le sais depuis la première fois où mes yeux se sont posés sur eux.

Mais ils sont encore plus beaux maintenant qu'ils ne l'ont jamais été auparavant, avec leurs visages adoucis par le sommeil. Je réalise après un long moment que ce n'est pas *eux* qui sont différents — c'est moi.

Pour la première fois depuis des semaines, j'ai le sentiment d'avoir le temps de regarder vraiment.

D'apprécier la courbe subtile de la mâchoire de Théo et la façon dont les cils de Marcus projettent des ombres douces sur ses joues. La façon dont les tatouages de Ryland sont griffonnés sur sa peau, soulignant les muscles en dessous.

Ils ressemblent à des dieux dangereux et puissants.

Et ils sont à moi.

L'accès de satisfaction possessive qui monte en moi à cette pensée me fait sourire.

Ils sont toujours rassemblés autour de moi, mais ils ont un peu bougé dans leur sommeil et je me déplace lentement en me faufilant entre eux et en rampant hors du lit. J'enlève ma culotte, désormais nue je traverse la pièce et me dirige vers la salle de bains, fermant la porte derrière moi avant d'allumer la lumière.

Je ne prends même pas la peine de me regarder dans le miroir en démarrant le robinet de la douche et en testant la température. Je sais que j'ai toujours l'air d'une loque meurtrie.

Mais je n'ai plus cette impression. Malgré les douleurs de mon corps, je me sens légère. Forte.

C'est fini.

La réalité est encore en train de s'imposer et je ne pense pas l'avoir encore pleinement comprise. Mais à chaque fois que cette pensée me traverse l'esprit, elle me semble plus réelle.

Quand l'eau est assez chaude, je me mets dessous et laisse échapper un long soupir lorsque le jet pulsé frappe ma peau. Contrairement à ma douche à la planque, je prends mon temps, savonnant mon corps alors que mes paupières tombent.

Le léger bruit de la porte qui s'ouvre attire mon attention et je ne résiste pas au sourire qui se dessine sur mon visage.

Je ne suis même pas surprise.

Et d'une manière ou d'une autre, avant même qu'il n'entre dans la douche avec moi, avant même que je sente ses bras m'entourer et que j'entende le graveleux de sa voix, je sais que c'est Marcus.

« Tu ne pouvais pas dormir ? » demande-t-il doucement.

« Non, je *pouvais*. » Mon sourire s'élargit alors que je m'adosse à lui. « Je *l'ai fait*. Le meilleur sommeil que j'ai pu avoir et depuis longtemps. J'allais vous rejoindre au lit, mais je voulais d'abord me laver. »

« Mon ange... » Sa voix descend un peu plus bas, prenant un ton sinistrement taquin. Sa prise de contact baisse également et sa grande main glisse le long de mon ventre pour trouver l'espace entre mes jambes. « N'as-tu pas encore compris que nous t'aimons sale ? »

Je ris, mais ça se termine par un gémissement quand il glisse un gros doigt en moi. Il fait un bruit d'écho au fond de sa gorge, faisant entrer et sortir lentement son doigt en moi tout en frottant mon clitoris avec le dos de sa main.

Ma tête retombe contre son épaule, ma main glisse entre nous pour se poser sur sa bite. Il ajuste sa position pour me donner un peu plus d'espace, et je la prends, enroulant mes doigts autour de lui et le caressant de haut en bas.

Nos mouvements sont lents et langoureux. Paresseux et sans hâte. Comme si nous n'essayions même pas encore de faire jouir l'autre, mais que nous nous délections juste à prendre le pouls de l'autre.

Je penche un peu ma tête sur le côté alors que Marcus penche la sienne et nos lèvres se retrouvent dans un baiser profond et humide. Mes hanches roulent contre le mouvement de la main de Marcus, et quand il ajoute un deuxième doigt en moi, je frissonne. Entre mes doigts, sa bite devient de plus en plus dure et épaisse, et même si nous n'essayons pas de nous faire jouir mutuellement, je me dirige rapidement vers la ligne d'arrivée.

Ma langue s'enfonce dans sa bouche, reflétant le plongeon de ses doigts dans ma chatte, et je tourne un peu mes hanches, créant plus de friction contre sa main.

« C'est ça, mon ange », murmure-t-il de manière encourageante. « Viens pour moi. »

Et je le fais.

Juste parce que je peux.

L'orgasme me traverse en une vague lente, faisant cambrer tout mon corps contre le sien, et j'approfondis encore plus notre baiser, aspirant sa langue dans ma bouche tandis qu'il crée pour moi les dernières secousses du plaisir.

Mon clitoris est encore parcouru de palpitations lorsqu'il retire ses doigts, et je commence à me retourner, voulant enrouler mes jambes autour de lui et le sentir m'empaler sur sa bite.

Mais Marcus pose ses mains sur mes épaules et à la place il m'oriente vers la porte de la douche. Il ferme l'eau, puis me guide sur le tapis de bain.

Lorsque je lui lance un regard perplexe, il attrape mon menton dans ses mains et m'embrasse profondément avant de me regarder dans les yeux.

« Je ne veux pas que ce soit juste toi et moi ce soir, mon ange », murmure-t-il. « Je veux que ce soit nous tous. »

Mon estomac fait un petit saut, en partie de bonheur et d'anticipation — et en partie d'amour passionnel.

J'acquiesce, l'émotion me serrant la gorge. « Moi aussi. »

Marcus sourit, d'un sourire enfantin et légèrement de travers, qui m'a surpris la première fois que je l'ai vu. Puis il me prend dans ses bras, sans même prendre la peine de me sécher, et me ramène dans la chambre.

Les deux autres hommes sont toujours endormis dans le lit, et je peux voir le vide que notre absence a laissé, l'espace entre eux là où Marcus et moi étions allongés tout à l'heure.

Il m'installe doucement sur le lit, m'allongeant entre ses deux amis, puis se met à ramper pour me survoler. La terre et l'air me regardent, brillants d'émotion.

Pendant une seconde, on ne fait que se fixer l'un l'autre. Puis je lève la main pour toucher la nuque de Marcus et l'attirer vers moi pour l'embrasser. Il y a un peu plus d'urgence dans ce baiser que sous la douche et j'aime *sentir* physiquement son envie de moi. J'aime la façon dont sa bite frôle mon bas-ventre et la façon dont il serre mon sein si fort que j'en ai le souffle coupé.

Théo commence à remuer à côté de nous et je sais qu'il se réveille complètement au moment où il laisse échapper un gémissement appréciateur. Ses mains sont sur mon corps une seconde plus tard, glissant sur mon autre sein, le massant de la paume avant qu'il ne se mette à pincer légèrement mon mamelon.

Un rire vient de l'autre côté, et alors que Marcus baisse la tête pour sucer un mamelon dans sa bouche, je cherche Ryland qui me regarde en retour.

Je murmure : « Bonjour » et ma voix est un peu haletante et tendue. La stimulation de mes mamelons fait palpiter mon clitoris plus fort. Et un autre orgasme semble déjà en train d'arriver.

Ryland rit à nouveau et c'est l'un des sons les plus sexy que j'ai jamais entendu. Ses yeux noisette brillent tandis qu'il se rapproche de moi sur le lit. Il *a eu un* œil au beurre noir dans le combat, mais cela ne diminue en rien son allure de beau ténébreux.

« Je pense que c'est la nuit », me dit-il, ses lèvres se retroussant vers le haut. « Mais c'est définitivement bon. »

Sa main trouve mon ventre puis glisse vers le bas, passant sur mon ventre et effleurant mon clitoris avant que son doigt ne taquine l'entrée de mon sexe.

« Putain, tu es mouillée. Tu as déjà joui ? »

J'acquiesce, cambrant mon dos alors que Théo et Marcus renouvellent leur assaut sur mes mamelons. « Mais je... peux jouir à nouveau. »

« Putain, oui, tu peux. »

Il glisse son doigt plus profondément en moi, comme Marcus l'a fait sous la douche. Chaque fois qu'il le glisse dans mon canal humide, sa paume effleure mon clitoris, faisant jaillir des étincelles d'extase en moi.

Quand il retire complètement son doigt, je gémis de déception. Mais une seconde plus tard, Marcus déplace un peu son poids et enfonce sa bite en moi, me remplissant d'un coup long et régulier.

Je fais un bruit étranglé de plaisir et Ryland se penche en avant pour m'embrasser, ses lèvres bougeant avec avidité comme s'il voulait dévorer le son.

Marcus me baise pendant quelques coups, et quand il se retire, les doigts de Ryland prennent le relais. La sensation qu'ils me partagent ainsi m'incite à serrer fortement les parois de mon vagin et je bouge mes hanches avec impatience, essayant d'amener les doigts de Ryland plus profondément.

« Tu en veux plus, mon ange ? » murmure Marcus.

Je frissonne, respirant plus fort. « Oui. »

Il sourit. Puis il plie un peu mes jambes, posant mes talons sur le matelas. Il se glisse à nouveau en moi, et tandis qu'il établit un rythme régulier, entrant et sortant, la main de Ryland se glisse sous ma jambe et autour de la courbe de mon cul.

Lorsque son doigt pénètre dans mon anus, je me serre automatiquement autour de Marcus, mon corps tout entier réagit à la sensation. Mes lèvres se détachent de celles de Ryland dans un gémissement et ma tête se penche en arrière.

« Putain, » Théo gémit. « Tu es si belle, Rose. »

Il se lève sur un coude pour me regarder, et alors que je lève les yeux, ma vision est envahie par son visage et celui de Marcus, côte à côte. Puis Théo baisse la tête pour m'embrasser, goûtant le plaisir qui déferle dans mon corps à la sensation de Marcus et Ryland qui me baisent tous les deux.

La chaleur mijote dans mon ventre, se répandant lentement dans le reste de mon corps, un autre orgasme s'accumule comme un ressort enroulé.

« Tu en es proche ? » murmure Théo contre mes lèvres, son souffle arrivant en rafale contre ma peau.

Je hoche la tête d'un petit mouvement sec : « Oui. ». Mes orteils se recroquevillent, mes hanches s'arquent vers le haut pour répondre à chaque poussée de Marcus.

« Attends. Pas encore. » Théo m'embrasse à nouveau après avoir prononcé ces mots, et si mes lèvres n'étaient pas autrement occupées, je lui dirais que je n'ai pas le choix, putain. Mes lèvres en tremblent, les sensations me remplissent de la tête aux pieds.

« Je... oh mon Dieu. Oh, putain ! »

Mon dos se cambre, mais avant que l'orgasme ne m'atteigne, tout s'arrête. Marcus se glisse hors de moi dans un mouvement lent et le doigt de Ryland laisse aussi mon anus. Je halète en les regardant tous les trois et Théo me fait un grand sourire.

« On te tient, bébé », promet-il et la chaleur de sa voix fait palpiter mon clitoris.

Je suis si proche, putain. J'ai juste besoin d'un peu plus pour me pousser au bord du précipice.

« Retourne-toi », ordonne Théo.

Ils s'assoient tous et il pose ses mains sur mes hanches pour m'aider en me retournant sur le ventre. Puis il tire mes hanches vers l'arrière, me faisant monter sur mes genoux. Ma main s'appuie sur le matelas et il glisse sa paume sur la courbe de mes fesses.

« Tu vas bien ? » demande-t-il.

Je hoche la tête. Il m'est plus difficile de rester longtemps comme ça que si je pouvais supporter mon poids sur deux bras, mais il n'y a aucune raison que je manque ce qui va se passer.

Je peux pratiquement sentir l'éclat de son sourire rayonner sur mon dos comme un rayon de soleil. Une de ses jambes se glisse entre les miennes, écartant un peu plus mes genoux sur le matelas.

Puis il attrape mes fesses à deux mains, les saisissant fermement pour les écarter et enfouit son visage entre mes jambes. Sa langue pénètre dans ma chatte avant de remonter pour me taquiner les fesses et je manque de tomber à la renverse sur le lit sous l'effet de la soudaine poussée de plaisir.

Marcus attrape mon épaule pour me stabiliser, me soutenant et m'aidant à rester debout alors que la langue de Théo se roule en moi.

Je respire difficilement, mon corps bourdonne

d'excitation, mais je parviens à lever les yeux, croisant le regard de Ryland.

« Viens ici. S'il te plaît, je veux... »

Théo commence à me baiser avec sa langue et je perds tous les mots que j'étais sur le point de dire.

Mais Ryland me donne quand même ce que je veux, s'avançant pour s'agenouiller devant moi et s'asseyant sur ses talons. A un moment donné, il s'est débarrassé de son caleçon, et sa bite épaisse et lourde dépasse de son corps lorsque je me penche vers lui. J'enroule mes lèvres autour de lui et Ryland laisse échapper un profond gémissement alors que ma langue tourbillonne sur la large tête de sa bite.

Marcus prend plus de mon poids maintenant, me soutenant pratiquement pendant que je prends Ryland plus profondément dans ma bouche. Théo n'arrête pas de changer le rythme et le motif de sa langue tandis qu'il taquine mon clitoris et me baise. Il me fait tenir en équilibre sur le fil du rasoir, juste au bord de la falaise mais sans jamais y parvenir.

Mon corps brûle du besoin de se libérer et je passe ma frustration sur la bite de Ryland. La salive dégouline le long de son membre épais tandis que je monte et descends la tête, creusant mes joues pour l'enfoncer plus profondément à chaque fois.

Théo s'éloigne de ma chatte. Il mord fort ma cuisse et murmure : « Maintenant, Rose. »

Sa langue trouve à nouveau mon clitoris, le

fouettant à grands coups, et c'est presque plus que mon corps ne peut supporter. Je frissonne de la tête aux pieds, mon bras pratiquement sur le point de céder alors que je halète et gémis autour de la bite de Ryland. La prise de Marcus sur mes épaules se resserre et je le sens déposer un baiser entre mes omoplates alors que je me cambre, me laissant porter par l'immense orgasme.

C'est comme si Théo m'avait donné plusieurs orgasmes en même temps, tous construits et déclenchés exactement au même moment.

Je halète lorsque les vagues de plaisir s'apaisent et je passe ma langue sur la bite humide de Ryland en essayant de reprendre mon souffle.

Il se penche pour enrouler sa main dans mes cheveux mouillés, me faisant relever la tête alors qu'il me regarde. Sa mâchoire est serrée, les muscles de son cou sont tendus. « Putain. Je veux être en toi. Peux-tu en prendre davantage ? »

Je hoche la tête en tirant sur sa prise sur mes cheveux pour rendre le geste aussi catégorique que possible. Je me fiche d'avoir mal partout demain. Bon sang, je m'en fous si je ne peux pas *marcher* demain.

Ce soir, je veux tout ce que ces hommes peuvent me donner.

Théo effleure encore une fois ma cuisse de ses dents avant de se retirer, et Ryland relâche sa prise sur mes cheveux et s'allonge sur le lit. Marcus m'aide à ramper vers l'avant, et quand je chevauche Ryland, je me penche entre nous, caressant sa grosse queue. En la tenant en main, je me lève et m'enfonce, l'enveloppant en le faisant entrer dans mon canal étroit.

Toute ma partie inférieure est gonflée et rougie par l'excitation, ce qui me fait prendre conscience de l'épaisseur de Ryland. Je peux sentir chaque centimètre de son corps alors qu'il me remplit, et je fais une pause lorsqu'il atteint le fond, laissant mon corps s'adapter à la sensation d'être étirée par lui.

« Si bon », je murmure en me mordant la lèvre inférieure.

Ses mains viennent sur mes hanches et je commence à les faire rouler doucement, grimpant sa queue par petits mouvements et frottant mon clitoris contre son bassin.

Maintenant que je n'ai plus besoin de son aide pour rester debout, les mains de Marcus commencent à se promener sur ma peau et à stimuler toutes les parties les plus sensibles de mon corps.

Je sursaute quand ses doigts descendent pour effleurer mon clitoris. Il est encore sensible, hyper conscient du moindre petit contact.

« Je vais y aller doucement, mon ange », promet-il en massant doucement le bouton gonflé. « Mais tu vas vouloir ça. Ça va t'aider à te détendre. »

Pendant qu'il parle, je sens la chaleur de Théo dans mon dos, ses doigts descendant le long de ma colonne vertébrale et sur la courbe de mes fesses. Je serre fort Ryland, le faisant grogner, et Théo rit en plongeant sa main un peu plus bas, glissant un doigt dans l'excitation qui recouvre l'intérieur de mes cuisses avant de l'enfoncer dans mon anus.

« Tu veux ça ? »

« Oui. »

« Tu veux plus que ça ? »

La note taquine dans sa voix me fait comprendre qu'il est déjà sûr de la réponse qu'il va obtenir. Je hoche la tête, trop perdue dans la sensation pour lui donner une réponse sarcastique. « Oui. Baise-moi. S'il te plaît. »

Il embrasse mon épaule, enfonçant un doigt dans mon cul avant d'en ajouter un deuxième. Ryland et moi nous nous déplaçons ensemble à un rythme régulier, et Marcus fait exactement ce qu'il a promis de faire, en me faisant remonter lentement en donnant des coups lents autour de mon clitoris.

Ce n'est que lorsque je commence à bouger mes hanches plus rapidement et à baiser Ryland plus fort que Marcus augmente la pression du bout de ses doigts. Mon corps a tellement souffert que la progression vers la libération est plus lente cette fois et j'en suis heureuse.

Parce que je ne veux pas arrêter ça. Je veux continuer à bouger au rythme de mes hommes, à leur donner du plaisir et à en tirer aussi dans une boucle parfaite. Je ne veux jamais laisser tomber cette connexion entre nous, si profonde et si palpable qu'elle pourrait aussi bien être un lien physique qui nous unit.

« Es-tu prête pour moi, Rose ? » Théo murmure. Il est toujours si prudent avec moi, si doux, mais je peux entendre la râpe dans sa voix qui me fait savoir à quel point il en a besoin.

Je hoche à nouveau la tête en appuyant ma main sur la poitrine de Ryland et en ralentissant un peu mes mouvements.

Les doigts de Théo glissent hors de moi. Ensuite, la tête de sa bite touche mon anus serré et je me presse contre lui, l'invitant à aller plus loin. L'accueillant. L'exigeant.

« Putain de merde. »

Le juron ne tombe pas des lèvres de Théo. C'est Marcus qui parle. Quand je regarde vers lui, je vois qu'il a sa main libre enroulée autour de sa bite, se caressant pendant qu'il continue à taquiner mon clitoris.

Son regard me suit, chaud comme la braise, et une nouvelle décharge d'excitation me traverse.

Je me souviens de son regard la nuit où il est revenu dans nos vies comme un fantôme sortant de sa tombe. Quand nous sommes tous rentrés de chez Luca et qu'il m'a regardé baiser Théo sur le canapé. Il a la même expression sur son visage maintenant — un désir presque torturé, comme si voir ce que ses amis me font est presque trop dur à supporter pour lui.

Je me penche en avant, j'allonge mon cou et trouve ses lèvres, l'embrassant fort pendant que Théo glisse plus profondément dans mon cul.

Nos langues, nos lèvres et nos dents se heurtent, et il n'y a rien de doux là-dedans. C'est fébrile et affamé. Théo est à fond en moi maintenant et la sensation d'être complètement remplie de lui et de Ryland est presque suffisante pour me faire jouir à nouveau.

Les lèvres de Théo se posent sur mon épaule, mordillant et grattant ma peau, et il se retire dans un mouvement lent et doux avant de se glisser à nouveau en moi. Le frottement enflamme mes nerfs et je grogne dans la bouche de Marcus alors que Ryland saisit mes hanches et me pénètre aussi. Théo et lui alternent les mouvements, et je m'y abandonne complètement, les laissant bouger mon corps comme ils le souhaitent.

Dans leur étreinte, je suis détendue et confiante, sachant que ces hommes ne me feraient jamais de mal — ils ne feront que m'adorer, que me donner du plaisir.

C'est tellement différent du jour où Marcus m'a baisé le cul sous la douche. C'est aussi proche que possible de la chose dont j'ai constamment envie, c'est-à-dire d'être aussi profondément connectée à mes hommes que possible.

Je suis perdue dans une mer de mouvements et de souffles chauds, de gémissements, de soupirs et de jurons murmurés. Du plaisir qui parcourt mon corps en spirale, du bout de mes doigts aux orteils et vice versa, montant et descendant jusqu'à ce que des taches blanches dansent devant mes yeux.

Mes ongles s'enfoncent dans le torse de Ryland, mais il ne semble pas s'en soucier. Marcus me dévore de ses baisers tout en caressant sa queue et en jouant avec mon clitoris, et je souhaiterais ardemment pouvoir l'atteindre et le caresser aussi. Je veux sentir la façon dont son sexe s'épaissit juste avant de jouir, sentir sa tige palpiter dans ma prise avant de se libérer sur mes doigts.

Je murmure : « Putain ». Mon front repose contre celui de Marcus alors que mon corps se tord en rythme entre les deux autres hommes. « J'en suis proche. Si proche. Je suis… ah ! »

Ryland me fait tomber violemment sur sa queue, cambrant ses hanches contre les miennes, et au même moment, Marcus pince mon clitoris de ses doigts. Il m'a lentement stimulée après mes deux précédents orgasmes et le pincement combinant douleur et plaisir me fait à nouveau chavirer.

Pendant que Ryland jouit en moi, les parois de mon vagin ondulent autour de lui, laissant tout mon corps frissonnant.

Théo donne plusieurs poussées profondes et je peux sentir qu'il se rapproche de son propre orgasme en me pénétrant. Puis il se frotte contre mes fesses, s'enfonçant aussi profondément que possible tandis que sa bite palpite encore et encore.

Marcus retire finalement ses doigts de mon clitoris douloureux, et son poing se déplace furieusement sur son épaisse longueur alors qu'il se remet sur les genoux.

Il saisit mes cheveux, tirant ma tête en arrière et me faisant arquer la colonne vertébrale. Il jouit sur ma poitrine et son sperme vient gicler sur mes seins tandis qu'un grognement sourd sort de sa gorge. Les muscles de son estomac se contractent et il continue de se caresser jusqu'à ce que les dernières gouttes se répandent sur sa main.

Toujours en tenant mes cheveux, il amène ses doigts à ma bouche.

Je souris, soutenant son regard tandis que j'enroule mes lèvres autour d'eux, les léchant pour les nettoyer. Ryland et Théo sont toujours en moi, et je peux sentir leurs bites tressaillir pendant qu'ils regardent.

Marcus retire lentement ses doigts de ma bouche avant de se pencher en avant pour m'embrasser. Je suis sûre qu'il peut goûter la pointe persistante de son propre sperme sur ma langue et ça me donne des frissons dans le ventre.

Il se retire alors que Théo glisse lentement hors de moi. Ryland me soulève doucement de sa bite, je m'écroule sur le lit entre mes hommes pendant que mon corps s'affaisse. Je suis en sueur tout comme eux. Je peux sentir nos peaux glisser l'une sur l'autre alors qu'ils se rapprochent de moi. Leur sperme me marque encore, à l'intérieur comme à l'extérieur, et je sais que je suis toute collante. Mais je ne suis pas pressée de me laver.

« Je t'aime, Rose », murmure Théo contre mon oreille et les deux autres hommes chuchotent la même chose.

« Je t'aime à la folie. »

« Je t'aime, mon ange. »

Un sourire étire mes lèvres. C'est comme écouter un écho, une réverbération qui amplifie l'émotion à chaque voix ajoutée.

Je ne suis pas seulement aimée.

Je suis aimée trois fois et en retour j'aime chaque homme de tout mon cœur.

Chapitre 25

Quatre jours plus tard, nous organisons une réunion avec Caleb et Victoria.

Les choses ont évolué rapidement à la suite de la mort de Luca. D'une part, l'histoire de sa mort et les événements qui ont conduit au combat au cimetière sont déjà devenus une sorte de légende. Les rumeurs sur Luca et son double jeu ont commencé à circuler presque immédiatement, alimentées par une fuite lente et contrôlée d'informations instiguées par les gars et moi.

Nous avons fait attention à ce que nous distillions, en utilisant ces révélations à notre avantage alors que nous commençons à combler le vide du pouvoir laissé par la mort soudaine de Luca.

En fait, c'est ce que nous devons évoquer avec Caleb et Victoria.

Je commente : « Joli endroit », en jetant un coup d'œil au grand parc qui nous entoure.

Les hommes et moi sommes assis sur un banc le long d'un chemin à l'écart, tandis que des enfants jouent dans un champ proche. Je peux entendre des cris de joie et des hurlements provenant de la petite aire de jeux au loin. L'après-midi est clair et sans nuages, et même s'il y a un peu de fraîcheur dans l'air, le soleil me réchauffe le visage.

Marcus acquiesce en captant mon regard. « C'était un territoire neutre sous le règne de Luca et je ne vois aucune raison de changer cela. »

« Même si nous prévoyons de changer tout le reste », ajoute Théo en levant les yeux de l'endroit où il trace les silhouettes des roses sur mon tatouage. Le léger contact du bout de son doigt sur ma peau me donne un petit frisson de plaisir.

Un mouvement à ma gauche attire mon attention et je lève les yeux avant de voir Victoria se diriger vers nous en marchant. La dernière fois que je l'ai vue, elle était sale et décoiffée après un combat vicieux et sanglant. Mais aujourd'hui, elle est élégante, ses cheveux auburn sont lisses et son maquillage est parfait. Elle marche en boitant légèrement, ce qui, j'en suis sûre, serait pire si elle n'était pas si déterminée, et une main saisit légèrement le bras du grand homme qui marche à côté d'elle.

Ça doit être Jaden.

Elle ne l'a jamais décrit, mais je sais quand même que c'est lui. La façon dont son corps semble inconsciemment se rapprocher du sien et la façon protectrice dont il se déplace à côté d'elle me font dire qu'ils sont tous les deux amoureux.

Que c'est l'homme pour lequel elle a fait tout ça. L'homme pour lequel elle s'est battue, bec et ongles.

Il a des cheveux brun foncé et une peau profondément bronzée. Ses yeux sont également sombres, encadrés par de longs cils, des sourcils droits et des pommettes hautes. Son expression est sérieuse alors que son regard se pose sur nous tous, et je me demande ce que Victoria lui a dit ou ce qu'il a entendu d'autres sources.

Quand ils nous rejoignent, Victoria acquiesce sèchement.

Alors qu'elle présente Jaden, je jette un regard subreptice à mes hommes. Techniquement, cette négociation était juste censée être entre nous quatre, Victoria et Caleb. J'attends de voir si l'un d'entre eux va faire obstacle, mais aucun ne le fait. Ils doivent savoir aussi bien que moi que Jaden fera partie de tout ça, quoi qu'il arrive.

« Où est Dom ? » demande Théo.

Ce nom me semble si étrange maintenant. A un moment donné au milieu de cette putain d'épreuve, mon frère est passé dans ma tête de Dominique à Caleb et c'est difficile de penser à lui autrement maintenant. Mais tout le monde ne connaît pas encore toute son histoire, je ne pense pas, et j'apprécie que Théo le laisse en parler.

« Je ne sais pas. » Victoria hausse les épaules. « Il n'est plus chez moi. Au bout de deux jours, le docteur Brenson lui a donné le feu vert pour se déplacer et il est parti. Brenson va toujours s'occuper de son suivi médical, mais je ne lui ai pas reparlé depuis. »

« Il est là. » Ryland secoue son menton et je me retourne pour voir mon frère qui remonte lentement le chemin dans la direction opposée.

Caleb se déplace lentement, mais il est debout et a beaucoup plus de couleurs que la dernière fois que je l'ai vu. Le soleil brille sur ses cheveux foncés et une mèche désordonnée tombe sur son front. Quand il voit que nous le regardons tous, il essaie d'accélérer le pas.

Je murmure : « Bon sang, il va arracher ses points de suture », d'une voix ou monte l'irritation. Je me lève et me dirige rapidement vers lui, le rejoignant à mi-chemin et lui offrant mon bras.

Il le regarde avec surprise et je serre les lèvres.

« N'en fais pas tout un plat. Et ne t'attends pas à ce genre de choses tout le temps. Je ne veux juste pas que tu fasses sauter tes points de suture et que tu saignes partout pendant qu'on discute de l'avenir d'Halston. »

La bouche de Caleb se contracte comme s'il essayait de retenir un sourire, mais il ne dit rien et pose une main sur mon bras valide, me laissant supporter un peu de son poids.

Quand nous rejoignons les autres, Marcus, Ryland et Théo sont tous debout. Je me place à côté de Marcus et nous formons tous les sept un petit cercle.

« Merci d'avoir accepté de nous rencontrer », dit Marcus, évitant les plaisanteries ennuyeuses et entrant dans le vif du sujet. Il jette un regard de Victoria à Caleb. « Comme je suis sûr que vous l'avez remarqué tous les deux, le paysage d'Halston est déjà en train de changer. Il y a une petite fenêtre de tir avant que la structure du pouvoir ne s'installe. Les familles Morello et Saviano se démènent déjà pour accroître leur influence, mais avec la mort de Gabriel et de Michaël, chaque organisation a sa propre merde interne à gérer. Ça laisse une ouverture. Une opportunité. »

Les yeux de Victoria se rétrécissent légèrement, et je peux dire qu'elle est intéressée même si elle garde un masque neutre.

« Nous avons une proposition à vous faire », ajoute Ryland, reprenant là où Marcus s'est arrêté. Son regard passe de Victoria à Caleb. Son œil au beurre noir a un peu pâli, les couleurs tournent un peu au vert sur les bords. « Une offre. »

Caleb semble lui aussi intéressé, mais il a aussi l'air un peu méfiant. « Quel genre d'offre ? »

Théo sourit. « Lorsque nous avons décidé d'essayer de forcer Luca à se retirer, nous avons convenu que nous le laisserions désigner Marcus comme le gagnant du jeu — mais qu'une fois qu'il aurait cédé son pouvoir, nous le redistribuerions, en répartissant les choses entre nous. »

« Et cette offre tient toujours », dit Marcus.

« Partager le pouvoir ? » Victoria fait tourner les mots comme si elle les testait. « Pourquoi serais-tu prêt à faire ça ? »

Marcus soutient son regard de manière égale. Il n'est pas difficile de croire qu'il y a moins d'une semaine, il a essayé de lui mettre une balle dans la tête. Ils ont dépassé le stade où ils veulent s'entretuer pour arriver à un respect mutuel, mais je ne pense pas qu'ils iront plus loin que ça.

Je ne crois pas que Marcus lui pardonnera jamais complètement d'avoir essayé de me le prendre et je ne peux pas lui en vouloir pour ça.

« Deux raisons », lui dit-il. « La première, c'est qu'aucun d'entre nous n'a les ressources ou la capacité de revendiquer le pouvoir absolu pour lui-même. L'union fait la force et diviser l'empire le rendra plus facile à défendre. » Il hausse les épaules, ses yeux brillent. « Et la seconde, c'est qu'il est dangereux pour *quiconque* de contrôler une si grande part de la ville. Luca l'a prouvé sans l'ombre d'un doute. Il a abusé de son pouvoir parce qu'il n'y avait personne d'assez fort pour le contrôler. Nous ne voulons pas que cela se reproduise. »

« Nous proposons donc un partenariat. » Ryland croise ses bras sur sa poitrine, révélant des tatouages sombres sur sa peau sous les manches de sa chemise. « Nous six, chacun contrôlant une partie d'Halston. »

Victoria jette un coup d'œil à Jaden et je sais qu'elle se souvient des années qu'il a passées sous la coupe de Luca. Elle a bien réussi à dissimuler à quel point elle détestait Luca d'Addario pendant qu'elle participait au jeu, mais je peux le voir maintenant dans le nuage noir qui passe sur son visage.

Elle et Jaden partagent un regard, une communication silencieuse passant entre eux. Puis elle se tourne vers nous.

« Très bien. J'accepte. À condition qu'une chose soit parfaitement claire. Je ne travaille pas pour vous. *Aucun* d'entre vous. Nous sommes partenaires et je ne recevrai d'ordre de personne. »

Marcus sourit, malgré la lueur dure dans ses yeux qui ne disparait pas. « Bien sûr. Il en va de même pour chacun d'entre nous. »

Caleb hésite un moment, son regard se pose sur moi. Je me demande si le fait que nous venions de découvrir que nous sommes apparentés le rend plus ou moins enclin à accepter notre offre. Cela signifie que nous *devrons* être dans la vie de l'autre puisque nous partagerons le contrôle de la ville, et même s'il a dit que c'est ce qu'il voulait la dernière fois que nous avons parlé, il est possible qu'il décide de faire marche arrière. Il se remettait d'une blessure par balle et avait probablement pris un bon cocktail de médicaments ce matin-là, alors qui sait s'il pensait ce qu'il disait.

Mais à ma grande surprise, ses yeux bleus s'adoucissent un peu. Une partie de la tension et de la méfiance s'efface de son expression, et il hoche la tête. « Ouais. Comptez sur moi. Mon nom de famille ne signifie plus rien pour moi, alors j'ai besoin de construire quelque chose pour moi. Pour mon *propre* nom. »

« Bien. » Marcus fait un signe de tête décisif. « Comme je l'ai dit, nous devrons agir rapidement si nous voulons limiter l'effusion de sang de tous les côtés. Nous avons fait des démarches sur les accords commerciaux et les fournisseurs de Luca, et nous aurons besoin de votre aide pour sécuriser ces alliances. Nous nous reverrons bientôt pour discuter des détails. »

Victoria redescend les lunettes de soleil de marque qui sont perchées sur sa tête. Les yeux cachés derrière les verres sombres, elle jette un coup d'œil au parc. « Je comprends pourquoi vous avez choisi ce lieu de rencontre aujourd'hui, mais si nous allons faire des affaires ensemble, nous devrions trouver un endroit plus sûr. Un endroit où nous pouvons nous rencontrer. Un territoire neutre, mais pas aussi ouvert. »

« Je m'en occupe. » Théo sourit. « Je vais nous trouver un bureau en ville. »

Nous parlons à voix basse pendant quelques minutes encore, réglant certains détails sur le fonctionnement de ce nouveau partenariat. Je me contente surtout d'écouter en prêtant attention à tout ce que j'entends. Depuis que j'ai été violemment propulsée dans ce monde, j'ai dû apprendre rapidement les ficelles du métier et je sais que j'ai encore beaucoup à apprendre. D'autant plus que j'ai aussi un intérêt dans tout ça maintenant.

La réunion s'achève sur la promesse de se retrouver dans quelques jours à un endroit que Théo nous aura trouvé. En attendant, nous continuerons à travailler pour reprendre les portefeuilles laissés à découvert en l'absence de Luca.

Victoria et Jaden partent les premiers, revenant sur leurs pas. Elle s'appuie un peu sur lui et il passe un bras autour de sa taille.

Caleb se racle la gorge, grimaçant un peu en déplaçant son poids. « Je dois y aller. Brenson dit que je ne suis toujours pas censé être debout. » Il baisse la tête, puis lève les yeux vers moi, se mordant la lèvre. « Merci. »

Je hausse les épaules, détournant un peu ses mots : « Ce n'était pas seulement ma décision. » La vérité, c'est qu'il y a de fortes chances que les hommes l'auraient exclu du marché s'il n'était pas mon frère — qu'il n'aurait jamais été inclus dans le marché de départ. Je sais qu'ils lui ont donné une seconde chance à cause de moi et j'espère vraiment qu'il va s'en montrer digne.

Il hoche à nouveau la tête, et je sais qu'il a compris ma remarque, mais il ne fait pas de commentaire. Au lieu de cela, il fait juste un signe de tête aux gars avant de se retourner pour partir. Je le regarde partir, sans pouvoir m'empêcher d'analyser un peu sa démarche, pour essayer d'évaluer l'intensité de sa douleur et l'évolution de sa guérison.

Je me le rappelle ironiquement : *Tu aurais pu simplement le lui demander.*

Peut-être qu'un jour, je le ferai. Peut-être que je pourrai avoir une conversation normale avec lui à un moment donné — une conversation qui ne soit pas chargée de dizaines de sentiments et de souvenirs contradictoires.

Quand Caleb disparaît de ma vue, je me retourne pour faire face à mes trois hommes. Ils *me* regardent tous, bien sûr, beaucoup plus intéressés par mon bien-être que par celui de mon frère.

Je souris et m'approche de Marcus qui est le plus proche de moi. En posant ma main sur son torse, je dépose un baiser sur ses lèvres. « Ça s'est bien passé. »

Un de ses bras musclés s'enroule autour de ma taille et me serre contre lui. « En effet. »

Je jette un coup d'œil aux deux autres, mon cœur bat un peu plus fort. « Alors on va vraiment faire ça ? Vous êtes sûrs ? » En croisant le regard de Théo, je fronce les sourcils. « Tu m'as dit une fois que tu ne *voulais* même pas gagner le prix. Que tu ne voulais pas être celui qui est au sommet. »

Il hausse les épaules, se rapprochant de moi. Marcus relâche son emprise sur moi sans la lâcher complètement et je me retourne dans ses bras pour faire face à Théo tandis que Ryland se place de l'autre côté. J'aime la sensation d'être entourée par eux comme ça, comme s'ils pouvaient bloquer le monde entier jusqu'à ce qu'il n'y ait plus qu'eux trois.

« Je ne voulais pas gagner, pas vraiment », admet Théo. Puis il émet un rire sans joie. « Je ne voulais même pas jouer. Mais au milieu du jeu, j'ai réalisé pourquoi je jouais. » Il prend le côté de mon visage et passe son pouce sur ma joue. « C'était pour ça. Pour toi. Pour *nous*. Et la meilleure façon de protéger les gens auxquels je tiens, c'est de les surveiller d'en haut. »

Un nuage d'orage semble passer dans ses yeux bleu-vert brillants. Un soupçon de colère résonne dans sa voix alors qu'il ajoute : « Cela me donnera une chance d'aider ma mère aussi. Luca n'en avait rien à faire d'elle, de mon oncle, ou des conneries que mon oncle a essayé de faire. Mais moi, si. Et si on peut tirer les bonnes ficelles, je ferai en sorte qu'il perde tout. Ses parts dans l'entreprise de mon père. Son propre business. Absolument tout. »

Il y a une satisfaction sinistre dans son expression et je me penche en avant pour l'embrasser aussi. « Je serai là pour t'aider. De toutes les façons possibles. »

« Tu le fais déjà, Rose. » Il fait glisser ses doigts le long de la ligne de ma mâchoire avant de baisser la main.

Ryland est de l'autre côté et lorsqu'il tend le bras pour attraper mon menton, je me tourne vers lui, sachant déjà ce qu'il veut. Mes lèvres s'accrochent aux siennes alors que l'odeur du bois de santal imprègne mon âme et je l'embrasse sans hésitation.

Je me fiche qu'on soit en public.

Je me moque que quelqu'un puisse me voir tenue entre ces trois hommes, embrassant chacun d'eux intensément.

En fait, j'espère qu'on le remarquera.

J'espère que tout le monde verra le genre d'amour qui est possible même dans ce monde pourri.

Quand Ryland et moi nous nous séparons, Marcus fait passer mes cheveux par-dessus mon épaule, effleurant de ses lèvres la courbe de mon cou. Puis il me relâche, attrapant ma main dans la sienne.

« Viens, mon ange. Rentrons à la maison. »

Épilogue

Cinq ans plus tard

« C'EST BIEN. Mais garde ton bras en l'air. Ça t'aidera à bloquer une contre-attaque. »

Ryland approuve d'un signe de tête en évaluant ma forme. Nous sommes dans l'énorme salle de gym située au niveau inférieur de notre maison. Lorsque les hommes ont vendu leur maison pour que nous puissions emménager ensemble, l'une des premières choses que Ryland a faites a été d'installer la salle de gym pour que nous puissions continuer nos séances d'entraînement.

Je ne m'attendais pas à aimer ça autant, mais le combat est sacrément addictif. Et même s'il y a beaucoup de choses que je dois modifier à cause de mon membre manquant, je ne me suis jamais sentie freinée par cela. J'apprends vite et j'ai l'habitude de m'adapter. Et comme Ryland me l'a affectueusement dit un jour, je suis très forte pour canaliser ma rage.

Je l'ai pris comme un grand compliment.

Tout en respirant difficilement, je change un peu ma position, intégrant l'ajustement qu'il a suggéré. Puis je bouge ma main gauche d'un coup sec, attrapant sa paume ouverte avec un solide coup de poing. Mon autre bras se lève pour bloquer le coup qu'il me donne en représailles et il sourit quand j'arrête son crochet gauche.

« Bien. »

Quelque chose change dans ses yeux noisette, un soupçon de feu brûlant au fond d'eux une fraction de seconde avant qu'il ne bouge à nouveau. Cette fois, au lieu de frapper, il se baisse et m'attrape par la taille, me faisant reculer et m'amenant au sol.

Au lieu de lutter, je le laisse faire, profitant de l'élan de nos corps et me lançant *dans la* descente. Dès qu'on touche le tapis, je cabre mes hanches et roule, en changeant nos positions pour être sur le dessus. Mes cuisses se serrent autour de sa taille et je coince mon avant-bras sous son menton, ma queue de cheval sombre tombant sur un côté de mon visage.

« Maman, tu frappes encore papa ? »

La douce petite voix qui vient de l'entrée nous

fait regarder, Ryland et moi. Cassidy est debout, la main posée sur le cadre de la porte, un sourire aux lèvres. Elle a des fossettes dans les joues qui ressortent quand elle sourit comme ça et ça me touche à chaque fois.

« C'était un match nul », dit Ryland, de l'amusement dans sa voix grondante.

Cassidy reconsidère notre position et fronce les sourcils d'un air sceptique. « Ça n'en a pas l'air. »

Bon sang, j'aime ma fille.

Elle n'a peut-être que trois ans et demi, mais elle est aussi tranchante qu'un couteau et mène tous ses papas par le bout du nez.

Je regarde Ryland, souriant en me redressant. « On dirait que l'arbitre a parlé. »

Il roule les yeux, s'assied sous moi et m'entoure de ses bras. Il bande à moitié dans son short de sport et j'ai le sentiment que si nous n'avions pas été interrompus à ce moment-là, il m'aurait porté à l'étage et se serait enfoui en moi en moins de deux minutes.

Un soupçon de regret me traverse l'esprit parce que nous n'avons pas eu cette chance, mais c'est juste parce que je suis avide. La nuit dernière, mes maris m'ont fait jouir si fort que je jure avoir perdu la vue pendant un moment. Je ne peux pas me plaindre de ne pas avoir assez de sexe.

Aux yeux de la loi, aucun de nous n'est marié. Mais aucun d'entre nous ne se soucie vraiment de la loi — une grande partie de nos affaires sont hors de la loi de toute façon, alors je ne vois pas pourquoi notre vie personnelle devrait être différente.

Et ce *sont* mes maris.

Ils sont plus que ça, vraiment.

Ce sont mes âmes sœurs, mes partenaires, mes amants et mes meilleurs amis.

« Viens ici, douce Cassy. » Ryland fait un signe du menton à notre fille et elle trotte joyeusement dans la pièce.

Il m'aide à me relever avant de se baisser pour la prendre dans ses bras, la tenant sur sa hanche avec une facilité déconcertante. Elle devient trop grande pour que je la porte facilement, mais je pense qu'il faudra du temps avant qu'elle soit trop lourde pour ses pères. Les muscles des bras de Ryland se contractent sous l'encre de ses tatouages tandis qu'il dépose un baiser sur son front et mon cœur fond.

En voyant cet homme tatoué se transformer en guimauve pour sa fille, mes ovaires menacent d'exploser. J'ai fait des allusions pas si subtiles que ça au fait que je veux un autre bébé et mes trois hommes semblent être à cent pour cent d'accord.

« Théo et Marcus devraient bientôt rentrer », me dit Ryland en balançant doucement Cassy sur sa hanche. Puis il sourit à notre petite fille. « Devrions-nous aller attendre qu'ils reviennent ? »

Elle acquiesce avec enthousiasme. Ils avaient

tous les deux quelque chose à faire cet après-midi, et Ryland et moi avons décidé de nous entraîner pendant que Cassy faisait la sieste.

On quitte la salle de sport et on traverse l'aire ouverte de la grande maison. Elle est plus grande que toutes les anciennes maisons des hommes, c'est une bâtisse immense à l'extrême nord d'Halston. J'ai presque pensé que c'était trop grand quand nous l'avons vu la première fois, mais maintenant que nous pensons sérieusement à agrandir notre famille, je suis heureuse de m'être laissé convaincre par les gars.

Ryland emmène Cassy dans le salon et prend place sur le canapé, l'écoutant parler avec enthousiasme d'un papillon qu'elle a vu lors de notre promenade de ce matin. Je m'installe à côté d'eux, m'allongeant et posant ma tête sur l'accoudoir avec mes orteils nichés sous la cuisse de Ryland.

Quelque chose change dans son visage — dans tous leurs visages — quand ils regardent Cassy. J'aime la façon dont je peux voir l'adoration brûler dans ses yeux, réchauffant la profondeur noisette de ses iris. La façon dont ils aiment notre fille est une extension de la façon dont ils m'aiment.

D'une manière féroce et protectrice avec tout ce qu'ils ont en eux.

Avec ses fossettes et ses yeux bleu-vert, il n'est pas difficile de deviner quel est l'ADN de l'homme qu'elle partage. Mais cela n'a jamais fait la moindre différence pour aucun d'entre eux. En ce qui concerne Ryland et Marcus, elle est tout autant leur fille qu'elle est la mienne et celle de Théo.

Et selon moi, c'est l'enfant le plus chanceux du monde.

C'est étrange. J'ai grandi sans parents et mes hommes ont tous eu une vie chaotique au niveau familial. Mais ils sont tous devenus d'excellents pères, dévoués, protecteurs et aimants.

La mère de Ryland est morte il y a quelques années et je sais que cela a fait remonter en lui des sentiments compliqués. Il l'aimait, même si elle ne méritait pas cet amour, et il a pleuré sa mort même s'il a toujours de la colère pour ce qu'elle et son père lui ont fait subir.

Il n'a pas parlé à son père depuis les funérailles et je ne le regrette pas du tout. Marcus a complètement rompu les liens avec ses parents aussi. Théo est le seul qui garde encore un lien avec sa mère.

Nous restons sur le canapé pendant environ une demi-heure et Ryland est en train de raconter à Cassy une histoire très amusante sur ses trois animaux en peluche préférés qui vivent une folle aventure quand la porte d'entrée s'ouvre enfin.

Cassy réagit immédiatement, ses yeux bleu-vert s'agrandissent. Elle me sourit et se tortille sur les genoux de Ryland pour qu'on la laisse descendre. Il la dépose sur le sol et elle file comme l'éclair, courant vers la porte d'entrée en poussant un cri de joie.

« Si inconstante », plaisante-t-il en se tournant vers moi, penchant son grand corps sur le mien pour déposer un baiser sur mes lèvres. Il y a juste un soupçon de chaleur et j'ai le sentiment qu'il sera le premier à arracher mes vêtements ce soir.

Je serre son tee-shirt dans ma main, le serrant contre moi pour prolonger notre baiser de quelques secondes. Je lui fais un sourire quand il se retire. « Tu sais qu'elle t'aime quand même. »

« Ouais. » Il attrape ma main et m'aide à me relever. « Je sais. »

Lorsque nous rejoignons notre fille dans le hall, elle est déjà bien installée dans les bras de Théo. Il frotte son nez contre le sien, émettant un grognement sourd qu'elle essaie d'imiter avec sa voix douce et aiguë. Il lui a donné le surnom de Tigre, et après lui avoir expliqué à quel point les tigres sont féroces et courageux, elle en est tombée amoureuse et a insisté pour en apprendre le plus possible sur ces animaux. Cette salutation est celle qu'ils partagent tous les deux — un bébé tigre et son papa.

« Salut, mon ange. » Marcus me salue et me touche l'arrière de la tête, faisant glisser ses lèvres sur les miennes dans un baiser chaud avant de se retirer pour croiser mon regard.

« Salut. »

Je me perds un instant dans la terre et l'air de ses iris, envoûtée comme toujours par le brun riche et le bleu vif. Quand il s'éloigne, laissant le sort se dissiper, je réalise que lui et Théo ont amené quelqu'un d'autre avec eux.

Caleb.

« Salut, sœurette ». Mon frère lève une main en signe de salutation en s'avançant. Il garde ses cheveux foncés coupés court ces temps-ci, un peu plus longs sur le dessus et soigneusement coiffés.

La première fois qu'il m'a appelée « sœur », je crois que ça lui a échappé par accident. C'était il y a environ un an maintenant, et dès qu'il a dit ce mot, une rougeur est apparue sur ses joues et il était tout agité. Désormais, cela sort de sa bouche sans même qu'il y pense.

La route a été longue pour en arriver là, mais ça en valait la peine. Ça valait les arrêts et les départs, les maladresses et les conversations difficiles.

Je lui fais un sourire. « Salut. Je ne m'attendais pas à te voir aujourd'hui. »

« Nous devions rencontrer un agent immobilier qui blanchit de l'argent pour nous. Le gars devenait nerveux », explique Marcus, acceptant Cassy alors que Théo la retourne pour qu'elle puisse le saluer aussi. « Puisque Caleb a aidé à gérer ces négociations, j'ai pensé qu'il devrait aussi venir. »

Je pose la question : « Comment ça s'est passé ? » et mon expression devient sérieuse.

La première année après la mort de Luca a été marquée par de nombreuses nuits blanches et de longues journées, alors que les hommes et moi, ainsi que Caleb et Victoria, avons travaillé dur pour consolider notre emprise sur la ville. Les choses ont été assez calmes depuis lors, tout bien considéré. Comme le pouvoir est réparti, cela permet d'éviter que les personnes situées plus bas dans la chaîne ne deviennent trop nerveuses et nous n'avons pas eu de gros soucis ces dernières années.

« Bien. Nous avons renégocié les conditions et nous devrons garder un œil sur lui pour nous assurer qu'il respecte sa part du marché, mais nous ne devrions plus avoir de problèmes. »

La voix de Marcus est pleine de confiance et souple, et il sourit à notre fille pendant qu'il parle. Parfois, j'ai du mal à croire que les deux parties de ma vie puissent coexister si naturellement, mais c'est le cas. Bien que le bonheur domestique et l'activité criminelle semblent diamétralement opposés, tout s'assemble d'une manière qui fonctionne.

Cassy commence à répéter l'histoire que Ryland lui a racontée plus tôt, ayant envie de mettre Théo et Marcus au courant de tous les détails. Mes maris écoutent attentivement tandis qu'ils s'enfoncent dans la maison en direction de la cuisine.

Je me tiens en retrait, jetant un coup d'œil à Caleb. « Tu veux rester pour dîner ? Ça fait plusieurs semaines déjà... »

Il grimace et je crois déceler une légère rougeur sur ses joues. « Je ne peux pas ce soir. Mais peut-être la semaine prochaine ? »

« Ouais, bien sûr. » Je ferme un peu les yeux. « Pourquoi pas ce soir ? »

Sa bouche s'ouvre à moitié, puis il la referme en pinçant les lèvres pour sourire. « Merde. Tu as vraiment pris ce truc de grande sœur maintenant, c'est ça ? »

Je lui rappelle sèchement :« Ce n'est pas une réponse »,.

Il soupire en gonflant légèrement ses joues. « Bien. J'ai... un rendez-vous ce soir. »

Je soulève les sourcils. Nous n'avons commencé à évoquer ce genre de choses que depuis un an ou deux alors que nous nous sommes lentement reconnectés et rapprochés. Mais même avant ça, je suis presque sûre que j'aurais su s'il sortait avec quelqu'un, et il ne l'a pas fait depuis longtemps.

Pendant longtemps, toute cette merde qu'il a vécue avec ses parents adoptifs l'a rendu méfiant envers les gens. Cela se comprend. Ils lui ont menti pendant presque toute sa vie, l'utilisant comme un pion au lieu de l'aimer et de le protéger comme des parents devraient le faire.

Maintenant que j'ai moi-même un enfant, je les déteste encore plus pour ce qu'ils ont fait. Maintenant que je sais ce que c'est que d'avoir mon cœur hors de mon corps, d'être prête à faire n'importe quoi pour protéger ma petite fille, je ne peux pas comprendre la décision que les parents de ces hommes — vrais ou adoptifs — ont prise de les soumettre à la violence impitoyable et chaotique du jeu de Luca.

« Qui est-ce ? » dis-je, la curiosité montant en moi.

Il y a aussi un instinct protecteur. Je n'hésiterais pas à frapper quelqu'un si elle faisait du mal à mon frère. Mais après avoir gardé son cœur enfermé pendant si longtemps, je suis contente de voir que Caleb sort de sa coquille. Et si l'on en croit le rougissement de ses joues, il aime vraiment cette femme.

« On s'est rencontrés au Gravity », me dit-il. « Elle est venue avec une amie mais a passé toute la soirée au bar avec moi. »

Le Gravity est une boîte de nuit qu'il a achetée il y a quelques années. C'est devenu une façade et une base d'opérations utiles, et la chose dans laquelle il a investi la plupart de son temps. Parfois, je me demande si la raison pour laquelle il est si occupé par le travail et si fermé aux nouvelles relations, c'est parce qu'il essaie toujours de faire pénitence pour la merde qu'il a faite dans ce qui paraît être une autre vie maintenant.

Si c'est le cas, j'espère que c'est un signe qu'il commence enfin à se pardonner.

Il y a longtemps que je lui ai pardonné. J'ai eu beaucoup de rancune dans ma vie, mais celle-là ne valait pas la peine qu'on s'y accroche. Et je savais qu'il n'y aurait aucune chance que mes hommes pardonnent à Caleb si *je* ne le faisais pas, alors j'avais une bonne raison d'essayer.

Je lui demande « Son nom ? ». Je sais que je n'obtiendrai pas grand-chose de plus de lui, du moins pas avant qu'ils aient eu leur premier rendez-vous. Mais il devrait m'indiquer au moins ça.

Il hésite pendant une fraction de seconde avant de céder. « Ariel. »

Je ris. « Tu sors avec une princesse de Disney. »

Il secoue la tête en souriant lui aussi : « Nan. » Ses yeux sont un peu partis au loin, comme s'il évoquait un souvenir d'elle dans son esprit. « Ce n'est pas une princesse. »

Je ris franchement. Bien sûr, mon frère ne choisirait pas une princesse. On est peut-être tous les dirigeants de fait d'Halston, mais aucun de nous n'est de descendance royale. Nous ne sommes ni des rois ou des reines, des princes ou des princesses.

Aucun de nous n'est assez bourge pour ça.

« D'accord », dis-je, le laissant à contrecœur s'en

sortir — pour l'instant. « Mais on dîne ensemble la semaine prochaine. *Vraiment.* J'ai besoin de savoir tout ça. »

« Ouais. OK. » Il me serre affectueusement dans ses bras, puis se tourne vers la porte. « Embrasse Cass pour moi. »

« Je le ferai. »

Il sort et je souris doucement en traversant la maison en direction de la cuisine. Je ne serais pas surprise si la fille que Caleb voit ce soir est couverte de tatouages et peut-être d'un ou deux piercings. Il n'a pas eu beaucoup de rendez-vous, ou pas du tout, ces dernières années, mais je pense que j'ai appris à le connaître assez bien pour deviner son type de femme.

Mes maris sont tous réunis dans la cuisine avec Cassy. Elle est perchée sur les genoux de Marcus qui est assis sur l'un des hauts tabourets qui bordent le bar le long d'un mur. Ryland est appuyé sur l'un des comptoirs de la cuisine tandis que Théo fouille dans le frigo, sortant ce qu'il faut préparer pour le dîner.

Aucun d'entre eux ne me remarque tout d'abord et dans l'embrasure de la porte, j'hésite regardant à ma guise — essayant de m'imprégner du spectacle et de le mémoriser.

Les trois hommes parlent à voix basse, les tons profonds se complètent parfaitement les uns aux autres. Cassy joue joyeusement avec la main de

Marcus, ses petits doigts s'enroulant autour de ses gros doigts.

Pendant un moment, ma poitrine est si gonflée que je ne peux presque plus respirer. *Je ne sais pas comment j'ai eu cette putain de chance.*

J'ai grandi sans famille.

Mais d'une manière ou d'une autre, j'ai trouvé celle-ci qui est parfaite.

Autres ouvrages par
Callie Rose

Jeux impitoyables
Douce obsession
Doux châtiment
Doux salut

Printed in France by Amazon
Brétigny-sur-Orge, FR

16330545R00201